茶铺实际上是个微观世界，折射出大社会的复杂和变化多端；或者是一扇窗口，透过这个窗口可以观察大千世界的丰富多彩。

王笛 著

The Street Corner
Teahouse

那间街角的茶铺

人民文学出版社

图书在版编目（CIP）数据

那间街角的茶铺/王笛著．—北京：人民文学出版社，2021（2023.2重印）
ISBN 978-7-02-014994-0

Ⅰ．①那… Ⅱ．①王… Ⅲ．①随笔—作品集—中国—当代 Ⅳ．①I267.1

中国版本图书馆CIP数据核字（2021）第194686号

责任编辑	李　磊
装帧设计	刘　静
责任印制	任　祎

出版发行	人民文学出版社
社　　址	北京市朝内大街166号
邮政编码	100705
印　　刷	三河市中晟雅豪印务有限公司
经　　销	全国新华书店等
字　　数	265千字
开　　本	880毫米×1230毫米　1/32
印　　张	13.75　插页1
印　　数	14001—26000
版　　次	2021年10月北京第1版
印　　次	2023年2月第4次印刷
书　　号	978-7-02-014994-0
定　　价	69.00元

如有印装质量问题，请与本社图书销售中心调换。电话：010－65233595

目　录

成都是个大茶铺　1

童年的记忆　5

今天概念的茶铺历史其实并不长　13

成都茶铺多的最根本原因是生态　24

茶铺的物质文化史　33

经营自主是茶铺持续发展的关键　40

哪里去找寻茶铺的往事？　49

茶铺就是成都人的生活史　59

帝国覆没之前，1900—1911　65

坐茶铺是一种生活方式　70

掺茶也是一个有尊严的职业　77

大众的头脑是怎样被塑造的　90

女性进入茶铺是争取平等的第一步　102

小茶铺是江湖的广阔天地___108

茶铺成为社会改良者所针对的目标___122

新制度，旧时代，1912—1936___131

每天超过四分之一的成都居民去茶铺___137

小商小贩是城市经济最活跃的部分___148

一张茶桌体现着人与人之间的连接___156

日常，就是生活的内在逻辑___164

抢着付账后面的真真假假___170

"流浪的艺术家"的谋生地___177

说书人构建的虚幻世界___187

茶铺里面充满着戏剧人生___194

把"情戏"定为"淫戏"，就可以进行整顿了___203

女性在公共空间被限制是常态___218

丢失茶碗引发的暴力执法___226

茶铺里头的龙门阵——想到哪儿说到哪儿___240

百年前茶铺里就有了《报纸法》的讨论___249

战时大后方，1937—1945___257

坐茶铺的一介平民能够"误国"？___261

凭什么要把茶铺一棍子打死 267

颠沛流离的文人在茶铺中找到了一点慰藉 275

战乱中的人们还存在信任 282

小商业是城市经济的支柱 288

穷人也有茶铺里休闲的权利 295

妇女遭受着国家和社会的双重压制 305

茶铺就是一个公共论坛 325

国家在战时茶铺中的角色 336

混乱的年代，1946—1949 351

为什么我们不能选择自己喜欢的生活方式 355

世外桃源是不存在的 366

老牌悦来茶园遭遇匿名举报 382

许多有趣的东西不是我们自己记录的 387

一个时代的结束 394

茶铺是个小成都 403

征引资料目录 415

后记 431

成都是个大茶铺

成都因为茶铺而成都,茶铺因为成都而茶铺。成都和茶铺难解难分,有多少人从孩提到垂老,在那里耗尽了一辈子的时光。茶铺如何有那么大的魔力?

在旧时的成都，茶铺无处不在，桥头、街角、巷尾、庙前、树下……各种层次的茶铺、茶楼、茶园、茶亭、茶厅，五花八门，洋洋洒洒，熙熙攘攘。

人们耳边无时无刻不响着堂倌的吆喝声，震天的锣鼓声，咿咿呀呀的清音，抑扬顿挫的评书……来到成都，仿佛进入了一家大茶馆，节奏不慌不忙，似乎一切都在掌控之中，不担忧明天，没有远虑，一碗茶便道尽了生活的真谛。

成都因为茶铺而成都，茶铺因为成都而茶铺。成都和茶铺难解难分，有多少人从孩提到垂老，在那里耗尽了一辈子的时光。茶铺如何有那么大的魔力？

那个地方有竹椅、木桌、茶碗、闲聊、掏耳朵、算命、买卖货物、听戏、看曲艺、谈生意、打瞌睡、发呆、看街、打望女人、传播小道消息、谈论国事、找工作……林林总总，丰富多彩，似乎已经够吸引人的了。

在这个世界上，难道还可以找到任何一个其他的空间，能够同时兼这么多的职责和功能吗？没有，过去仅此一家，今后也再无来者！

茶铺，竟然能够完成如此重大和复杂的使命，上能取悦文人雅士，下能服务贩夫走卒；可以堂皇，也可以简陋；或提供眼花缭乱的表演，或仅仅一碗清茶放在面前……

管他世道炎凉，勿论兵荒马乱，总有一样东西在成都永葆繁荣，那就是：茶铺，那间街角的茶铺！

童年的记忆

从梓潼桥到青石桥

童年的经历,经常可能影响到一个人一生对世界的看法。

我出生在 1956 年,直到 1965 年,都住在成都布后街 2 号的大院里。门口一左一右两座石狮子,两扇黑漆的大门,高高的门槛,大门外的墙里边,还嵌着石头的拴马桩。那过去是世家大族的几进套院,里面有亭台楼阁,长廊拱门,假山水榭,果树花草,成为四川省文联的机关所在地。

布后街是典型的成都小巷,出去就是梓潼桥、福兴街,如果继续前行,就是锦江剧场、商业场、总府街等热闹地段了。其实我在五十多年前就已经搬离了那里,但是童年的记忆还是那么新鲜。

那些小街小巷的空间概念,在我头脑里仍然那么明晰,是我最早对成都这个城市和城市生活的记忆。

在我这样一个小孩看来,梓潼桥就是一个繁华的去处,那里有卖豆浆油条的早饭铺子,有做糖饼、面人的手艺人,街边有补锅、补碗、磨刀的流动手工匠,打煤球的,做木工的,弹棉花的,爆米花的,充斥着街头。更多的是卖各种小吃的挑子、摊子、篮子,卖春饼的,卖豆花的,卖锅盔的,无奇不有,无所不包。

提篮的是最小的生意人,不是里面放花卖,就是锅盔,要不就是一只碗放着酱油和熟油辣子,小竹签串着切成小片的大头菜。小孩花一分钱买两串,在佐料碗里面滚一转,立刻就连着汁水送到口中。

记得有一次我走了狗屎运,在厕所里捡到一枚5分的硬币,高高兴兴地走出大院,直奔梓潼桥。先花一分钱买了两串大头菜吃,再花两分钱买一个小糖饼,嘴里含着糖饼,美滋滋地走进了连环画铺,一分钱租小人书看了一下午。

我和哥哥在梓潼桥的那些街边小店里,度过了无数的夜晚。经常6分钱买一个卤兔头,卖家会把它从中切成两半,上面撒辣椒面和花椒面,一人吃一半,边啃兔头,边进了连环画铺,要不就站在街边观风望景。

过去成都居民大多住在街的两边,日常生活中的邻里关系十分紧密,跨出家门就是街头,就可以在小贩那里买各种东西,就可以和隔壁的邻居社交聊天。

还记得上小学的时候,我从布后街到商业场的上学路上,都是小街小巷,沿途就喜欢看那些各种商铺的摆设、手工工匠的做工、艺人做面人和糖人,以及街边铺面和摊子上卖的各种小吃。

因此，从很小的时候，我就染上了我们今天所说的那种城市的烟火气。

成都的小街小巷，就是这个城市文化的载体。后来有好几年，我就住督院街附近的半边街，出去就是青石桥农贸市场。青石桥的菜摊子经常延伸进入了半边街，所以一出门就可以买菜和买各种农副产品，非常方便。

一个城市留给一个人的印象，经常就是这种在日常生活中每天都会重复的东西，那种经历深深地印在了自己的脑海中，融化在了自己的血液里。

梓潼桥就有一间茶铺。那里总是座无虚席，烟雾缭绕，人声鼎沸，扶手已经磨得像黄铜般发亮光滑的竹椅，三件套的盖碗茶，火眼上烧着十几个生铁茶壶，外加一个大水瓮的老虎灶……

那就是我一生中不断在我的脑海里出现，反复进入到我的梦中的那间街角的茶铺。

我是茶客吗？

一个人未来一生的事业，有的时候似乎从童年，就在冥冥之中有所暗示，或者被决定了。

研究成都茶铺似乎在我的小时候，就命中注定了的。这并不是说因为我出生在成都，长大在成都，读书在成都，工作在成都，曾经长期生活在成都。如果这些都是研究成都茶馆的理由的话，有着同样经历的成都人何止上百万。

小时候再熟悉不过的街角茶铺，路过的时候总是不免要往里边瞧几眼，或者在门口观看里面的熙熙攘攘。但是小孩既没有坐茶铺的兴趣，也没有坐茶铺的资格。不过，每次随父母到公园、动物园或其他游乐场所，他们就坐在茶馆里休息，我和哥哥就去玩，玩够了累了再到茶铺里找父母，这就是我关于坐茶铺的最早的记忆了。

但是为什么说，我研究茶馆是"命中注定"的呢？

这个说法虽然不过是一个自我调侃而已，其实也有那么一点点无法解释的渊源：我在上小学的时候，有一个绰号，就叫"茶客"。至于它的来历，我现在仍然是百思不得其解。前些年小学同学碰到一起，还有人提到这个绰号。

在成都，所谓的"茶客"，就是指那些每天去茶馆喝茶的人。虽然我现在每天也喝茶，但是我一生中都没有成为茶客，我对茶馆并没有什么特殊的依赖。现在想起来，真不可思议。难道是冥冥之中，老天爷便已经决定了我今后的使命，要我研究茶馆吗？那也只有天知道了。

所以说所谓的天降大任于斯人也，经常无非是在阴差阳错之中，一不小心，就在历史上留下了自己的踪迹。

我在《茶馆》那本学术著作中，写下了这样一段话：

> 无论是昨晚最后离开茶馆的茶客，或者那个本世纪第一

天凌晨呱呱坠地的世纪婴儿，以及正在做梦的堂倌，他们不会知道，又隔了五十多年后，一位在成都出生长大但流落他乡的历史学者，会给他们撰写历史。这位历史学者有时也会突发奇想：如果世界上真有时间机器，把这位不知天高地厚的后辈同乡送回到那1949年最后一天晚上，乘着浓浓的夜幕，降落到成都一家街角的小茶馆，告诉那些围坐在小木桌旁喝夜茶的茶客或正忙着的堂倌，他要给茶馆和茶客撰写历史，一定会引起他们的哄堂大笑，觉得这个人一定是在说疯话。他们可能会用典型的成都土话把他嘲笑一番："你莫得事做，还不如去洗煤炭……"的确，他们天天在茶馆里听讲评书的说历史，人们津津乐道的"二十四史"，汗牛充栋的其他官方记录，哪里不是帝王将相、英雄人物的历史？小民百姓是不会有一席之地的，说是要给他们写历史，不是"忽悠"他们，那又是什么？

他们不会想到，在这位小同乡的眼中，他们就是历史舞台上的主角。在过去的50年里，他们所光顾的茶馆，他们视为理所当然的坐茶馆生活习惯，竟一直是国家权力与地方社会、文化的同一性和独特性较量的"战场"。他们每天到茶馆吃茶，竟然就是拿起"弱者的武器"所进行的"弱者的反抗"。这也即是说，弱小而手无寸铁的茶馆经理人、堂倌和茶客们，在这50年的反复鏖战中，任凭茶碗中波澜翻滚，茶桌上风云变幻，他们犹如冲锋陷阵的勇士，为茶馆和日常文化的最终胜利,立下了汗马功劳。如果他们知道自己在捍卫地方文化中所扮演的关键角色,就不会嘲笑这位通过时间机器突然降临、要为他们撰写历史的小同乡了。

可以这么说,我兑现了在意念中与那些即将跨入1950年的茶客们做出的许诺,这本书也是继续践行"为民众写史"这个历史使命。

公共空间与城市性格

在一个城市中,公共空间——特别是那些和城市日常生活息息相关的场所,就是一个城市性格的展示。

茶铺是成都公共生活的一个重要舞台,吸引了各行各业、三教九流,而且茶铺又是如此紧密地与街头联系在一起。

当堂倌每天早上把茶铺门板取下开始营业时,桌椅被摆放在屋檐下,街边自然而然地纳入其使用范围。

毫无疑问,茶铺为人们提供了一个休闲娱乐和社会生活的地方,同时它也承担着从交易市场到娱乐舞台等几乎所有的街头空间的功能,人们从事各种诸如共同爱好的聚集、商业交易,甚至处理民事纠纷等等名目繁多的活动。

所以当地的谚语说"成都是个大茶馆"。成都人写他们自己的城市,或者外来者叙述这个城市,几乎都离不开茶馆。

关于成都的茶馆，我们从文学的描述中，比历史的叙述中能看到更多。其实在展示历史的细节上，文学有的时候比历史学做得更好。

如李劼人的《暴风雨前》和《大波》，有许多场景发生在成都的茶铺里。沙汀在他著名的短篇小说《在其香居茶馆里》，描述了成都附近一个小镇的茶馆生活，而这篇小说也是他自己经历的再现。可以说，他对茶馆是情有独钟，他甚至认为在四川没有茶馆就没有生活。

每一个城市的居民，似乎都有他们觉得自傲的东西。

成都茶客就十分藐视他人，认为只有自己才配称"茶客"，只有四川才是真正的"茶国"。

的确，作为茶叶生产和饮茶的发源地，他们的确有自豪的本钱。茶馆、茶馆文化在中外声名远播，并成为其传统的一部分。

我们经常过分地强调中国文化的独特性，其实如果仔细地观察，我们经常看到处在两个不同的世界，会有类似的文化特征。

例如成都茶铺与西方的咖啡馆、酒馆、酒吧有许多相似之处。美国约翰斯·霍普金斯大学的中国历史专家罗威廉（William Rowe）教授在其所著的《汉口：一个中国城市的冲突与社区（1796—1895）》中，便认为茶馆"犹如伊斯兰和早期近代欧洲城市的咖啡馆，人们去那里并不是寻求保持隐私，而是享受无拘束的闲聊"。

与欧洲近代早期和美国的咖啡馆、酒店和酒吧间一样，成都茶铺的社会功能远远超出了仅仅作为休闲场所的意义。从某种程度上讲,成都茶铺所扮演的社会、文化角色比西方类似的空间更为复杂。它们不仅是人们休闲、消遣、娱乐的地方,也是工作的场所和地方政治的舞台。

今天概念的茶铺历史其实并不长

不能远离的尘嚣

我们今天的生活习性，有很多是上千年慢慢形成的。喝茶作为中国日常生活重要部分有着漫长的历史，正如民谚所称："开门七件事，油、盐、柴、米、酱、醋、茶。"

今日世界饮茶之习源于四川，远可追溯到西周，秦统一中国后，方传到其他地区，这个历史发展过程为国内外学术界所公认。

广为流传的陆羽的《茶经》，开篇即称："茶者，南方之佳木也。一尺，二尺，乃至数十尺，其巴山峡川有两人合抱者，伐而掇之。"

在中国的文化中，对生活的享受并不一定和丰厚的物质条件有关系，而更多的是一种心境，如陶渊明"采菊东篱下，悠然见南山"的那种超然脱世的心态。

在古代中国，人们追求在幽雅的环境中饮茶，文人骚客经常描写他们一边品茗，一边吟诗作画的闲情逸致。清代画家郑板桥据称是"茶竹双痴"，作画时茶与竹不可或缺，其追求的理想境界是："茅屋一间，新篁数杆，雪白纸窗，微渗绿色"，然后"独坐其中，一盏雨前茶，一方端砚石，一张宣州纸"。

这种情调给了我们后人无限的想象力，在这样一个简单而典雅的环境下品茶作画，该是多么地心旷神怡，文思敏捷，灵感如泉！

而在现代社会，人们把优雅的生活，似乎与物质的条件，联系得越来越紧密。其实，对生活的享受，经常是取决于内在的而不是外在的因素。

同郑板桥一样，一些喜欢茶的人不喜欢喧闹，因此茶铺不应是他们的选择，他们甚至提议远离茶铺。抗战时期《新民报晚刊》上一篇题为《吃茶 ABC》的文章称，饮茶应该有一个宜人的环境，干净、整齐、高雅的家具和茶具。按照这个标准，"茶馆绝不是吃茶的理想地方，吃茶先得有好友精舍，甘水洁瓷"。

显然郑板桥试图远离世俗的尘嚣，在大自然中得到创作的灵感。因此，茶铺不可能营造这样一种心境。的确，茶铺对那些喜欢清静的人来说，不是一个好去处。

但也恰恰正是那个热闹的气氛，作为一个自由交往的空间，茶铺才吸引了众多的茶客。

也就是说生活方式的追求各有不同，清静和热闹也是一个硬币的正反两方面，关键在于个体的不同追求和生活态度。

茶室、茶坊到茶馆

在成都，虽然茶铺具备了郑板桥心仪的茶竹两者，因为茶铺皆使用竹椅并经常坐落在竹林之中，但通常是顾客盈门，熙熙攘攘。人们去那里不仅是喝茶，也追求济济一堂、熙熙攘攘的那种公共生活之氛围，这或许反映了在日常生活中一般大众与精英文人的不同胃口和情调。

古代中国的各种记载提供了有关茶叶、茶叶生产、饮茶、茶文化的丰富资料，但对茶馆的记载多语焉不详。茶馆历史悠久，但其何时、何地以及怎样出现的，则不得而知。

历史资料提到诸多饮茶之处，诸如茶室、茶摊、茶棚、茶坊、茶房、茶社、茶园、茶亭、茶厅、茶楼、茶铺等等，在不同地区、不同时间，有不同的形式和名称。由于缺乏详细的记载，我们并不清楚它们与今天所看到的"茶馆"有多大的相同和相异之处。

不过，从有限的文献可知，至少唐代便有所谓"茶室"，即喝茶的公共场所。在北宋首都卞京和南宋首都杭州，有不少"茶坊"，提供了为同行同业聚会以及妓女活动的场所。明代也有不少茶坊的记录，尤其是在南京、杭州、扬州等南方城市。

最早的记录是唐代封演的《封氏闻见记》，说是在从山东、河北到首都长安途中，有许多卖茶的铺子。另外，在《旧唐书》和《太平广记》中，也有"茶肆"的记录。

关于宋代茶馆的记载如《东京梦华录》《梦粱录》《古杭梦游录》等。唐代出现了茶师，宋代出现了茶馆。茶馆一出现便生意兴隆，很快便如雨后春笋，挑战酒馆的地位。

在宋朝，茶馆散布于全国城市和乡村，人们早晚都待在茶馆里，在那里做生意，把那里视为社会中心。到了明朝，茶馆更是普遍，周晖的《二续金陵琐事》和张岱的《陶庵梦忆》关于明南京，田汝成的《西湖游览志余》关于明杭州，吴敬梓的《儒林外史》关于明南京和杭州，李斗的《扬州画舫录》关于明扬州等，都有对茶馆的不少描述。

竹枝词里的茶铺

成都亦有很长的茶馆历史。元代费著的《岁华记丽谱》，便称成都有"茶房食肆"，人们在那里喝茶时，有歌妓演唱"茶词"。

不过，20世纪之前关于成都茶铺的资料非常有限，目前所能见者无非是几首竹枝词。乾隆时期的成都著名文人李调元吟道：

秋阳如甑暂停车，
驷马桥头唤泡茶。
怪道行人尽携藕，
桥南无数白莲花。

当然，从这首诗所透露的信息，我们也并不清楚客人从一家茶馆、还是一个茶摊买茶，但是至少我们知道那时已有卖茶水的生意。

据说李调元还写有一副关于茶馆的对联，不少茶馆都喜欢悬挂：

> 茶，泡茶，泡好茶；
> 坐，请坐，请上坐。

嘉庆时的一首竹枝词提到成都的茶坊：

> 同庆阁旁薛涛水，
> 美人千古水流香。
> 茶坊酒肆事先汲，
> 翠竹清风送昔阳。

这首竹枝词透露了茶铺都到薛涛井来取水泡茶，那里有楼阁、翠竹、凉风，外加美人才女的故事，让人流连忘返。

19世纪初一位自称为"定晋岩樵叟"的文人，在他写的《成都竹枝词》中，则提供了稍微详细一点的记录：

> 文庙后街新茶馆，
> 四时花卉果清幽。
> 最怜良夜能招客，
> 羊角灯辉闹不休。

"文庙后街新茶馆"，指的是在文庙后街的"瓯香馆"，在当时因为环境优雅、里面有各种植物、座位舒适而出名。

羊角灯是指过去用的照明灯，将羊角放在水里煮，煮到变软后取出，将其撑大，反复若干次，最后撑出薄而亮的灯罩，薄得像玻璃纸，没有接缝，里边点蜡烛。

入夜，茶铺里的羊角灯点得亮亮的，评书、曲艺、客人的吵闹声在周围回荡。该词不仅描述了茶铺的地点和氛围，从目前所知的资料中，还第一次看到了"茶馆"这个词在成都的使用。

那个时候茶馆也叫茶房，不过后来人们也称茶馆里面的堂倌为茶房。咸丰同治年间，成都文人吴好山写有《自娱集》《野人集》等十余种书，其中有一本叫《笨拙俚言》，里面收入了他写的《成都竹枝词》95首，其中有一首就写到茶馆：

亲朋蓦地遇街前，
邀入茶房礼貌虔。
道我去来真个去，
翻教做客两开钱。

就是说街上碰到亲戚或者朋友，打了个招呼，就马上热情邀请去茶馆里边慢慢聊天。

茶社与茶铺

有的时候我们认为自己有很长历史的所谓传统，其实进入我们生活的时间并不长，有许多所谓的"传统"是现代才创造的。

直至19世纪末20世纪初，现代概念的"茶馆"在成都并不十分普遍，正如晚清曾任知县的周询所写《蜀海丛谈》中说："茶社无街无之，然俱当街设桌，每桌四方各置板凳一，无雅座，无楼房，且无倚凳，故官绅中无人饮者。"

也就是说到了晚清，在成都，茶馆仍然使用高的方桌、凳子、长条椅，并不是很舒服，不便人们久坐，到20世纪初，各茶铺逐渐使用矮方木桌和有扶手的竹椅，舒服的座位使顾客更乐意在此逗留，随后其他茶铺群起仿效。

"茶馆"是对中国这类服务设施最常用的词。但是在四川，过去人们虽然也称茶馆，但是口语中更习惯叫"茶铺"。另外，还有其他的叫法，如"茶园"、"茶厅"、"茶楼"、"茶亭"以及"茶房"等等。

在过去成都，熟人在街头相遇，最常听到的招呼便是："到茶铺喝茶"，或者"口子上茶铺吃茶"。这里"茶铺"可以指任何一类茶馆。因此在这本书中，除了资料本身称"茶馆"外，在一般的情况下，我都使用"茶铺"这个词。

如果说"茶铺"是称人们所使用的公共空间，那么"茶社"或"茶社业"则经常指茶馆这个行业。在20世纪初，一些更优雅的茶馆设立，一般称"茶园"或"茶楼"。不少"茶园"提供演戏娱乐，而"茶楼"则指在有两层或设在二楼的茶馆，不少以评书招徕顾客。

茶馆的地域性

一个国家和民族的文化其实并不是统一的，而是由各具特色的地方文化所组成，一旦这种地方特色的文化消失了，所谓国家和民族的文化也就失去了它的根基。因此，如果以国家文化来打击地方文化，其实最终也会反过来伤害到国家文化本身。

从一定程度上讲，成都茶铺和茶铺生活也可以笼而统之地称为"中国文化"之一部分，这即是说成都茶铺反映了中国文化和公共生活的一个普遍现象。

事实上，在北京、上海、南京、杭州、扬州、南通、成都等地的茶铺，都有不少共同点：人们以茶馆作为市场、客厅、办公室、娱乐场所、解决纠纷之地。从这个意义上，我们可以说它们都是"中国茶馆"。

然而，在不同地区、不同城市的茶馆的不同之处也非常明显。在北方，如北京，戏院在17—18世纪便产生了，北京的茶馆多是从演戏的戏院发展而来，刚好与戏园从茶馆产生的成都相反。在北京的公园里，树荫下的圆桌和方桌，铺有白桌布，上面摆着瓜子、花生和其他点心，也卖汽水和啤酒，卖茶并非是其主要的生意。

在华北的茶馆是用高木桌、长凳子、茶壶，坐起来不是很舒服，茶壶泡茶也不利于品茶，而且顾客加开水还得另付钱。因此，人们称这些茶馆为"无茶无座"。

北方人一般喝白开水、冷井水，仅那些老头或地方士绅去茶馆饮茶。人们很少在河北、河南、安徽、陕西、东北等地看到茶馆。在许多地方，比如天津，居民在"老虎灶"买开水回家泡茶，并非待在茶馆里喝茶聊天。

在南方，茶馆发达得多。在《梦粱录》《儒林外史》等有关中国古代茶坊的描述，也几乎都集中在南方，如杭州、南京等城市。那些近代作品中如舒新城、黄炎培、张恨水、何满子、黄裳等人关于茶馆的回忆也几乎都是南方城市。

有人观察，在广州，老人们称茶馆为"茶室"，这些茶馆主要是卖点心，但其座位舒服得多，所以人们称是"有座无茶"。广东一般称茶楼，表面看起来像四川的茶馆，但显然是为中产阶级服务的，与四川的"平民化"茶铺不同。这些茶楼可以高达四五层，楼越高则价越贵，因为那里使用的桌椅、茶具等都比较高档，光亮照人，茶客是有身份的人，不是士绅，就是富商。他们不但喝茶，还买点心小吃，把茶铺作为会客或洽谈生意的场所。

扬州虽然在长江北，还是习惯上被视为南方的一部分。在那里，茶馆和公共澡堂经常合二而一，一般早晨卖茶，下午成为澡堂。南京的茶馆比成都少得多，顾客一般只在早晨光顾，茶客多为中下阶层。南通则有三类茶馆，即点心、清茶馆和堂水炉子。所谓堂水炉子，即老虎灶，只卖热水和开水，都为下层人民服务。

在上海，性别间的限制较少，妇女被允许进入茶馆也较成都早得多。在 1870 年代，越来越多的上海妇女进入茶馆、戏院、鸦片烟馆以及其他公共场所，年轻妇女也喜欢在茶馆约会，当然也会有一些妓女混迹其中。1880 年代，中下层妇女也经常与男人同处一个公共空间，虽然上层妇女拒绝到这样的地方。

事实上，茶馆在上海人的日常生活中甚至不像咖啡馆那么重要，例如原哈佛大学教授李欧梵在他的《上海摩登》（Shanghai Modern）中所指出的，咖啡馆"在欧洲特别是法国作为一个公共空间充满政治和文化意义"，在 1930 年代的上海，作为学者和知识分子的聚会地，成为"当代城市生活的象征"。如果说上海人去咖啡馆追求"现代生活"，那么成都居民则在茶铺里捍卫"传统"生活方式。

虽然茶是中国的"国饮"，在全国大江南北的城镇甚至乡场都有茶馆，但没有任何城市像成都人那样，其日常生活与茶馆有如此紧密的联系。人类学家也同意，在华北饮茶不像南方那么普遍，茶馆和茶馆生活对南方人比北方人更重要。

巴波在其回忆中，讲到他坐茶馆的经历，他发现茶馆的数量，"北方不如南方多，南方要数四川多，四川境内要数成都多"。在不同地区产生了不同的饮茶习俗。例如，北方人说"喝茶"，南方人说"饮茶"，四川人说"吃茶"。

成都茶铺是中国茶馆的一部分，也是中国茶馆文化的精华。也可以这么认为，成都的茶铺是中国茶馆的代表，因为它具有中国茶馆和茶馆文化最丰富的历史和最有影响的文化现象。它是根植于地域、生态、生活方式而发展起来的,是地方文化的最突出的表现。如果我们想了解中国日常生活文化和公共空间关系的话,那么成都茶铺无疑是最典型的观察对象。

成都茶铺多的最根本原因是生态

生存环境

每一个地方都有自己独特的生活方式,这种生活方式是由环境、历史和文化所决定的,也就是法国年鉴学派的代表人物布罗代尔(Fernand Braudel)所强调的长时段的历史。

成都、川西平原以及整个四川的茶铺及茶馆文化便是在其特定的自然生态和生存环境中产生的。成都的自然景观与茶铺相映成趣,密不可分,正如一首民谣所描述的:

一去二三里,
茶馆四五家。
楼台六七座,
八九十枝花。

与中国其他地区不同,四川农村特别是成都平原,是散居模式,人们居住点相对分离,尽量靠近所耕种的田地,很少有村庄和聚落生活，因此他们比其他地区的人们更依赖市场。在赶场天，他们到最近的市场买卖商品，一般会在茶铺停留，与朋友会面，或休息片刻，或放松休闲。他们甚至也在茶铺里做生意，寻找买主或卖主。

较优裕的生存环境也促进了茶铺的繁荣。成都平原从古代便得益于完善的灌溉系统，农业高度发展，农民无须整年在田里辛勤劳作，有不少时间从事贩卖和休闲活动。在农闲之时，一般是夏季和冬季，他们的许多时间消耗在乡场、城镇中的低等茶铺之中。

光顾茶铺经常成为一个人一生的日常习惯，似乎成都人生来就有种闲散的脾气，随便什么事，都能举重若轻，自我放松，幽默风趣，但同时在朴实无华之中，带有恬淡的性格。

薛绍明观察了民国时期成都人的生活节奏，在他的《黔滇川旅行记》中写道："饭吃得还快一点，喝茶是一坐三四个钟点。"过去人们认为四川天气阴湿，所以食品比较辛辣，吃了容易使人干渴。薛绍明从另一个侧面肯定了这个说法："在饭馆吃罢饭，必再到茶馆去喝茶，这是成都每一个人的生活程序。"

不过，国人认为自古以来四川人就喜欢吃辣，其实吃辣的这种饮食习惯，是在明代辣椒从美洲传入以后才开始的。

因此在过去的成都街头，茶铺、小饭馆和食品摊，生意相互依赖，如果茶客的肚子饿了，又不想回家吃饭，很容易跨出门槛，就能买到他们想吃的东西。而且如果客人不想动窝的话，也可以叫堂倌出去到门口小吃摊或者隔壁饭铺为他们采买。

"且喝一杯茶去"

当现代化的浪潮在近代进入中国的时候，不少新派人物开始对传统的慢节奏的生活方式展开了猛烈的批评，认为传统是阻碍现代化的落后的东西。但很多年以后，当自己过去鄙视的传统已经消失以后，他们开始意识到自己成了无根的浮萍。

我们自己总是这么短视，喜欢走极端，认为传统和现代是势不两立的不可调和的两极，似乎没有中间道路可走。这种思维方式，影响到我们处事的方方面面，也成为近代以来我们不断遭受磨难的一个根源。

20世纪30年代，著名的教育家黄炎培访问成都时，写了一首打油诗描绘成都人日常生活的闲逸：

一个人无事大街上数石板，
两个人进茶铺从早坐到晚。

教育家舒新城也写到，20年代成都给他印象最深刻的是人们生活的缓慢节奏，茶客人数众多，他们每天在茶馆停留时间之长让他十分惊讶："无论哪一家，自日出至日落，都是高朋满座，而且常无隙地"。

美国地理学家乔治·哈伯德（George Hubbard）也发现成

都人"无所事事,喜欢在街上闲聊"。这就是20世纪初成都人日常生活的景观,人们似乎看不到近代大城市生活的那种快速节奏。

外来的人们对成都有这种感觉不足为奇,因为成都人自己便有意无意地推动这样一种文化,正如一家茶铺兼酒馆门上的对联:

> 为名忙,为利忙,忙里偷闲,且喝一杯茶去;
> 劳力苦,劳心苦,苦中作乐,再倒二两酒来。

在街头摆赌局的地摊主也以其顺口溜来招揽顾客:

> 不要慌,不要忙,
> 哪个忙人得下场?
> 昨日打从忙山过,
> 两个忙人好心伤。
> 一个忙人是韩信,
> 一个忙人楚霸王。
> 霸王忙来乌江丧,
> 韩信忙来丧未央。
> ……

把成都鼓励悠闲讥讽忙人的生活态度,表现得淋漓尽致。这个顺口溜的主旨就是不要活得那么辛苦,不要想功名利禄,因为历史上那些所谓的成功人士,都没有好结局。

成都居民也自嘲这个城市有"三多":闲人多,茶馆多,厕所多,对此他们并不认为是什么有伤颜面之处，反而流露出几分的自豪。

所谓闲人多，反映了成都是一个生活节奏很慢的城市，许多人不必忙着去挣生活，而有大把的时间在茶铺里耗。那么在茶铺里喝茶，一坐就是半天甚至一整天，当然就需要方便的地方，所以几乎每一家茶铺都有厕所。看起来，闲人、茶铺和厕所，这三者都是有相当的逻辑联系的。

地理因素

为什么成都有这么多茶馆？为什么成都人和茶馆的关系这么密切？为什么茶馆的日常生活与茶馆如此紧密地相连？

人类是大自然之子。我们的生命和文化的演化，都是从大地母亲那里吸取的养分，大地筑造了我们的生活方式。

地理环境和运输条件，也是四川茶铺普遍散布的重要因素。据社会学者王庆源抗战时期的调查，成都平原道路狭窄崎岖，因此很少使用畜拉车，人们以扁担、"鸡公车"（即一种有地方特色的独轮车）、轿子运货载客。

而在华北，情况却很不相同，那里交通运输以牛马车为主，一般只有路途遥远时才会停车喝碗水，如果短途则并不歇脚。

因此，在川西平原，苦力必须靠茶铺喝茶止渴，恢复体力。纵横交错的道路两旁，茶铺甚多，外面总是排着苦力背货的夹子，以及运货载客的鸡公车、轿子，茶铺显然也把生意重点放在这些力夫身上。

另外,四川许多地区包括成都平原的土壤适于种茶,但由于交通的闭塞,四川茶叶很难输出,转运成本太高,使茶叶外运无利可图。因此,四川茶叶只好依靠对内消费,价格便利,普通人家都能承受。

四川普遍产茶,例如仅在川东便有万县、达县、开江、铜梁、梁山、宣汉等;在川南,有合江、綦江、高县、筠连、兴文、屏山等;川西有北川、大邑、邛崃、雅安、灌县等。

明代和清代川茶便销到蒙藏地区,在嘉庆时期,川茶销售藏族地区占百分之九十以上,使打箭炉、松潘成为茶贸中心,沿这条贸易线,巴塘、里塘、炉霍、甘孜等市镇也得到发展。但近代印茶倾销西藏,川茶市场日益缩小。

为什么印茶可以倾销西藏,川茶市场日益缩小呢?是因为英国人福钧(Robert Fortune)在19世纪中叶,受东印度公司的指派,来到了武夷山,进入到深山,在云雾山中考察,搞到了茶树和茶种运到了印度。随后,东印度公司在印度大量种植茶树,就在20多年的时间内,英国殖民地产的茶叶在世界市场上的份额已经超出了中国。

后来在2010年,美国作家萨拉·罗斯(Sarah Rose)根据发现的东印度公司的档案资料和福钧自己的旅行记、信件、回忆录等资料,写成了《茶叶大盗》(*For All the Tea in China*),生动再现了这段历史。

川茶外销缩小以后，在很大的程度上需要依靠内销，也就是四川内部自己消耗，这样四川的茶叶相对便宜，一般的人家都能够承受。因此，茶铺里面的茶价也比较合理，这样茶铺的运营成本也相对低一些，茶客到茶铺喝茶的负担也不会太重。

水与茶铺

水是我们的生命之源，水也造就了我们的生活方式和生活的态度，水也是文化的源头。

成都有那么多茶铺，也和成都的水和燃料资源有关。成都有二三千口水井，但是成都城内的井水含碱高而味苦，由水夫挑城外江水入城，供居民饮用。

成都平原有丰富地下水资源，在地下挖二三米即可见水，一口浅井可供百人使用，不过，一般仅拿来作做饭和洗漱用，饮茶则购江水。

成都除了有大量挑水夫给各家各户以外，茶铺则用推车和大木桶运水进城，以降低成本。由于得到江水不易，许多一般人家便直接从茶铺买开水，所以几乎全部茶铺都打有"河水香茶"的幌子，以招徕顾客。茶铺也卖热井水供洗漱之用，所以茶铺一般有两个大瓮子，一个装河水烧开水，另一个用井水烧热水。

江水并不直接从瓮子烧开，由于里面的水已经利用余火变热，所以再加入到茶壶里，放在火眼上烧，便快得多。一般一间茶铺的灶上都有几个到十来个火眼,视茶铺大小而定。水沸以后,堂倌则直接用茶壶给顾客掺茶。

成都平原燃料较贵,为节约柴火,百姓人家一般都到茶馆买水,清末时约二文钱一壶。

这本书不时提到中国的货币单位。"文"是最基本的货币单位,大致相当于"分",尽管不完全等同。晚清的交换率是1银元等于100铜元,1铜元等于10文,那么1银元等于1000文。但是从晚清到民国,铜元不断贬值。20世纪初,1银元大约相当于1500—2000文;但到20年代,1银元相当于2000—3000文。

成都人用的燃料主要是木柴,但价钱贵,许多普通人家仅在烧饭时才点火。作家薛绍铭在他的《黔滇川旅行记》中写道,1930年代他到成都时,甚至发现许多人家为了省柴火在饭馆吃饭,然后到茶铺喝茶。在住家附近茶铺购买热水洗漱。

由于日常生活中方便得到热水十分重要,以至于许多人搬家时,附近是否有茶铺成为一个重要的考量。一般来讲,只要附近有茶铺,开水热水问题便很容易解决。所以薛绍铭说:"烧柴之家不能终日举火,遇需沸水时,以钱二文,就社购取,可得一壶,贫家亦甚便之。"从清末到1930年代,热水的价格是基本稳定的,一直都是二文钱。

1997年6月,我和姜梦弼老先生在悦来茶馆便谈到水的问题,他告诉我,茶客们不愿在家里而去茶馆喝茶,因为他们喜欢"鲜开水",但这对一般家庭并非轻而易举。另外茶铺还提供额外服务,如卖热水、熬药、炖肉等，方便了人们的日常生活。

　　当然，上述这些讨论都是生态和地理的作用，成都人上茶铺还与他们的性情、对生活的态度、文化的传统、人生哲学等人文因素密切相关，不过这些人文因素说到底也是生态、环境和地理孕育的结果。

茶铺的物质文化史

名称与位置

我们最容易忽视的,就是那些我们每天都看得到的,时时刻刻在我们身边的那些东西,比如说我们所享受的物质文化。我们认为那是理所当然的,自然就有的,其实那是大自然和人类文明的恩赐,是无数代人奋斗的结晶,是非常值得珍惜的。

茶馆的名称、地点、茶具以及堂倌等都无不反映出茶馆文化。例如茶馆取名非常讲究,都力图高雅和自然,诸如"访春"、"悠闲"、"芙蓉"、"可园"等。

茶馆更竭力择址在商业或有自然或文化氛围之地。街边、路旁、桥头等人来人往容易引人注目,当然是理想口岸,坐落在风景胜地亦是绝妙选择,商业娱乐中心也颇受人们青睐,至于庙会、市场更是茶馆最佳选择。

花会是每年成都最热闹的公共聚会,位于二仙庙和青羊宫之间的空地成为巨大的市场和展览地。据称有上百家茶馆和酒店在此搭棚营业。有资料称那里每天顾客达10多万人。但花会结束后,这些茶棚就被拆除。

公园更是茶铺集中的地方。成都的第一座公园是建在过去满城的少城公园,那是晚清社会和城市改良的一个结果,也就是今天人民公园和鹤鸣茶馆的所在地。在一百多年以后,仍然肩负着当时开办公园的初衷,即为城市居民提供一个具有自然景色的休闲的地方。

繁荣的商业区当然也是茶馆的集中地。劝业场是成都第一个商业中心,著名的悦来茶园便坐落在此。

在成都,街边茶铺多利用公共空间,临街一面无门、无窗亦无墙,早上茶铺开门,卸下一块块铺板,其桌椅便被移到街檐上。茶客们便借此观看街景。行人往来以及街头发生的任何小事,都可以给他们增添许多乐趣和讨论的话题。

公园的茶铺

在中国的传统中没有公园这个概念,是近代从西方所引进的一种公共空间。这再一次证明了一个国家和民族需要不断地汲取外来的因素,只要它符合我们现代生活的需要。

公园是成都茶馆的集中之地。望江楼是成都最具代表性的建筑之一,以其巍峨的结构和独特的位置——坐落在江边——而为成都人所钟爱。过去这里是码头,远行者多在此别离亲友。这里

鹤鸣茶馆

当悦来茶馆被拆除之后,鹤鸣茶馆就是今天成都有着最长历史的茶馆了。它地处成都中心位置,保留了盖碗茶、木桌、扶手竹椅的传统,而且又在竹林之下,空气清新,景色宜人。对成都老茶铺不了解的年轻人,去鹤鸣坐一坐,就会体验老茶馆吃茶的风情。

还有著名的薛涛井,因此这里的茶馆凭借赏心悦目的环境和得天独厚的泉水招徕顾客。

少城公园也是游人如织之地,有好几家茶铺,都藉树荫放置茶桌茶椅,占地不小。正如刘师亮一首竹枝词所描写的:

> 当路茶园有绿天,
> 鹤鸣永聚紧相连。
> 问他每碗茶多价?
> 都照君平卖卜钱。

按照这首竹枝词的说法,在少城公园的主道上是绿天茶社,而鹤鸣和永聚茶社紧紧地连在一起。这些茶铺的茶价都与君平庙算命的价钱是一样的。按照刘师亮为这首词所做的注:"茶价一律一百文"。

茶馆成为几乎各个公园的中心,在中城公园茶馆占据了北面的大部分,而有人说支矶石公园整个就像一个大茶馆。而城外的一些茶馆以其悦目的环境招徕许多顾客。

一首竹枝词描绘了花会附近的茶客们:"久坐茶棚看路口,游人如织不停梭"。环境对茶馆生意十分关键,在花园、庙宇中的茶馆总是不愁客源,对此,清嘉道年间的号称"六对山人"的地方文人杨燮吟道:

> 个个花园好卖茶,

牡丹园子数汤家。

满城关庙荷池放，

绿树红桥一径斜。

就是说有花园的茶铺生意都非常好。有的花园里有牡丹花，有荷花池，有小桥，有绿树，有小径，还有庙宇，为茶客提供了一个优美的环境。

器具和"三件头"

整个茶铺，无论是它用的器具、环境、布置、语言，以及在那里谋生的诸如堂倌、瓮子匠（就是管灶烧水的火头军）、小商小贩、装水烟的、掏耳朵的、补伞补扇的、修鞋擦鞋的、算命的，林林总总，都是茶馆文化的组成部分。茶铺可以说就是一部过去成都物质生活和物质文化的历史。

茶铺所用茶具一般为"三件头"，即茶碗、茶盖、茶船（即茶托或茶盘）三件组成，去茶铺喝茶称之为"喝盖碗茶"。茶船即茶托，用它端碗以免烫手。茶盖可以使水保持烫度，还可以用盖来拨动茶水，使茶叶香味四溢，滚烫的水也凉得快一些，以便着急的客人赶快止渴。另外，茶客喝茶时从茶碗和茶盖之间的缝隙，可以把茶叶撇开。

桌椅也具地方色彩，在早期都是在路旁放小木桌，每桌四条矮板凳,没有雅座,没有茶屋,没有躺椅,因而亦无士绅光顾,纯粹为下层人民而设。之后,有靠背和扶手的椅子开始在茶铺使用,使人们坐得更舒服,当然也延长了他们坐茶铺的时间。

茶具相对来讲较贵,所以下等茶铺尽量延长其使用期。按照李劼人在《暴风雨前》中带有讥讽的描述,茶碗"一百个之中,或许有十个是完整的,其余都是千巴万补的碎磁。"

而补碗匠的手艺高超,"他能用多种花色不同的破茶碗,并合拢来,不走圆与大的样子,还包你不漏。也有茶船,黄铜皮捶的,又薄又脏。"

碗匠可以把不同的茶碗片拼在一起,他们的技术是如此高超,以至于民初寓居成都的传教士徐维理(William Sewell)说,在这些碗片拼好后,如果不从碗的下面看的话,"几乎看不出是补过的"。

茶铺里的桌椅也展示了茶馆文化。四川有丰富的竹子资源,其在人们的日常生活中起着重要作用,经常被用作建筑材料或起居用品,像筷子、工具手柄、家具等。

在公园和成都郊区,茶铺一般坐落在竹林之中,夏天人们在里面享受着阴凉。茶铺的椅子都有靠背和扶手,坐在上面舒服方便,与矮方木桌非常般配。因为使用经年,被磨得油光水滑,呈古铜一般的铮亮,自然与人文相得益彰。

茶碗

茶碗、茶托和茶盖，是过去四川茶铺必备的三件套。当然，木桌和有扶手的竹椅，也是过去茶铺的标配。这也是物质文化发展的见证，瓷器、木器和竹器，真是相得益彰，缺一不可。

经营自主是茶铺持续发展的关键

"空手套白狼"

任何商业，无论大小，总有它们经营的秘诀，是它们生存和成功的利器，外来力量——经常是专制国家的权力——去强行改变它们，带来的经常是伤害，虽然经常是在为了它们好的旗号下。

茶铺作为成都小商业一个重要组成部分，发展了一套独特的经营方式。在过去，开茶铺无须大笔投资，普通人家也可经营此业，大多数业主都是终日为生计挣扎的平民百姓。

开办一家茶铺无需投入大笔资金，且回报相当不错。桌椅和茶碗是必备，场地可以租用，所以有人认为，只要计划得好，就是无本也可能把茶铺开起来。这种说法不一定对每一个人实用，但也的确反映了开茶铺相对容易这样一个事实。

有些时候，方法得当，路径走对，无本生意也是可以做起来的，用今天的话来说，可以"空手套白狼"。

具体怎样操作呢？当时许多人靠茶铺为生，他们就是茶铺的最初"投资人",虽然这些"投资人"手里面也没有几个钱。如从茶铺厕所掏粪作肥料的农民,或租用茶铺一角的剃头匠,还有给客人提供热脸帕、掏耳朵、算命、卖纸烟的小贩,等等,他们先给未来的茶铺老板交押金。甚至要求那些擦皮鞋、卖报纸或其他卖日常用品的小贩投资茶铺,以换取他们在此谋生活的权利。

那么茶铺开张后,他们也就有了在茶铺提供某种服务的"垄断权"了。这些预付的押金已足够交付首月房租以及购买茶铺所需桌椅器具的费用了。

地方报纸的报道也透露这是一个流行的筹集资金的方法:在某茶铺老板死后,其遗孀试图继续经营茶铺,她从热脸帕服务和其他小贩那里收取了押金400元,但房主不让她继续租房,并要她搬出,于是她卷款逃走了。

茶馆一般也只允许那些参加投资的卖报人、擦鞋匠、小贩在茶馆做生意,但另一些资料说茶馆并不干涉小贩的进出,因为他们实际上有助于生意兴隆。有时人手不够茶馆会要求小贩帮忙,但小贩并不是非同意不可。

可能各茶馆情况各有不同,并无一个划一标准。开办茶馆的这种集资方式,既体现了成都一般民众进入商界的一种途径,亦反映了人们之间相互依赖的关系。

让数字说话

那么开办一家茶铺到底需要多少钱?据1937年的一个统计,

457家茶铺的总资金为58400元，平均每家120元。不过这个统计不完全，当时成都共有茶铺640家。

1940年的档案资料对全成都的茶铺投资有详尽的记录，资料显示最低投资额为300元，最高为2500元。事实上610家茶铺中有450家的开业费用处于最低水平，换句话说74%的茶铺启动金仅为300元。如果加上那些启动金在300-500元之间的茶铺，成都茶铺的95%处于这个投资水平。610家茶馆的总资金为22万元，每家平均不到400元。

这说明在1940年300元是开一家茶铺的最低标准，当时300元能买到什么东西呢？过去米价通常是物价的基础，也是通货膨胀的主要指标。1940年8月1石米卖141元，因此300元可买2.1石米（大约600斤）。

当然也有的茶铺资本雄厚，如桃园茶社在1940年10月开张时有资本2000元，而当时那些开办资金在1000元或以上的茶铺只有12家。

1940年的茶铺资本，还有一个不同的数字：614家茶铺共有资金23万元。平均每家茶铺380元，能买700多斤米。但仅半年以后，由于米价大涨，仅能买300斤米。

另一有详细记录的年份是1951年。我从成都市档案馆保存的几百份详细的统计表中，考察了统计表中前30家茶铺，其中资本最多者为1400多万元，最少者200多万元。这30家总资本为1.7亿元，平均582万元。其中17家都有不同程度的欠债，共计 1300 多万元债务。

这个资金数字看起来有点吓人，其实由于通货膨胀，纸币价值下跌厉害。上面的数字都是旧币单位，1955 年发行新币时，新旧币的折合比率为 1 比 1 万。

合伙制度

一些茶铺实行合伙制，这样可以筹集到更多资金。开办茶铺，业主必须登记和完成各项手续，档案资料保存了相当一部分这些记录，其所填写的《商业登记呈请书》，提供了包括开办人姓名、地址、资本额、合伙人、营业性质等信息。

以 1942 年成立的同兴茶社客栈为例，该茶铺由傅永清和巫品荣合伙开办，据他们所签合约，傅和巫各出 1 千元作为本金，租浆洗下街铺房两间，内屋三间，共五间。付押金 400 元，每月房租 40 元。另租茶壶、茶碗、桌椅、被盖、床帐等。其余资金则用作购茶叶、煤炭、雇工、伙食等费用。

出资人共同管理茶铺。由傅负责保管银钱和查账；巫负责记账、采买、办伙食等事务。而管理工人、日常经营等则各负责一天。每半月结账一次，当节余达 2000 元，可进行分红，但所有茶铺之必用材料，诸如茶叶、煤炭等则不能用于分红。像停业、重组等生意上的重大问题，都要由两人共同决定。

地方政府还为此发布公告：

傅永清、巫品荣创建同兴茶社，呈请登记给证案。呈悉，查核尚无不合，除公告外，准予发给商业登记证一张。

有的茶铺却是多人合伙，如1942年位于盐市口的锦江阁集资达3万元，投资分为10股，每股3000元。一人拥有4股（1.2万元），另一人有2股（6000元），其他4人各有1股。其《合同伙约》显示了该茶铺是如何经营，如何分配红利的。

这家茶铺有经理、账房、堂倌各一，另有三位选自股东的监事。经理负责一切业务，不拿薪水，但可报销业务花费，而账房和堂倌要付工资。经理有权开除或雇用伙计。茶铺每年两次向股东报告经营业务，包括开销、盈利或亏损。无论盈亏都平均分摊到每股。每年年终净利润的20%作为红利分发给股东。

有关茶铺的任何决定或变动，如资本额的增减，都必须得到股东一致同意。这种经营方式与其他大多数以家庭为基础的茶铺不同，有限合伙人形式不仅分散了风险，而且持有较多资金使其能在同行激烈的竞争中占上风。

1947年，政府试图介入茶铺生意，四川省政府社会处在中山公园建立游乐园，设立一个官办茶馆，一个饮茶部。社会处提供50万元（法币）资助这个计划。在两个花园间的空地上，搭建了竹棚，围了竹栏杆。这间茶铺可以服务两百多顾客，使用电灯，栽各种植物，创造一个"幽雅"的环境，由社会处控制，由它派经理和会计进行管理。但其他雇员工资则由茶铺决定和支付。

开办茶铺相对容易，仅需很少的投资。为了生存，茶铺都尽量降低成本，并提供最好的服务。当时，由于茶铺投资少，利润也不高，所以绝大多数茶铺也不过仅仅维持而已。

从 20 世纪前 50 年里，我还没有发现任何小茶铺发展成大茶馆的实例，几乎所有的大茶馆都是从开办时便初具规模，它们投资多，营业的空间大，雇佣的工人多，接纳的客人众，因此利润不菲。

虽然进入这个行业可以做无本生意，可以找到一口饭吃，但是对于那些想通过开办做茶铺发财梦的下层人，基本上是不可能成为现实的。

茶铺里的鸡零狗碎

写历史，需要有细节；有细节的历史，才是有血有肉的历史。细节似乎缺乏宏大的叙事，但是却为宏大叙事提供了支撑。那些似乎不经意的鸡零狗碎，却是回归历史现场的定海神针。

那我们就来看看开办茶铺的一些细节吧。首先就想问，需要些什么基本设施呢？茶铺中使用的器具也反映了经理人怎样做生意，需要什么条件。资料很少显示茶馆（甚至其他小商铺）中使用的日常必需品，其实这是了解物质文化的重要部分。虽然这些小东小西并不显示重要历史意义，但可能提供小商铺是如何管理及其显示的物质文化。

《成都晚报》1949年上一篇题为《成都茶座风情》的文章说，两三张桌子、五六把椅子便具备了基本条件。事实上，也不至于简单到这个程度，还是需要不少其他东西。不过，要知道究竟过去的老茶铺需要些啥配置，还真是有点难度。

幸运的是，从档案中，我发现若干由于茶铺中的斗殴损坏器具、茶铺要求赔偿的记录，虽然一些茶铺用品可能没有包括在内，但是这些清单至少告诉我们，经营一个茶铺应该主要准备些什么东西。

1922年，由于一家茶铺与其房东的纠纷，打官司时，给法庭提供了茶铺的财产清单，实际上也就是透露了开办一家茶铺所需要的物品的比较完整的记录：

100把竹椅，20张方木凳，7张折叠桌，3个石缸，4个陶缸，1个炉灶，1个电表，7盏灯，1个铜罐，1口小铁锅，1个柜台，116个茶碗，102个茶盖，116个铜茶托，77个小铜茶托，6把铜水烟，3个铜脸盆，5把铜茶壶，1把铜吊壶，2个水桶，1个砖台，1个花台，55扇玻璃，2根竹水管，2张布棚，8张玻璃瓦，5张旧木方凳，1个木橱柜。

另外一个记录是1941年由于茶铺斗殴，店主也写了一个损失清单，从另一个角度提供了茶铺所需物品：

185个茶碗，165个茶船，171个茶盖，2个茶壶，75把椅子，7张桌子，35只烟袋，45包香烟，4个长凳，31个凳子，240个烟卷，25盒万金油，18盒八卦丹，5把蔬菜，7包金灵丹，12

包头痛粉，134碗茶叶，265碗茶的茶钱。看来日常用药也是必需品，可能有的茶铺也卖药，以备顾客的不时之需。

我还有一份1946年茶铺斗殴的损失清单：

149个茶碗，182个茶盖，5个茶壶，1个热水瓮子，1个漱水缸，1个铁炒菜锅，1个灶，1个厨柜，5个小陶碗，1个陶缸，31个碗，5个细瓷饭碗，11个粗瓷饭碗，8个调羹，1个米盆，1个水缸，9盘菜，1钵萝卜烧肉，共值86000元。

有趣的是，这个清单上包括有9盘菜，1钵萝卜烧肉，这是因为茶铺一般是包雇工伙食的，看来那天茶铺正准备"打牙祭"（过去四川话吃肉的意思），哪知道让这个斗殴给搅黄了。另外，损失共8万多元，当时每碗茶是50元左右（法币），相当于1700多碗茶的损失。可以说是损失惨重，难怪主人说茶铺的三分之二被破坏。

随着时代的发展，茶铺中的器具也在变化，对茶铺的物质文化也有影响，引起一些人的担忧。例如，1948年《成都晚报》上有一篇短文以幽默的口气写道："温瓶出，茶道亡"。文章称越来越多的饮茶者使用温水瓶，这样他们不用持续烧开水了。中国其他地方一般称"热水瓶"，但是成都人一直习惯称"温水瓶"。

作者认为，温水瓶的开水用来泡茶，其茶水的外观和味道都是用"鲜开水"所不能相比的：

> 每饮必无好水，不堪辨味，则损于茶事者良多也。沸水

滞积壶中,热不散,不仅水热而老,老而且疲,无论什么好茶叶,无论什么好泉水,两好一旦相遇,就此都成不好了。

没有好的鲜开水,喝茶不再是一个"道",温水瓶实际上是在摧毁"茶道"。虽然作者有如此的批评,但他也宣称:"心里恨热水瓶又舍不得打碎热水瓶。"这反映了其对新的物质文化和消费文化的复杂态度。

一方面,这些新东西给人们的日常生活带来了许多方便;但另一方面,它们又造成了人们骄傲和珍视的传统生活方式和文化的改变。

其实还有一个结果是这篇文章所没有提到的:热水瓶的使用可能使一些人在家中喝茶。过去茶铺是对普通居民唯一提供鲜开水的地方,热水瓶的使用,从一定程度上,解决了这个难题。那些对开水要求不是很高的茶客,要喝茶也不是非去茶馆不可了。

哪里去找寻茶铺的往事?

西人的记载

我们经常忽视每天都发生在我们眼前的事情,因为它们太平常,司空见惯,哪怕它们对我们每天的生活是多么的重要,也提不起我们的兴趣。

过去日常生活和大众文化的许多方面,就在我们眼前一天天消失,它们的离去,大多数甚至都没有引起我们的注意,因为我们都在关注新的事物。一代又一代地陪伴我们先辈的东西默默退去,我们都不屑于叹息一声,或者流露出哪怕一丝丝的伤感。

当多少年过去以后,经常是它们都不存在的时候,我们才蓦然醒悟,感觉我们生活中、文化里似乎欠缺了点什么,然而不知道在哪里去寻找它们的踪迹。

全世界都知道茶铺与中国人日常生活密切相关,关于中国茶叶的写作,可以说是汗牛充栋,但相对来讲关于茶铺的写作却要少得多,因为写茶铺的难点是资料的缺乏。

中国饮茶的传统很早即为西方和日本的旅行者所注意，在他们的旅行记、调查以及回忆录中，经常描述他们关于茶馆的深刻印象。而当时的中国人，可能是对茶馆司空见惯，很少留下文字的记录。反而较早关于茶馆的记录，是由西方人和日本人留下来的。

例如前面所提到的英国人福钧（Robert Fortune），1990年代末我在约翰斯·霍普金斯大学写博士论文的时候，就读到了他在中国的旅行记，即1853年在伦敦出版的《两访中国的茶乡》（*Two Visits to the Tea Countries of China*）。

还有戴维森（Robert Davidson）和梅益盛（Isaac Mason）在1905年出版了《华西生活》（*Life in West China*），以及19世纪末20世纪初日本人中村作治郎1899年出版的《支那漫游谈》，后来还有井上红梅的《支那风俗》，迟冢丽水的《新入蜀记》，以及东亚同文会所编《支那省别全志》中的《四川省》等。

这些外国人所记录的中国社会生活，其中有一些饮茶和茶馆的描写，虽然也不是很详细，但毕竟提供了一些19世纪和20世纪初关于茶馆的信息。

关于成都茶铺的中文资料，到民国时期开始多一些了，许多到过成都的人留下了不少私人的感想、笔记或者回忆文章。另外还有各种报刊资料对茶馆也时有报道，以及我自己的田野调查和访问资料。不过最重要的是，我发现了大量档案，对成都的茶铺的了解因此丰富了许多。

抚去历史的尘埃

从历史的尘埃中突然发现已经忘却的过去，那是我们的运气，因为历史上99%以上的东西，一旦被丢失了，就永远找不回来了。

记得是2000年，我在成都市档案馆发现关于成都茶铺的资料，非常兴奋。但是2000年只是利用暑假回国做研究，当时还没有足够的时间将这些档案资料彻底翻一遍，但是我知道那里边有很多非常珍贵的记录。

随后的两年，我一直把主要精力放在《街头文化》的那本书上，实际上到了2003年，我获得了美国人文学研究基金（NEH）的资助，这样我在整个一年的时间内不用上课，全部的时间都用来研究茶馆的课题。

基金支付我那一年的工资，如果不够的话，由我任教的学校另外补足。由于这个基金是非常重要的，也是非常难获得的，得到这种资金对于我本人和学校来说是极大的荣誉，那一年学校还多奖励了我一个月的工资。

利用这个机会，我在2003年将成都市档案馆的有关资料进行了系统地查阅。那个时期档案的使用是非常开放的，几乎没有什么限制。当时档案馆便已经有了很好的编目，先查目录，然后由档案馆借阅部的工作人员进库调卷宗。那里的工作人员都非常友好，给我的研究提供了尽可能的方便。

那个时候档案基本上是可以自由查阅和复印的，而与现在各档案馆的各种限制非常不同。现在许多档案不再开放查阅，而且规定每一张介绍信只能复印有限的几十张。如果当时有如此限制的话，我不可能在相对短的时间内，收集到这么多的资料。所以档案的开放程度，直接影响到史学研究的发展。

现在我们反对"历史虚无主义"，我认为，开放档案，让真实的历史浮出水面，就是反对历史虚无主义的利器。反之，就是为历史虚无主义张目。所以，一方面限制档案的使用，另一方面竭力要反对"历史虚无主义"，似乎陷入了历史的怪圈之中。

其实，并不是所有的档案部门都不愿意让学者们自由查阅档案，有相当多的档案部门还是尽量为学者创造使用档案的条件。在我第一部《茶馆》的中文版2010年由社会科学文献出版社出版以后，当时的成都市档案局局长兼成都市档案馆馆长在媒体上写道：

> 作为档案局馆长，这几天我特别的兴奋，感到震撼！在8月15日我休假时买了一本与成都市档案工作有关的新书。这本书是2010年2月由社会科学文献出版社出版的，署名王笛著译《茶馆：成都的公共生活和微观世界，1900—1950》。作者在《英文版序》中说："感谢成都市档案馆允许我使用其卷帙浩繁的档案资料，当我在那里阅读资料时，得到了非常优良的服务。"我兴奋得很，从15日下午到16日凌晨3时，

我一口气看完这部500余页的有世界影响的学术专著，这是一部与我们成都市有关与我当局馆长的档案馆有关的书，与我们的档案管理和开发利用有关的书，我有理由兴奋有责任深思。

希望我们所有的档案管理人员，都能像这位档案部门的负责人那样具有开放的态度。

追寻档案

在那个时候，成都市档案馆的阅览室没有空调，夏天坐在那里，经常汗流浃背，那里的工作人员和我一起遭受酷热，最多就是用电风扇来解暑。

在那里，经常几乎就我一个人看档案，有用的文献从资料的海洋中被筛选出来，然后填写复印表格。当复印的资料交到我的手中，那种心情真是难以用语言来形容。

我当时在想，我万里迢迢从美国来到成都进行研究，但是为什么本地学者不来查阅档案呢？我认为当时国内的学者还不像西方历史学家那么看重档案，学术研究基本上是靠图书馆的资料，对档案的强调，是后来才一步步建立起来的。

还有一个原因，当时中国学者的条件还没法和西方学者相比，记得当时查阅一卷档案是10元钱，那么大量的调档，加上复印资料是一元一页，开销便相当大。这也有可能是当时国内学者很少来利用档案的原因之一。

我在那里每天看档案，和借阅部的几位工作人员都建立了友好的关系，实际上由于我调读的卷宗和复印的资料量都非常大，工作人员还是非常人性化的，并没有严格地按照所规定的收费标准，在最后结账的时候给了我不少的优惠。

当然由于我这次回来是有研究基金资助的，对于有用的资料，不考虑成本也要收集到手。多年以后我还在想，如果当时不是果断地把这些资料都掌握的话，以后再回去查阅和复印将是非常困难的。

还记得我带着满满一手提箱的资料离开成都回美国的时候，充满着兴奋的心情。当时都不敢把这些资料托运，担心万一遗失，所以我一直随身携带。这些资料可以说在过去的将近20年中，为我的茶馆研究提供了基本的依据。

那个时期，可能是中国档案管理最开放的时期，我抓住了机会，那是我的运气，也可以说是学术的运气，否则就不会有我后来的两卷本的茶馆研究了。

这让我明白了一个道理：我们总是期望一切事情会变得越来越好，其实有时候机会就是转瞬即逝，没有抓住，可能就是终身的遗憾。

我最初的设想是，考虑到成都茶馆的资料非常有限，那么通过档案的发掘，再加上实地考察以及其他资料的补充，有可能写一本成都茶馆的百年史，就是整个20世纪成都茶馆的历史。所以在查阅档案的同时，我进行了深入广泛的成都茶铺的田野调查。

但是在得到了丰富的档案以后，我决定以1950年为分界点，写两本茶馆的专著，以充分利用所收集到的珍贵的资料。

在档案馆查找资料的时候，由于上午11:30就要交还档案，一直到下午2:30才重新开门，中午有三个小时的时间，我就出去吃午饭，就这样，位于花牌坊街成都市档案馆周围的茶馆我几乎都去过，无论是低档的街角茶铺，还是中档的茶楼（记得那个地区没有发现高档的茶馆），几乎都进行了考察。在周末或者其他不看档案的时间，则去其他地区的茶馆。

2008年，我在斯坦福大学出版了西方世界第一本关于中国茶馆的专著，即 *The Teahouse: Small Business, Everyday Culture, and Public Politics in Chengdu, 1900—1950*，即上面提到的《茶馆：成都的公共生活和微观世界，1900—1950》。

十年之后，即2018年，在康奈尔大学出版社出版了我的第二本关于中国茶馆的专著 *The Teahouse under Socialism: The Decline and Renewal of Public Life in Chengdu, 1950—2000*，即《茶馆：成都公共生活的衰落与复兴，1950—2000》，后者于2020年获得美国城市史学会颁发的两年一度的最佳著作奖。

资料的支离破碎

成都市档案馆所藏有关于茶铺的资料，散布在《成都省会警察局档案》《成都市商会档案》《成都市政府工商档案》《成都市工商行政登记档案》《成都市工商局档案》等。

这些资料提供了关于茶铺的经营、资金、利润、竞争、价格、征税等。从征税记录,我们得知茶铺数量,每个茶铺的规模,每日销售量等,从每日销售还可以对每日平均顾客数进行估计。

发生在茶铺中许多事件,像争执、小偷、赌博、走私、暴力、仇杀等,在警察档案中亦留下了大量记录。整个民国时期,地方政府和警察发布了许多关于茶铺的规章,涉及公共秩序、娱乐控制、行为规范、政治宣传、卫生标准等各个方面,这些档案资料提供了可信的记录。

我也大量使用其他像报纸、游记、私人记录等资料。在地方报纸中关于茶铺生活的报道,虽然简短和不全面,但在许多方面填补了档案资料的不足,并竭力找到各种支离破碎资料间的内在联系。地方报纸经常发表关于茶铺的文章,包括一些系列文章。

例如,仅从1942年《华西晚报》上,我便发现有五篇这样的文章,即此君的《成都的茶馆》(1942年1月28—29日),陆隐的《闲话女茶房》(1942年2月25—28日),周止颖的《漫谈成都女茶房》(1942年10月13日),居格的《理想的茶馆》(1942年10月17日),以及老乡的《谈成都人吃茶》(1942年12月26-28日)。这些文章多是基于作者自己的观察和调查,为我们今天重构茶馆过去的文化和生活提供了依据。

我发现了不少旅行者和访问者对成都日常生活、特别是茶铺生活的描述。一个外省人或外国人一进入成都,即会被这个城市茶馆的兴盛所吸引,不少人写下了关于茶馆的印象和感觉,从而给我们留下了珍贵的记录。当然,我也充分理解,作者有他们自己的主观性,对信息经常有选择地记录,我们所看到的茶铺是透过他们的眼睛和头脑。

历史的写作,靠史料的支撑,但并不是有了史料,就掌握了历史,因为更重要的是,怎样去解读这些资料。每个历史的观察者,对资料的解读可能都有不同,这种不同,不仅反映了观察者的出身、教育、阶级、政治观点、思想倾向等分野,还充分展示了历史认识的复杂性和不确定性。

小说家的记录

中国的史家们热衷于宏大叙事,历史的写作越来越趋向干巴巴的科学论文,越来越远离司马迁《史记》的那种文学的魅力。在对日常生活史的记录方面,我们历史学家,其实远远地落在了文学和小说家的后面。

茶铺是成都日常生活的中心,一些以成都为背景的历史小说,许多情节都发生在茶铺里。例如在初版于1936年的《暴风雨前》和1937年的《大波》中,李劼人对晚清成都和四川保路运动进行了详细的描述,并反映了成都茶铺生活的丰富多彩。

虽然《暴风雨前》和《大波》都是历史小说,但是根据作者的亲身经历，李劼人对成都的面貌、地名、社会习俗、主要事件、历史人物等的描写，都是以真实为依据的。

由于李劼人的《大波》非常写实的描写，以至于有人批评这部小说"不是戏，倒像是辛亥年四川革命的一本记事本末"，针对这样的批评，李劼人在他的《"大波"第二部书后》自我调侃道："细节写得过多，不免有点自然主义的臭味"。他自己也承认，该书"反映了一些当时社会生活，多写了一些细节"，特别是上卷"是一部不像样子的记事文"。

但也正是这种"记事本末"或"记事文"的风格，对于社会和文化历史学者来说，则成为了解已经消失的成都日常生活的一些细节的有用记录。

另一位乡土作家沙汀对成都附近小乡场的地方权力斗争亦有详细描述，茶铺是沙汀描述社会冲突的理想之地，许多情节皆发生在那里。特别是短篇小说《在其香居茶馆里》（1940年），长篇小说《淘金记》（1941年）、《困兽》（1944年）等。

这类根据作家自己的生活观察，以地方风土和真实经历为基础的一些历史小说，是作者第一手资料的观察，有着非凡的细节和可靠性。

不过，当我们以小说作为史料时，必须区别历史记录与作家创作之间的不同。虽然小说提供了茶馆文化和生活的丰富多彩的描写，但毕竟经过了作者的再创造，因此在使用这些记录时，我们必须持一个谨慎的态度。

茶铺就是成都人的生活史

写茶铺有意义吗?

我们经常说,观察历史必须要有宏大的视野,我们历史学家也经常自认为是历史的审判者,肩负着历史的使命,因此他们的眼睛,只放在那些风云人物身上,以为只有他们才创造了历史。

而在我看来,帝王将相和精英的历史,是一个不完整的历史,因为普通人也是历史的创造者,无非是创造的方式不同而已。其实,我更想说,所谓帝王和英雄所创造的历史,大多是为了控制、争夺权力和满足自己的野心,他们更多的是灾难的制造者,留下了悲惨的历史;而那些芸芸众生,才是文化和经济发展真正的推动者。

因此,历史学家要为百姓写史,哪怕是凡夫俗子每天坐茶铺的"毫无意义"的日常行为,也远胜于一代枭雄所谱写的横尸遍野的血泪史。

成都人的生活方式促进了茶铺繁荣不衰。人们的茶铺生活轻松而自在,朋友和熟人在那里会面、聊天、下棋、谈生意等,进行各种活动。茶铺有其特殊的诱惑力，诱使人们日复一日、月复一月甚至年复一年地在那里度过人生。

在20世纪前半叶的成都，几乎每条街都有茶铺，没有任何一个公共空间像茶铺那样与人们的日常生活密切相连，茶铺生活成为这个城市及其居民生活方式的一个真实写照。

一碗茶不贵，顾客可能花更多的钱在香烟、炒瓜子、水果等，还有热脸帕、小费等开销。

当然，茶铺数量的增加也是城市发展的必然结果，越来越多的移民进入成都，需要更多的地方寻找工作，进行社交，劳作之余休息。他们在城市中没有固定的家，于是茶铺成为他们远离家乡时的一个重要栖息地。

茶客们的文化自信

什么叫文化的自信？就是人们每天践行的，即他们内心所真正喜欢的，而不是表面上宣称和内心真正所想的南辕北辙。

我们的茶客们，就是有这样的文化自信。成都居民对自己营造的悠哉乐哉的生活气氛颇为自珍，在整个20世纪上半叶几乎没有什么变化，即使同时期政治和社会生活的各个方面都大大地改变了。只要有时间，各行各业各阶层的人便来到茶铺。

茶铺中的中老年占大部分，他们一般都到住处附近吃茶，成为最忠实的客人。如果茶铺里讲评书，他们几乎每晚必到。

成都有许多大户人家子弟、城居地主、有产寓公，他们不少来自外县，乡场给他们提供的娱乐非常有限，因此茶铺成为他们消磨时光之地。寓居异乡，沉湎于成都的生活方式，更成为茶铺的常客。

即使那些收入拮据的居民，也喜欢在茶铺里度日，似乎并无拼命挣钱的原动力。至于那些忙于生计的下层阶级，只要他们能买得起一碗茶，也会光顾茶铺。

茶铺更成为那些无所事事打发日子之人的理想地。他们给去茶铺喝茶想出了各种理由，强调茶铺的特殊功能。例如，如果一个男人与他太太有了口角，他可以到茶铺里待上几个小时，和朋友聊聊天，读读报纸，回家时可能已怒气全消。

还有人解释道，现在很多年轻人去茶铺是因为失业，对他们来说茶铺是最方便、最廉价的去处，以消耗他们的时间，会见朋友，甚至可以在茶铺找工作。

其实茶铺还是一个大众教育的空间。在茶铺里长大的小孩，陶冶了性情，增长了见识，了解了社会。

他们在那里受到了戏曲的熏陶，接受了表演艺术的大众文化的教育；他们和三教九流打交道，学到了很多社会的知识；他们在这里观察世界，在这个社会的大课堂里迅速成熟起来。

四个阶段

我把20世纪上半叶成都茶馆的历史分为四个阶段，也是本书的四个部分：

第一部分"帝国覆没之前，1900—1911"；

第二部分"新制度，旧时代，1912—1936"；

第三部分"战时大后方，1937—1945"；

第四部分"混乱的年代，1946—1949"。

这四个时期的茶铺的经济、社会、文化和政治都有一定的逻辑联系，但是各个时期又有其时代的特点。

茶铺实际上是个微观世界，折射出大社会的复杂和变化多端；或者是一扇窗口，透过这个窗口可以观察大千世界的丰富多彩。

本书的内容涉及茶铺的文化，茶铺中的各种人物，茶铺的日常生活，那里的人际关系和网络关系，以及人们在茶铺中进行的各种活动。

作为戏园的早期形式，茶铺为地方戏的表演提供了场地。从茶馆里的表演，我们看到一般民众得到什么样的通俗教育。娱乐使那些缺乏教育的人们，被潜移默化地灌输了传统的价值观，这成为地方精英和政府力图改良和规范大众娱乐的主要原因之一。

从茶铺可以观察到阶级、性别等问题。茶馆为三教九流和各种社会组织提供了空间。女人到茶馆受到限制，但是20世纪初妇女开始进入这个男人的世界，揭开了在公共空间中为性别平等而斗争的序幕。

还可以从经营角度来了解茶馆，包括茶馆的数量、规模、管理、竞争、雇佣、资金、利润、位置、环境等。

茶铺中也经常展示了性别冲突、各种社会关系、国家和地方政治等更深层次的问题。茶铺怎样被用作袍哥的公口和码头，秘密社会组织在那里的活动。茶铺作为维持社区稳定的"民事法庭"，人们在那里解决纠纷和冲突，在社区自治中起到重要的作用。

由于社会动乱，各种矛盾层出不穷。在茶馆里，民众为生存而争斗，流氓横行霸道，兵痞毁坏茶馆财物，盗贼偷窃茶铺和顾客的财物等，大小事件层出不穷。

从晚清到民国，茶馆总是体现了强烈的政治文化。抗战时期，茶馆政治更达到顶峰，茶馆被用作全民动员和战时宣传，日常生活与国家政治的联系之紧密达到史无前例的地步。战后的茶铺，仍然是一个政治斗争的舞台。

总之，对茶铺故事的讲述，试图再现成都的茶铺和茶馆文化，挖掘在成都茶铺中所发生的形形色色的故事，把读者带入茶铺的内部，以一个新的角度理解中国城市及其日常生活。

帝国覆没之前，

1900—1911

在晚清的成都，几乎每条街都有茶铺，没有任何一个公共空间像茶铺那样与人们的日常生活密切相连，茶铺生活成为这个城市及其居民生活方式的一个真实写照。

历史就是这样作弄人,当清王朝灭亡的时候,正是这个王朝的统治者正在试图变革的时候。这或许告诉我们,变革如果不及时,或者不彻底,将不可能扶大厦之将倾。

在清政府倡导、地方政府推动、地方精英积极参与的新政运动中,20世纪最初的10年出现了一个城市改良的热潮,城市成为工商业、教育以及社会改良的中心。

晚清的成都,正是新报、新刊、新书不断出现的时候,开启了大众阅读的时代,这个时候新学堂开始建立,出现了受过新式教育的一代年轻人。

这个城市犹如整个国家一样,正在经历一场改革运动,不仅是像政治、经济这样的大问题,就是日常生活的方方面面,也在发生变革,例如城市的卫生和交通。

过去到了晚上,街上都是黑漆漆的一片,但是这时开始安装街灯，有专门的更夫负责晚上点亮街灯，虽然用的是煤油灯，但是这给成都带来了新的面貌。

成都还出现了一些现代化的设施，比如劝业场是成都第一个商业中心，那里首先使用了电灯，还开始使用自来水。在劝业场的顶端，还出现了第一座钟楼，改变了市民对时间的观念。

成都茶铺产生于城市独特的自然社会环境，20世纪初改革之前，茶铺较少受到政府之影响。长期以来，茶铺为各个不同阶层的人民提供服务。当然，茶铺的经营者建造了这个公共聚集的空间，他们的顾客——包括劳工、小贩和艺人等——共同创造了丰富多彩的茶馆文化。这个小小的空间提供了一个广阔而复杂的社会舞台，深深地浸透着当地的文化特质。

这个时候的成都可以称为改良时代的成都，特别是有一些改良人物，例如傅崇矩，作为一个民间的改良者，出版新书报，把电影首先引入茶铺里放映。

还有官僚改良者周善培，他创办警察，改良戏曲，设立戏园演新戏，等等。从设立警察开始，便开始规范茶铺，制定卫生标准，茶铺和茶铺生活也进入了一个新阶段。

在从晚清以来的日益流行的崇尚西方价值观的影响下，茶馆经常作为"惰性"或"落后"生活方式的典型而受到批评。

在正式或非正式的官方文献中，茶铺总是被指责为各种社会弊病的萌生地，诸如糟糕的卫生条件、散布流言蜚语、赌博、下流表演等，不一而足。

因此，茶铺不断成为社会改良者针对的目标，他们运用政府力量对茶铺进行严格控制，作为国家权力深入社会、并对社会全方位操纵的重要一步。

虽然一些改良精英肯定茶铺的积极因素，承认茶铺在社会生活中的中心角色，但许多西化的地方精英配合国家观念，对茶铺持否定态度，为政府限制、控制、攻击茶馆文化的正当性提供了根据。

在这一时期，地方精英在国家权力的支持下，积极参与改良，扩展他们对民众的影响，确立他们的社会声望。这些活动显示了精英对大众文化所持的态度，以及国家怎样对待茶铺生活的一贯政策。

坐茶铺是一种生活方式

《暴风雨前》话茶铺

人们的生活方式是长期形成的,因此是根深蒂固的。

由于过去人们的居住环境不便,普通人有事相商或会友,总是安排在茶铺里,由于既方便又舒适,即使居住宽敞的精英阶层也把茶铺作为他们的会客厅。

李劼人在长篇小说《暴风雨前》讲述的是19世纪末20世纪初在成都发生的故事,描述了不少成都茶铺与成都人的关系:"坐茶铺,是成都人若干年来就形成了的一种生活方式。"

在晚清的成都,几乎每条街都有茶铺,没有任何一个公共空间像茶铺那样与人们的日常生活密切相连,茶铺生活成为这个城市及其居民生活方式的一个真实写照。

在中国,成都的确以茶铺最多、茶客最众、在茶铺中消耗的时间最长而名声在外。如《暴风雨前》所描写的晚清:

> 茶铺，这倒是成都城内的特景。全城不知道有多少，平均下来，一条街总有一家。有大有小，小的多半在铺子上摆二十来张桌子；大的或在门道内，或在庙宇内，或在祠堂内，或在什么公所内，桌子总在四十张以上。

李劼人还描述了晚清成都市民对茶铺的依靠：

> 下等人家无所谓会客与休息地方，需要茶铺，也不必说。中等人家，纵然有堂屋，堂屋之中，有桌椅，或者竟有所谓客厅书房，家里也有茶壶茶碗，也有泡茶送茶的什么人；但是都习惯了，客来，顶多说几句话，假使认为是朋友，就必要约你去吃茶。

就是说哪怕在士绅家里，来了客人，寒暄几句，就立即一起出门，到附近的茶铺里喝茶聊天。

按照李劼人的生动说法，如果某人在夜里发现了一点值得告诉人的新闻，"一张开眼睛，便觉得不从肚子里掏出来，实在熬不住了。有时却仅仅为了在铺盖窝里，夜深的时候，从街上，或者从邻居家里听到一点不寻常的响动，想早些打听明白，来满足自己好奇的癖性。"

人们喜欢到茶馆喝茶，还因为那里真是一个自由世界，无拘无束。正如李劼人所形容的：人们可以"提高嗓子"地畅谈，不论是"家常话，要紧话，或是骂人，或是谈故事"，可以"不必顾忌旁人"。

在茶铺中陌生人之间也能够相互夸夸其谈，也可以只洗耳恭听，不语一言。所以李劼人写道，如果"你无话可说，尽可做自己的事，无事可做，尽可抱着膝头去听隔座人谈论，较之无聊赖地呆坐家中，既可以消遣辰光，又可以听新闻，广见识，而所谓吃茶，只不过存名而已。"

茶馆对于男人来说是一个毫无拘束的地方。如果他感觉燥热，"喜欢打赤膊"的顾客"只管脱光，比在人家里自由得多"。

茶铺一般都提供理发服务，茶客可以理发喝茶两不误，而且经常就在茶座上进行，"哪怕你头屑四溅，短发乱飞，飞溅到别人茶碗里，通不妨事"。

茶铺还有修脚匠，尽管把鞋袜脱了，"将脚伸去登在修脚匠的膝头上"，让修脚师修趾甲、挖鸡眼、削茧皮，在茶馆也无伤大雅。

在茶馆里喝茶从不受时间限制。买上一碗茶，顾客可以随便待多久，任意加多少回水，堂倌从不会因此给你看脸色，甚至顾客茶吃到半截，如果有事要办，"可以将茶碗移在桌子中间，向堂倌招呼一声：'留着！'隔一二小时，你仍可去吃。"

如果他感到寂寞，可以听别人闲侃，或加入其中，即使互不认识，大家也并不见怪，而且畅所欲言，既可以同声附和，亦可以抬杠。晚清的茶铺，就是一个自由的小世界。

《大波》里的茶铺

茶铺在晚清也是成都社交的首选地。李劼人的《大波》里，描写了晚清几个受过很好教育的年轻人聚会，其中有人建议：

> 我们每人只出两角半钱，这比戏园副座的票价还少半角钱。我们先去劝业场吃碗茶，可以看很多女人，地方热闹，当然比少城公园好。然后到新玉沙街清音灯影戏园听几折李少文、贾培之唱的好戏，锣鼓敲打得不厉害，座场又宽敞，可以不担心耳朵。然后再回到锦江桥广兴隆消个夜，酒菜面三开，又可醉饱，又不会吃坏肚子。每人二角半，算起来有多没少，岂不把你们所说的几项耍头全都包括了？

这个建议得到大家赞同。虽然他们囊中羞涩，但作为受过教育的年轻人，想找一个合适的地方聚会，去茶馆看戏则既体面花费亦不多，然后再到餐馆享口福，也是可以承受的消费。

请注意李劼人在文中所说的是"吃碗茶"。在成都以及整个四川，不说"买一杯茶"，而说"来碗茶"。今天通常所说的"一杯茶"，过去是用"一碗茶"。四川人也不喜欢说"喝茶"，而习惯说"吃茶"。

在这部小说的另一个情节中，故事主角楚用想找一个地方打发时间，便去了武侯祠，那里古木参天，还有一个道士开的茶铺。

巨树之下，摆放着方桌和八仙桌。楚用发现方桌都占满了，客人似乎都不像喝完茶即离开的游客，而主要是避暑的小贩或手工匠，穿着短褂，吸着叶子烟。一些在打牌，一些下棋，有的甚至手上还做着活，真是消闲和做工两不误。

在另一个炎热的下午，由于去看戏"时间不对头"，楚用又来到武侯祠的茶铺，却发现"没有空桌子。有一张桌上只坐了两个手艺人，都戴着牛角边老花眼镜在做活路，有两方空着"，但他又不屑与他们为伍。

一些特定的社会人群、职业等等，也有钟情于某一家茶铺，成为他们经常聚集的地方。如一些团体和学生也常在茶铺开会。枕流茶社便是学生的聚会处，周末和假期尤为拥挤。文人们则偏好文化茶社，教师则在鹤鸣茶社碰头。即使是人力车夫、收荒匠、粪夫等都有他们自己的茶馆。

李劼人所总结的茶铺功能

有的时候，一个事物的表面似乎是单一的，其实内部却是非常复杂的；如茶铺看起来是休闲之地，其真实角色却是多功能的。

作为一个成都本土作家，李劼人十分了解成都，发现茶铺不仅是一个放松和娱乐之地，而且是具有市场、聚会、客厅等多种用途的公共场所。他在《暴风雨前》里写到，茶铺在成都人的生活上具有三种作用：

一是各业交易的市场：

货色并不必拿去，只买主卖主走到茶铺里，自有当经纪的来同你们做买卖，说行市；这是有一定的街道，一定的茶铺，差不多还有一定的时间。这种茶铺的数目并不太多。

二是集会和评理的场所：

不管是固定的神会、善会，或是几个人几十个人要商量什么好事或歹事的临时约会，大抵都约在一家茶铺里，可以彰明较著地讨论、商议乃至争执……

三是社交的地方：

是普遍地作为中等以下人家的客厅或休息室。不过只限于男性使用，坤道人家也进了茶铺，那与钻烟馆的一样，必不是好货；除非只是去买开水端泡茶的，则不说了。

这里李劼人所称的"坤道人家"，就是指妇女。在晚清，虽然茶铺基本上是一个男人的世界，但是年纪稍长的女人，其实也并不受此限制。

茶馆为其他小生意提供空间，买卖双方都得到了方便。在一个茶铺里，如果一个商人一桩买卖没有谈成，他可以很容易找到下一个买主。如果他想得到有关市场、运输、政策、价格、利息、利润、税务等方面的信息，他首先去的就是茶铺。一些行业和行会经营有自己的茶铺，为同行的生意和聚会提供贸易场所，成为名副其实的市场。

在清末的各种记载中，便描述了茶铺作为市场和交易场所的功能。韩素音在其传教士家庭的家史中写道："'来碗茶'的叫声不断地在茶馆里响起。"这种呼喊"便是洽谈生意、敬老、请求帮助、买卖土地或其他商品的开端，生意正式交易都是在茶馆或饭馆里进行的，因为家里不适合办理这类事务。"

因此，至少在晚清，茶铺就是成都市民日常生活中最重要的公共空间。要了解当时成都的社会和文化，那么就必须了解这个社会的最基本的单位。

掺茶也是一个有尊严的职业

"生意数他茶馆好"

有许多人依靠茶馆为生。除了茶铺的店主之外，还要雇佣许多工人，包括堂倌、烧灶的瓮子匠、挑水的水夫，等等。还有许多小商小贩、算命先生、掏耳师、擦鞋匠等，也依靠茶铺为生。茶铺为许多人提供了谋生的机会。

另外，像肉店、饮食摊也常靠茶馆拉生意。人们买肉以后一般喜欢到茶馆坐一阵，在19世纪末20世纪初，吃肉对普通人家是一件大事，他们有的甚至一月才有一次。

人们可以想象一个贫民去市场上买肉时的心情。他提着鲜肉来到茶馆休息片刻，在回家之前与他人共享欢悦，甚至还有某种炫耀、让人嫉妒的成分。

另外，人们在饭后也喜到茶馆喝茶。为买卖方便，肉摊和小吃摊总是摆到了茶馆门口。茶客可以请堂倌出门为其购买食物。这种小吃服务，实际上延长了人们在茶馆的逗留时间，人们不用迈出茶馆一步，便可解决肚子问题。

茶铺较之其他生意要稳定得多，即使在经济不景气的时候，茶铺也较少受到波及。正如一首竹枝词所称：

> 萧条市井上灯初，
> 取次停门顾客疏。
> 生意数他茶馆好，
> 满堂人听说评书。

茶馆投资少、回笼快而且利润不菲。茶馆老板总是对其雇工和配茶的方法保密，对其利润也是秘而不宣。

有人说，如果将茶、煤、人工、租金的总成本看作一个单位，茶馆利润在二三倍之间，换句话说，茶馆对投资者的回报大概是其原始投资的二三倍。可能这个估计过高。据《通俗日报》的报道，1910年，悦来茶馆的股东每10两银的投资获得了1.67两的分红和每月0.8%的利息。这样，这个茶馆的投资者在1909年的投资，获得了20%—30%的利润，较之其他行业，如此回报也相当不错了。

为了确保利润，茶馆使用了很多方法吸引顾客，一般是延长营业时间、抓住老顾客以及提高服务质量。通常茶馆的营业时间是从早晨5点到晚上10点，但各茶馆亦按各自情况有所不同。

如棉花街的太和亨茶铺地处一个蔬菜市场，菜贩一般在开市之前到茶铺喝茶，因此该茶铺在清晨3点即开门营业。而在湖广会馆的茶馆则在午夜 12 点以后才打烊,以便于春熙路、东大街一带商业繁华地区店铺工作的师徒们在关门后到此打发时光。

茶铺对清晨顾客总是另眼相看,因为他们一般都是常客,其茶碗中的茶叶往往多于他人。

另外,茶铺也尽量创造一个悦目的环境,紫铜茶壶亮可照人,桌椅整齐干净。在长期的经营过程中,茶铺形成了自己独特的文化,这种文化有机地和这个城市和市民结合在一起,成为人们日常生活不可缺少的一部分。

"茶馆的灵魂"

茶铺里边的堂倌,他们有独特的掺茶的技术,嗓门很高,充满热情,幽默有趣。人们称他们为茶博士,这些堂倌创造、传承、解释、发扬、丰富了茶馆文化,他们散布在整个成都的茶铺里。

他们有许多不同的称呼,如堂倌、茶房、么师、提正堂、提壶工人等,但"茶博士"成为他们最经常的"雅名"。虽然"茶博士"这个词带有点谐谑的味道,但也的确反映了他们高超的服务技巧、对茶的独到知识以及丰富的社会经验。他们用特有的声调来迎送客人,增进了茶铺热闹的气氛,路过的行人也被感染,被吸引过来。

从堂倌的服务态度上,似乎顾客待得越长越好。位子不够了,加椅子便是。成都人就有这个怪脾气,清静的茶铺他们会怀疑生意不好,留不住客,越拥挤他们越要去,觉得这个茶铺一定是好

堂倌

扶着茶壶的手柄，笑容满面，自信、谦和、朴实，头型还有那么一点时髦。有这么可爱的堂倌，不来喝茶简直就是一种损失。许多堂倌都有丰富的社会阅历，了解人情世故，所以经常被人们称为"茶博士"。

茶铺，茶客心中总是有一个打米碗的。如果茶铺挤得水泄不通，不正说明茶铺合顾客之意么？

这个"茶博士"到底是怎么来的呢？并不是因为这些人见多识广，了解社会，懂得世故人情，对茶也非常有了解，所以叫他们"博士"。"茶博士"这个词出现的时间还是很早的。在唐代封演的《封氏闻见记》就记载："御史大夫李季卿宣尉江南，陆羽来见，衣野服，随茶具而入，手自烹茶，口通茶名。茶罢，李公命奴子取钱三十文，酬煮茶博士。"

而且在唐宋时期，社会风俗喜欢以官名谑称百业，如医生称郎中，地主称员外等，所以有"茶博士"之称。在冯梦龙的《三言两拍》中，我们也可以看到有"酒博士"的说法。如《喻世明言》第三卷，"揭开盒子拿一个肚子，教酒博士切做一盘"。

在成都，"茶博士"经常被认为是"茶馆的灵魂"。虽然老板或掌柜负责经营，但其主要角色是坐在柜台后面，分茶叶到碗里，收堂倌交来的钱，将已配好茶的碗清点给堂倌等。而堂倌才是直接与顾客周旋的人，他们的态度和服务质量直接关系到茶馆是否能吸引更多的顾客。两者不同的角色反映在当地的一则俗语中："长官不如副官，掌柜不如堂倌。"

丰富的廉价劳动力也降低了茶馆的经营成本。堂倌的工资，一般按其所售茶的碗数来计，大约日所得在七八碗茶的价钱之间。不过，堂倌也有一些外快，如卖白开水的"水钱"归堂倌所有，而常常多于所挣工资。居民常到茶馆的灶上炖肉熬药，伙夫收的

"火钱"照例归为己有。其他勤杂工则按月付给工钱,其饮食由茶馆提供。

堂倌为茶铺中最显眼、最忙碌之人,几乎没有休息时间,经常是饭一吃完便开始工作,甚至边吃饭边干活。一个民谣曾给予他们以生动的描述:

> 日行千里未出门,
> 虽然为官未管民。
> 白天银钱包包满,
> 晚来腰间无半文。

还有这么一个顺口溜:

> 从早忙到晚,
> 两腿都跑断。
> 这边应声喊,
> 那边把茶掺。
> 忙得团团转,
> 挣不到升米钱。

反映了他们在工作场所的真实处境。

堂倌热情为全体茶客服务,当有顾客进来,堂倌立即招呼"某老爷请""某兄弟请""某先生请"等,带领其到位,问要何茶。如果是熟客,甚至不用问便把茶端上了。

顾客经常一到茶铺门前,便会听见堂倌的声音在吆喝:"茶来了!……开水来了!……茶钱给了!……多谢啦!……"堂倌必须立即答应顾客的召唤,眼观四方,耳听八面,服务周到,使大家有宾至如归的感觉。

有经验的堂倌有着高超的掺茶技术,哪怕站在一米开外,也可以准确地把开水冲入茶碗中,而不会有水溅在桌子上。一个传教士是这样描写堂倌的:"长嘴茶壶列成一排,闪亮发光,自豪又有技术的堂倌把滚烫的开水从高处冲进有绿茶的碗里。"

堂倌的反应要快,以便能立即回应顾客。他们的吆喝逐渐形成一种非常特别的风格,在高峰期,即使是人声鼎沸,顾客仍能听到堂倌一声又一声的回应,顾客并不介意他们抑扬顿挫的吆喝,相反,那些变化无穷、诙谐风趣的长呵短唱,为顾客增加了许多乐趣。

火头军与水烟贩子

其他茶铺工人也体现着强烈的茶馆文化和传统。瓮子匠——烧水的工人——可能是仅次于堂倌的重要雇员,不过他们不用在茶铺里来回奔忙,也不直接与顾客打交道,但他们的工作并不轻松。

他们在黎明前就起身,把炉子捅开,烧火准备开门营业,天不亮许多茶客便要到茶铺喝早茶。一直忙到半夜,当堂倌已经结完账，他们还得仔细用炭灰把火盖好，留下火种，以便第二天清早开灶烧水。

他们经常是满面尘灰，夏天还得忍受酷热。他们还得尽量节约煤炭，同时又要及时提供充足的开水，并能够根据一天的"涌堂"（高峰时间）和"吊堂"（清淡时间）来调整火候。要做到这一点，亦需长期的工作经验不可。

瓮子房对茶铺来说十分重要。一般瓮子有两个部分。一是"茶水灶"，用黏土砌成，面上是一个厚铁板，上有十来个"火眼"，每个火眼置一个铜壶或生铁壶烧开水。

另一部分是一个或两个大瓮子，一装河水，一装井水，大约可以装一两吨水，这样可以充分利用茶水灶的余热烧热水。热水也可以卖给附近居民使用。这也就是为什么成都人过去把烧开水的房间叫"瓮子房"，把烧水的人叫"瓮子匠"。

另一个茶铺里独特的行业是"装水烟"，又称"装水烟娃儿"，来成都的外国人称他们为"烟草贩"（tobacconists）。装水烟有两个袋子，一个装烟，另一个装几根铜管和纸捻子。他一般拿一个大铜水烟袋在左手，一根燃着的捻子在右手。

水烟管很长，经常可达两米多，这样他很容易把烟管伸到茶铺的另一边。如果烟管还不够长，他还可以将准备好的管子接起来，这样，即使是热闹得水泄不通的茶铺，他也可以为坐在远处的顾客提供服务。

这种服务方式的发展，说明茶铺非常拥挤，在那里谋生的人会想方设法来方便顾客,一些独特的服务方法和文化现象便应运而生。

李劼人在《大波》中,对装水烟有这样的描述:

> 装水烟的矮子老远就拐了过来。晓得学生是不吃水烟的,把一根两尺来长的黄铜烟嘴只朝吴凤梧肩头上敲着。
>
> "瞎了眼吗?难道我有两张嘴,一张吃纸烟,一张吃水烟不成?"
>
> 矮子瞪了他一眼道:"总爷,怎吗还是这们毛法?"
>
> "你晓得我是吃粮子饭的?"吴凤梧奇怪起来。
>
> "两年前就认得你了。两年前你就是这们毛法,不开口骂人,好象过不得日子似的!"
>
> 恰逢靠街有人喊水烟,矮子才悻悻然拐了过去,口里还叽里咕噜地没停歇……
>
> 吴凤梧也笑起来道:"记起来了。这矮子原来在皇城坝吟啸楼茶楼装烟,难怪认得我。"

这里所谓"吃粮子饭"也就是当兵吃粮的意思,吴凤梧过去在打箭炉外的川边巡防新军里当过管带,所以矮子称他为"总爷",这是老百姓对当兵的——无论官兵——的一个通常的尊称。

茶铺中还使用大家都理解的"行话"。例如,在一个茶铺开张的前一晚,要举行仪式,称"洗茶碗",或叫"亮堂",该晚提供免费茶给客人,他们大多是老板的亲戚朋友或地方的头面人物。

茶水灶

茶水灶总是热气腾腾，特别是冬天，给人们带来了温暖，附近居民还可以买开水和热水回家。在过去成都，如果说茶铺就是日常生活的必需品，真不是言过其实。

这个仪式不仅是为了开张大吉,也是争取地方权势人物的保护。

茶铺一天的生意也有闲忙之分,如前面提到的忙时称"打涌堂",闲时称"吊堂"。

穷人买不起茶,可以买白开水,茶铺允许顾客自己带茶叶到茶铺泡,也只需要付开水钱便可,称"免底",或叫"玻璃"。

根据晚清傅崇矩所编辑出版的《成都通览》,在茶铺里经常使用的词汇还有:

附近居民到茶铺买的开水和热水:出堂水;

茶叶:叶子;

把茶叶放到茶碗里:抓;

碗里茶叶多:饱;

茶叶少:吝;

掺第一道水:发叶子;

水不够烫茶叶浮在水面上:浮舟叶子;

水开后放久了:疲;

擦桌布:随手;

茶刚开始喝:一开或两开;

喝了一阵的茶:好几开;

喝了很久的茶:白;

配茶的技术:关或关法。

这些词语是一种特殊的语言表达方式,也是乡土文化的一种有趣的呈现,是茶铺文化的一部分。

水夫走出城门洞

茶铺的生意和水密切相关。虽然城内也有河水流过,但水浅河道窄,人们往里扔垃圾,洗衣服,故污染不可饮。

1911年成都人口30多万,六分之五住在城墙内,使用依靠井水,但饮水多靠运江水进城。

江水取自城外的锦江、府河和南河,东门的珠市街、西门的柳荫街、三洞桥、饮马河,北门的下河坝等地,都建有取水码头。

每天成百上千挑水夫用扁担挑两个水桶从城门洞出来,下到河边取水,运水到城内的民宅、官署、公馆以及各茶铺,如果挑水夫不工作的话,那情况就相当不妙,可以说整个城市的日常生活都会停顿。

各茶铺都以味道好的江水招徕顾客,但也有例外,如望江楼下的薛涛井,以唐代著名歌妓薛涛,当是叫女校书,曾在此居住而得名。该井的水质高,许多茶铺都到这里取水。

薛涛井附近有一家茶铺,由于用薛涛井水,加之沿江的风景,故生意兴隆。一个民间的说法是薛涛以井水洗脸,胭脂流到水里,有人于是写竹枝词揶揄道:

　　薛涛井水最驰名,
　　人人爱喝洗脸水。

从晚清开始，成都也逐渐开始用自来水，最早是从劝业场开始的，吸引了许多顾客。不过这个所谓"自来水"，是由成都自来水公司用竹筒从万里桥接到华兴街的大水池，然后由水夫把水挑到各茶铺。因此，晚清出版的《通俗画报》上，还有一幅漫画讥讽这是"人挑自来水"。

江水比井水贵得多，在晚清，两桶江水大约值四个锅盔。19世纪末江水大约值30—40文一挑。

茶铺成为成都最重要的商业之一，尤其对许多普通老百姓来说，是赖以为生的风水宝地。

有多少人以经营茶铺为生呢？1909—1910年，成都有6.7万户，其中518户经营茶馆，931户卖水烟，9户搭戏班子，111户从事演唱，589户为茶铺挑水，总共2158户以茶馆为生计。如果按当时户均五口，那么可以说茶铺养活了1.1万人。加上在茶铺做小买卖或打工之人，诸如小贩和理发匠之类，这个数字将会更大。

大众的头脑是怎样被塑造的

"打围鼓"

在传统社会，国家对民众的思想和意识形态很少干涉，哪怕它试图管控，但是也没有那么多的资源和手段。对民众思想影响最大的，就是大众娱乐，特别是说地方戏和讲评书，可以说是最有效的正统思想的灌输和历史教育的手段。

在19世纪和20世纪初的成都，人们以茶馆为娱乐中心，当然对民间艺人来说，茶馆也是他们极好的舞台。茶馆中的精彩表演反过来也吸引更多的顾客。成都早期的剧场都产生于茶馆，开始茶馆提供场地给演出班子，之后茶馆成为固定的舞台。

这种状况与上海不同，根据美国历史学家顾德曼（Bryna Goodman）的研究，上海的剧场从会馆的舞台演变而来；也和北京不同，北京的茶馆是由戏园发展而来的，这是另一位美国历史学家葛以嘉（Joshua Goldstein）的研究中所展示的。

由于成都大多茶馆都面向街道，唱戏和锣鼓声总是吸引路人停下观看。许多人并不进入而是站在外面当免费观众。

成都居民从小就在茶铺里受到戏曲的浸润,这培养了他们对川戏和曲艺的爱好。曲艺和木偶通常在较小的茶铺演出。

"打围鼓"是戏曲爱好者在茶铺的聚集,他们在一起唱戏,仅用简单的乐器,不用化妆,不穿行头,基本没有动作表演,所以又称"板凳戏"。在晚清印行的《成都通览》中有一幅插图,便生动描绘了这个活动。

打围鼓经常吸引众人观看,有的人参加这个活动经年累月,不觉疲倦,甚至成为职业演员。著名川剧演员天籁便是其中之一。他无所事事,每日到万春茶馆去打围鼓,几年之内成为著名的票友。他家破产之后,他便以唱川戏为生。

由于川戏演员多、场面大,外加布景等,则多在大茶馆里进行,那里的设施比较完备。在早些时候,茶馆和戏园并无明显区分,表演不过是茶铺所提供娱乐之一部分。

在晚清成都,很少有专门的戏园,在成都专业戏园出现之前,那些游动的戏班子、杂耍、民间艺人、木偶班子,往返在各乡场和城镇。在城市中,他们走街串巷,经常在大户人家表演堂会,为家庭、社区以及庙会的各种活动助兴,在临时搭建的台子上演出。在一些庙的山门外,也有所谓的"万年台",更是他们经常的表演场地。

不过,这些流动班子最经常的演出之地还是茶馆,那里租金便宜,时间灵活。加之成都茶馆甚多,选择性更广。如果这个茶

万年台

过去各个庙宇都有自己的戏台,称万年台。在那里演戏,是酬神仪式的一部分。时过境迁,许多万年台不再用来演戏,但还是可以派作其他用场的,戏台上可以当茶馆,戏台下可以卖杂货。这些充满历史感的建筑,每天都在消失,不知道它们还能在现实社会中支撑多久。

馆的观众减少，他们可以很容易移师到另一家。还可以与茶铺老板讨价还价，以求最大的利益。

戏班一般喜欢固定在一个地方演出，而且茶铺也竭力留住好班子，以保持稳定的观众，因此这类茶铺都设有固定戏台。

可园、悦来与劝业场

在清末，一些大茶铺开始把它们的生意重点放到地方戏上，卖茶则退居其次，它们逐渐演变为成都最早的剧院，这里我姑且称它们为"茶馆戏园"。1906年，咏霓茶园改造装修后，更名为可园，成为成都最早的戏园。可园有"文化"和"文明"两个班子，轮流登台。

其他茶铺也纷纷跟进，悦来茶园不久也开了张，在同一个商场，然后是宜园、第一茶园接踵而至，面对面地唱对台戏。

悦来茶园开始时服务范围甚广，除售茶外，有两个餐馆，即悦来中西餐馆和一家春，外加一个戏园。

劝业场是在1909年成立的成都第一个商业中心，次年改名为商业场，其目的就是把商铺集中起来展示，既有进口也有本地的商品，以推动工商业的发展。那里也成为茶铺非常集中的地方。

悦来也有自己的戏班，1909年，悦来雇著名演员杨素兰组织同乐班。不过茶铺和戏班的流动性还是颇大，目前可以从《通俗日报》1910年3月28日悦来茶园的广告中，看到何喜凤从二月初四在那里演出,但同一天另一广告预告其于同月十九在青羊宫劝业会戏园演出。

悦来茶园是当时最大最有名的戏园。据《通俗日报》1909年的广告,悦来茶园的楼厢,0.30元;普通座,0.10元;包厢,5.00元;特别座,0.50元。

观众对悦来的演出很欣赏,那些名伶的戏票很快售完。一次,一个男子被戏所感动,捐20元给演员,不过当地报纸认为这也是"可云特别"。也就是说,当时观众对演员直接捐钱的举动并不常见。20元虽然谈不上什么巨款,但是按普通座的价格,也值200张票了。

一些地方文人写诗表达他们对该茶园的欣赏,在1909年《通俗日报》上,便有这样一首对悦来赞誉的诗:

> 锦城丝管日纷纷,
> 一曲新歌一束绫。
> 劝业场中风景好,
> 挥毫试写悦园行。
> 悦来戏园壮如此,
> 楼阁玲珑五云起。
> 往来豪贵尽停车,
> 人在琉璃世界里。
> 梨园弟子逞新奇,

缓歌漫舞兴淋漓。
……
逐队随波戏园去，
对此真可酣高楼。
竟日繁华看不足，
吁嗟乎！
益州自昔称天府，
多来豪宗与富贾。
藉此象功昭德谱，
箫韶久成百兽舞。
自从悦园此一行，
除却巫山不是云。
月宫听罢霓裳后，
人间那得几回闻？

这首诗描绘了悦来茶园令人心旷神怡的环境、优雅的建筑、悦人的气氛、精彩的演出。许多观众乘马车、人力车、轿子来此看戏，表明他们都是有身份之人。

不过，该诗花费笔墨最多者是节目本身，描绘艺人的高超技艺，动人表演，观者众多，人流如潮。人们似乎永不厌倦这些演出，看戏成为他们日常生活的一部分，看戏时他们感到自己生活在天堂一样。

诗的语言显然有夸张，但是我们可以体会到作者关于悦来茶园和所演川戏的真实感受和满足之情。

演戏与大众教育

在晚清，改良者把地方戏视为最有力的大众教育工具，那些经常上演的剧目反映了人们的喜好及所受的教育。地方报纸上不少戏园的广告，提供了关于剧名、演出时间，有时甚至故事梗概、票价、布景等信息。另外，有时还发表对戏或名角表演的评论，由此我们也可以了解观众对剧情和表演的反映。

过去，爱情传奇、历史人物、神怪故事为地方戏的主流，改良精英和政府官员批评这些传统节目是"淫荡"和"迷信"的。新成立的警察1903年颁布的第一个茶馆章程，便规定了什么节目可演，什么不能。

1910年的《通俗日报》上一个地方文人这样写道："演戏一节，系有形的教育，悲欢离合，善恶成败，摆在当面上，有见有闻的人，一览无余……足感动世人劝忠爱国之心"。

也就是说，那个时候社会改良者把戏曲解决作为大众教育的一个工具。这个时候政府把重点放在对娱乐的控制上，而地方精英人士则把注意力集中到地方戏的改良。

如果演员违背了当时警察颁布的有关戏曲的规章，还会受到惩罚。1910年3月一个晚上，在悦来茶园的一场演出中，两个演员被指控为"种种丑态,有关风俗"而被捕。

1909年的《通俗日报》上有一篇《论演戏与社会之关系》的文章,对戏园的作用进行解释,对戏园持积极的态度。文章首先简短回顾了中国戏曲的历史,称听戏从唐代开始。在唐明皇时期,"天下晏然,承平无事",明皇发明了戏以供娱乐。在几百年时间内,便广为散布。中国戏曲的各个方面,包括唱词、音乐、唱腔、服装等变得越来越精致,从业者也甚众,看戏使成千上万的观众受到剧中悲欢离合故事的感染。

看戏花费不少金钱和时间,但为什么人们仍然喜欢去戏园呢?文章指出三个原因:摆脱烦恼、寻求灵感、陶冶情操。关于最后一点,文章进一步解释道:

> 演戏事情,虽是张冠李戴,荒谬无稽,然而果能做得有情有理,慷慨激昂,足以动人,或者也能感化人心。况且看戏的人,未必尽是明智之人,有一半小孩愚人也在其内。像这路人听戏,不过以假作真,听到善恶忠奸的地方,真能眼泪鼻涕,喜怒哀乐,一时千态万状俱作,更是有极大关系啦。时常演些新戏,大概于社会人心上不无小补吧。

这就是当时的改良人士所认为的看戏的大众教育的功能。通过看戏,没有受过教育的人们得以理解传统的价值观,即使所描述的历史并不准确。作者称那些没有受过教育的人为"愚人",也反映出作者居高临下的优越心态。他相信如果精英能够充分运用这个工具，戏曲便可以成为社会改良之工具。

"淫荡"和"暴力"

在中国自来就有精英文化和大众文化的分野，地方文人总是认为他们负有对百姓进行教化的使命，因此对大众文化，一般都持负面的态度。

当时的改良人士对戏班的批评很多。改良文人傅崇矩在1909—1910年间出版了《成都通览》，在当时的成都风行一时，里面列出了成都上演的360出戏目。傅指出有的戏班子巧立名目，把一些"淫戏"改名以逃避检查，如把《杀子报》改为《天齐庙》。

《杀子报》在晚清被定性为"淫荡"和"暴力"戏，被警察禁止。但实际上许多戏班子皆躲过审查上演。为什么这个戏能得如此之欢迎，因为情节的确是非常精彩：

清代，通州小商人王世成病故，其妻徐氏请纳云和尚来超度亡夫。两人在道场中眉来眼去，心性摇动，事后相互勾搭成奸。十岁幼子官保放学回家碰见，一气之下将和尚撵出家门，徐氏恼羞成怒，怒打官保。女儿金定跪地求情，徐氏方才罢手。

官保心里面对纳云十分愤恨，邀约一帮同学去天齐庙痛打纳云，不准他再到家中。徐氏见纳云几天未来，便借故偕金定到庙中烧香，与这个花和尚私会。纳云说出不敢再到王家的原因，徐氏恨官保作对，这个蛇蝎心肠的母亲便与纳云商议，要杀死官保，免得儿子耽误了她的好事儿。

金定在房外听到,忙到学校告诉弟弟,要他特别小心。放学后,塾师见官保仍留学舍哭啼,问讯缘由,便亲自送官保回家。徐氏等塾师离去以后,便用菜刀杀死官保,并将尸体肢解,放进了油坛,藏在床下。

塾师见官保几天都没有上学,去王家问讯。徐氏谎言遮掩。半夜官保投梦,塾师被惊醒,断定官保被害,即去官府衙门击鼓申冤,但因无证据,反受诬被关。师母不服,为夫鸣冤。州官便服私查,查出了疑点,又从纳云口中探出隐情,即升堂审案。

后从王家搜出官保尸体,又从金定口中获悉实情。在人证物证面前,罪犯招供。徐氏与纳云被处决,塾师得以平反,全案终结。

这个剧的情节与许多包公案和传统名剧类似。在这些剧中,冤案在正直的"清官"干预下,正义得到伸张。和尚和寡妇间的风流韵事总为观众津津乐道,再加上谋杀、通奸、淫荡等,更能吸引观众的眼球。虽然一个邪恶的母亲杀死自己亲生儿子的情节并不常见,但其许多故事情节却是人们喜闻乐见的。

戏里边的表演、道具和视觉,感到触目惊心。恐怖的屠杀现场和鲜血,特别是直接看到那妇人把他儿子肢解的过程。剧中使用了许多逼真的道具,诸如带血的刀、被肢解的尸体、装尸体的油罐等,有强烈的感官刺激。因此,许多社会改良者指责该剧太血腥、残酷、暴力和恐怖。

"改良优界之人格"

那些支持戏曲改良者在改良现存曲目和创作新戏方面双管齐下,同时,改良者以优伶之行为会影响到观众,因而力图"文明化"梨园中人。实际上,所谓戏曲改良是当时反大众文化运动之组成部分。《通俗日报》上还有一篇题为《提倡新戏须先改良优界之人格》的文章:

> 改良戏剧,本是开通民智激发民情,改良民俗之一利器。如论其效力来,真比白话报不差上下。唱戏的好处,大概不差甚的人,也都知道的。为什么改良戏剧这件事,到底不能踊跃把它提倡起来呢?这也有个原因,因为我们中国向来把优界中人看得最贱,所以文界人,不为出头提倡。你想既拿优界中人,当着娼优隶卒,并且把唱戏的人,拿在妓女一块儿比较。这样一来,那些个高明的人,还肯到大舞台上来演艺度曲吗?说起来也难怪了,本来我们中国唱戏的里头,有些个当像姑的孩子,混在其内。这些当像姑一群下贱的东西,本来是人头畜牲吗?那着一个须眉男子,要夺妓女的权利,不但人格全无,而且廉耻丧尽。要叫他们梨园之中,滥竽充数,那就莫怪社会上人看不起舞台的人物喽。

文中所提到的"像姑",有时也写为"相姑",指男同性恋者,他们一般是在戏中间男扮女装,表演旦角,这些演员在日常生活中也开始女性化。以今天的观点来看，就是"娘娘腔"，大家比较熟悉的例子，如陈凯歌导演的《霸王别姬》中张国荣所扮演的程蝶衣那样的女性化的角色。

当然，这些批评其实也不是完全没有依据。当时富家老爷公子经常以追逐年轻俊俏戏子为时尚，此类现象在许多文学作品中，如《红楼梦》里薛蟠为抢戏子而引发命案。五四时期砸孔家店的文人吴虞，在日记中也满心欢喜地记录了在茶铺里经常与一个叫陈碧秀的演员眉目传情，也是这样的暧昧关系。

不过，以今天的观点来认识，当时的改良精英忽视的是，优伶处于社会底层，许多被有权有势者玩弄，也是迫不得已，也是受欺压的受害者。但改良精英却认为演戏者都存在道德问题，因此戏曲改良之首要步骤，是使这些人成为所谓的"正派"人。

在晚清，在国家权力的支持下，精英力图改良和控制公共娱乐，这个政策成为当时打击大众文化之组成部分，该政策的实施也反映了茶馆、娱乐与国家权力关系之间的性质。

女性进入茶铺是争取平等的第一步

妇女进入茶铺

一个社会进化的程度,就是看这个社会对弱势群体的态度。在晚清,穷人和妇女都是属于弱势群体。

清末是一个过渡时期,茶铺从一个男人世界逐渐向妇女开放。李劼人的小说《大波》便描述这个转化的早期情形。当主人翁楚用与他的情人黄太太路过劝业场的益春楼,他请她进去喝茶,李劼人写道:

> 中等人家妇女到宜春吃茶,也和到少城公园几处特设茶铺吃茶一样,已经成为风气。不过打扮出众、穿着考究的上等社会的太太奶奶们,还不肯放下身份,在这些地方进出。黄太太比郝家、葛家的太太们开通泼辣,少城公园的茶铺进去过几次,宜春、怀园,同劝业场对门的第一楼,几次想进去,还是觉得不好意思。

"特别座不好去。你看，都是男宾，窗口又大敞着，人来人往的。"

"那吗，到普通座去。那里就有女宾。"楚用掉头向东边那间人声嗡嗡的大房间看了看。"喏！还不少哩！"

在成都，直到晚清新政和1902年警察的出现，社会习俗限制妇女到茶馆吃茶。即使是在晚清城市改良的浪潮下，新规则仍然要求"良家妇女"远离茶铺。当然，妇女也非完全被排斥在茶铺之外，她们可以到茶铺买开水热水，或者去那里炖肉熬药。其原因，正如前面提到的，一般人家烧火用水都不方便，特别是炖肉熬药需要用火的时间比较长，经常都利用茶铺来解决。

年纪大的妇女限制较少，社会对未婚妇女或少妇的公共角色更为关注。另外，人们对中产及以上家庭妇女的抛头露面更感兴趣，下层妇女有更多机会出现在街头，人们已见惯不惊。

男女分开

人们对禁止的事物总是充满着好奇心，官方总是以种种原因禁止其所不愿意人们看到的东西，但是往往却使人们更趋之若鹜。

1906年，可园成为第一家允许妇女进入的茶馆戏园，但这引来了众多的好奇者，他们在门口引颈围观衣着光鲜的富家女子，由于过分拥挤影响了交通和公共秩序，结果不久警察便禁止了妇女入园看戏。

同年,虽然悦来茶园允许妇女进入,但使用不同的进出口,男宾从华兴街正门入场,女宾在梓潼桥西街的侧门进园。

而且座位男女分开,男在堂厢,女在楼上,前面还拉上帘子,但帘子上晃动的女人风姿的影子,仍然引起楼下男人的无限遐想。

最好的位子是堂座前面的包厢,用帘子分开。后来包厢取消,楼厢的帘子也拆了,于是男女可以互相观望。

楼厢下面称"普通座",价格最廉,每个座位后面加了一个木板以放茶碗。还有十几个"弹压座",为维持秩序的士兵准备的。

可园和悦来都是改良茶馆,成为当时成都公共娱乐的新形式,但其主要是为中产以上阶层服务。

妇女能够进入茶铺,是成都文化发展的一个重要里程碑。在开始,进入茶铺的妇女不得不有极大的勇气面对人们的闲言碎语和好奇的目光,到辛亥革命时,中上层人家的妇女到茶铺看戏已不足为奇。

在《大波》中,李劼人描述了楚用与黄太太去悦来茶园的情形:

> 那天,是楚用特邀约她到悦来戏园看京戏。演戏当中,楚用在男宾堂座内写了一张字条,叫服务的幼童送到女宾楼座上给她,蚕豆大的楷字,写得一笔不苟:请她不要吃点心,散戏后他在梓潼桥西街女宾出口处等她,一同到劝业场前场门口去吃水饺。因为她从楼栏边向着楚用微笑点头,表示同

意,还引起堂座中好多男宾的注目;并引起服务女宾的一个老妈子的误会,故意来献殷勤,问她要不要给楚用送个纪念东西去;甚至引经据典地讲出某知府大人的姨太太、某知县大老爷的小姐、某女学堂的几个女学生都是在这里搭上了男朋友,都是她同某一个幼僮传书递柬送纪念品的。黄太太当时又好气又好笑,还故意给那老妈子开个顽笑,凑着她耳朵说:"那个小伙儿早就是我的朋友了,我们的交情正酽哩!等我要厌烦了,二天要另找新朋友时,再请你拉皮条,只要服伺得这些太太们喜欢,锭把银子的赏号不在乎的!"还逗得那坏东西连屁股上都是笑。

这个情节发生在楚用与黄太太有染之前。他们是亲戚,所以一起去茶馆戏园并无什么不妥。尽管他们坐在不同的区域,但男女仍然可以相互看见,还可以通过茶铺雇工进行传递信息。

虽然这只是一个小说的情节,但提供了辛亥革命前夜日常生活非常生动的描写,我们看到了人们在茶馆戏园中有怎样的行为。这个描述显示,茶馆戏园成为一个上等人家男女社交的场所,看戏、喝茶、品尝小吃等。悦来茶园的口岸非常好,离新开办的商业中心劝业场很近,在演出之后,人们可以很容易继续进行他们的夜生活。

茶铺成为两性间社交的极好场所,李劼人描写的这个场景显示,茶铺雇员可能为那些"茶馆恋人"充当皮条客。对这种现象的描述不乏其人,也引起社会关注。

茶馆戏园是最早允许妇女进入的公共场所，但是其他茶铺很快便紧跟这个新趋势。虽然妇女对进入茶铺与陌生男人共处一室仍然是很犹豫的，但她们也想抓住这个机会享受在公共空间的自由。

妇女还给茶铺带来了更多的生意，例如当临江影戏茶园生意不好时，它请求警察允许妇女进入，但没有被批准。赛舞台茶馆演出杂技生意原来很好，但在妇女被禁止进入以后，观众大减，演出只好取消。

1911年的《通俗日报》透露悦来茶园由于有女宾，故生意兴隆，该报还强调如果万春茶园允许女客，生意将会翻番，显示了女客和茶馆利润之间的密切关系。

"妇女不可听戏"

妇女进入公共空间和茶铺，经历了许多障碍，这些障碍不仅来自传统观念对妇女公共角色的束缚，而且还在于改良精英在妇女问题上的保守态度。

1910年的《通俗日报》发表的一篇题为《妇女不可听戏》的文章便表达了这种精英改良者的矛盾心情。作者对世风日下十分失望，抨击戏班子为吸引观众而上演"有害"的节目。

在作者看来，观众看戏应该欣赏的是服装、表演以及唱腔，但茶铺中的氛围却与这些格格不入，"叫好的，拍掌的，不用问，必是淫戏"。更有甚者，演员"手提着裤子，口咬着手巾，哼哼唧唧……那一种声音，叫人听见，真不好受。甚至帐子动弹，解怀露胸，笑迷迷的眼，红敷敷的脸，嘴对着嘴儿，手拉着手儿"，按作者的话说是上演一场"活春宫"。

作者还攻击男女平等、婚姻自由等主张是"邪说"。对于妇女不喜欢看"改良新戏"、"文明新戏"而担心。女客吸引更多的男客到戏园，他们到戏园醉翁之意并不在看戏，是那些衣着光鲜的女人们使他们大饱眼福。

在演出过程中，男女在趁喝彩之时，暗送秋波。作者希望那些涉世不深、单纯的"良家妇女"，不要到戏园，以远离不良影响，家里人也应对其进行劝阻。

文章还抨击戏班不顾政府禁令，擅自上演淫戏，甚至有意加入色情内容，以悦观众。如果淫戏在城内被禁，妇女则蜂拥出城。因此，作者呼吁男人要管好他们的女人，"劝劝认识字，懂得礼，顾廉耻，保名誉，管得了家的人，作得了女人主的诸君子，千万别叫妇女听戏。"

那些"新式"精英在对妇女抛头露面问题上的保守态度，延缓了她们进入公共空间的过程，成为妇女追求公共生活的主要障碍之一。虽然这个时期，精英们以崇尚西方为时髦，但对妇女问题上的态度却与西方同侪们大相径庭。

这个例子告诉我们，并非有新思想的人，对所有问题都是持开放的态度，有可能他在某些事情上很趋新，但同时在另一些事情上，却是非常守旧的。

小茶铺是江湖的广阔天地

袍哥的"公口"和"码头"

在清代的成都乃至整个四川的茶铺里面,人们经常可以看到有一个神秘的人群,他们的举止和语言似乎和其他茶客不一样,比如说我们可以听到奇怪的语言,经常在喝茶的时候吟诗。有的时候并不说话,只是把茶碗在桌上移来移去……

这当然引起了其他茶客的好奇,尽管人们不会去问他们是何人,来自何方,但是大家都知道,这些人属于那个神秘的叫"袍哥"的秘密会社。

所谓"袍哥",就是四川的哥老会。社会动乱给了秘密社会扩大势力和影响的极好的机会。辛亥革命后,他们在地方政治中发挥作用日渐递增。

在清代,中央和地方都禁止袍哥活动,但在成都地区、特别是成都附近的小场镇,袍哥控制了地方社会,经常以开办茶铺、酒馆、旅店作为其活动的"公口",也称为"码头",这些地方亦成为地方社区非官方的权力中心,这些组织也从事各种非法的活动。

袍哥分职业和半职业两类。前者依靠袍哥组织为生,其收入来自受礼、捐款、红白喜事等活动,职业袍哥在介入土地买卖、店铺转手或其他活动时也收取手续费,一些则靠经营赌博或烟馆获利。

半职业袍哥则来自除理发匠外的其他各行各业,他们也合伙经营茶馆、戏园以及饭馆等,一般店主都以加入袍哥为护符,以避免地痞流氓的敲诈。

为什么袍哥排除理发匠的加入呢?1997年6月我在悦来茶馆采访评书表演艺术家周少稷老先生,他告诉我,在清以前并无理发这一职业,这一职业在清初出现是由于清政府下削发令后,剃头匠将削发诏书挂在剃头挑子上,人们于是称其为"待(带)诏"。由于这种特殊的背景,反满清的袍哥视剃头匠为清廷走卒而将其排斥在外。在李劼人的《大波》里,剃头匠亦称"待诏",可以算是这个说法的一个旁证吧。

袍哥有"清水"和"浑水"之分。所谓"清水"袍哥是指那些有比较严密的纪律,不从事打家劫舍的活动,以"反清复明"作为其政治目的,能够维护地方治安和主持正义。而"浑水"袍哥则是没有正经职业,靠玩袍哥为生,横行乡里,经常作奸犯科的地方痞子。无论是清水或是浑水,他们都有自己的茶铺作为他们活动的中心。

袍哥在茶馆或其他地方建立公口,各公口都有自己的势力范围,其视某地段为自己的"码头",并承担维持那一地区公共安定、化解冲突以及保护经济利益等职责。

袍哥话

袍哥被称为"秘密社会",其实他们的行为方式非常高调,经常街头聚众,出入于茶铺,有些茶铺其实就是他们的码头。

袍哥势力为地方所认可,袍哥成员也以地方有头面人物自居,但也并不是说他们不会受到挑战,甚至挑战的对象也是他们始料不及的。

1907年《通俗画报》便报道了这样一个故事:一个卖东西的小孩拉着一个自称是袍哥"大爷"的汉子不放,说他讲好了价钱又反悔不买,感到有失颜面的汉子发怒威胁道,要把小孩送警察局,引起许多人围观。

争执当中,那汉子不小心碰翻临近货摊上的两瓶油,那摊主扭住那汉子要求赔偿。旁观者讥笑这正是应了"袍哥倒油"这句黑话,其意思是做错事而被迫服软道歉。

虽然地方政府禁止袍哥活动,但他们在像茶馆、烟馆、饭馆以及剧院等公共场所都很活跃。在清末《四川通省警察章程》便制定了有关条款:

> 查烟、茶、酒馆及会场人众处所,如有三五成群、气象

袍哥

茶铺经常是袍哥活动的舞台,他们的言谈举止、端茶的姿势,无不暴露他们的身份。这个曾经在四川叱咤风云的团体,在历史上留下了许多故事,值得我们今天认真地品味和反思。

凶恶、行止张皇、衣服奇怪者,巡兵即须尾随其后,听其言论迹其所至,如有烧香结盟端倪,即禀知本管官事先防范,待时掩捕。

这里描述了袍哥的行为、衣着、表情等等,以便辨认他们的身份,随时逮捕。

严酷的政治和社会环境使袍哥产生出一套独特的规则和行为方式,这对其生存和发展都至关重要。例如袍哥创造了他们自己的黑话,傅崇矩在他1910年出版的《成都通览》中的《成都之袍哥话》一栏,便收集了许多这类语言。下面举一些例子:

不苏气:对不住朋友;

下去:罚跪;

水涨了:犯事,有人追捕;

水紧得很:事急;

把他毛了:把他杀了;

摸庄:谋杀;

那里有个蜂子,口衔一枝花:行人带有财物;

整得住:能办事;

整不住:不能办事;

落马:党羽死亡;

不拉稀:有担当;

拉稀:不能担当;

打滚龙：流落；

有几只肥母鸡：有几锭银；

提烘笼：军师；

走水了：计策暴露；

扎起：与人帮忙；

光棍：不怕事；

叫梁子：报仇；

倒油：与人赔礼；

裁了：杀了；

依苗苗草：一；

耳子草：二；

散钱花：三；

狮子头：四；

乌供养：五；

留支皮：六；

凄凉网：七；

巴地虎：八；

舅普子：九；

柿子圆：十；

傅崇矩最后说："彼等话语甚多，书不胜书"。还告诫道，听到有人说这些黑话，"即宜远避，以免中害"。就是说要远离他们，免得招惹到麻烦。

"茶哨"

袍哥的活动中心称为"公口"或者"码头"。"公口"几乎在每条街道出现,其成员耀武扬威地持刀枪进出。许多居民在门上贴一张红条,上书其所在公口的名称,这样就可以避免被骚扰。

袍哥利用茶铺开展各种活动,在中元节、团圆会、关帝会都有庆祝活动。此外,公口每三天召集成员开会议事,由于提供免费茶水,所以参加者踊跃,此活动称为"茶哨"。

茶铺亦是袍哥最便于联络的地点。在茶铺里,人们经常可见一些客人举止神秘,他们多半与袍哥有关。

如果一个袍哥犯事在逃,到省城后即先到他要联络的茶铺,找一个空桌,在右边坐下,茶端上后,但并不急于喝,而是揭开茶盖放在茶托上,不发一语。

堂倌从其举止便知其中文章,会假装不经意地问:"远道来?"当密语交接上后,来人便亮出自己的公口和姓名,老板便立刻遣人请公口管事,管事"则向来人提若干问题,其回答必须非常准确"。

他们联络最常用的方式是摆"茶碗阵",这实际是一种密语,外人不知其意。

例如,管事出来见客时,把自己的茶碗正对来客的茶碗,这

称为"仁义阵"或"双龙阵",其对应的诗云:

> 双龙戏水喜洋洋,
> 好比韩信访张良。
> 今日兄弟来相会,
> 先饮此茶作商量。

如果一个袍哥去另一公口来求助,他将摆一个"单鞭阵",即一个茶碗对一个茶壶的嘴。如果主人同意相助,便饮下那碗茶;若拒绝,则将茶泼在地上。

如果一方向另一方挑战,便将一个茶壶嘴对三个一线排开的茶碗,此谓"争斗茶"。若对方接受挑战,便将三碗茶喝光;若拒绝,则只喝中间一碗。

"茶碗阵"反映了这个秘密社会组织所发展的独特的政治文化,对一个旁观者来说,两位袍哥是在表演一种独特的仪式,这种表演成为茶馆文化的一部分。

他们神秘的举动不同于其他人,会引起一般人的好奇。而且,他们令人迷惑的行为也是其生存和挑战地方权力的一种方法。

秘密社会的发展取决于两个重要因素:一是他们自身成功的能力,二是使他们成功的社会和政治环境。在他们长时期同当局进行斗争中,创造了各种方法来应对官方的镇压。

他们有非凡的适应能力,并且能在恶劣的社会和政治环境中发展,甚至还以此来吸引更多的成员。当普通的人们感到无助时,秘密社会提供必要的保护和帮助。正是由于这样的功能挑战了官方的权力,所以地方政府竭力控制秘密社会,但是却收效甚微。

虽然清政府和民国政府都禁止他们的活动,但在辛亥革命爆发后的短暂时期,秘密社会一度公开化。尽管政府的控制和打击,他们的势力继续扩大。

"吃讲茶"

袍哥还经常在茶铺中间进行"吃讲茶"的活动。茶铺不仅具有经济、文化功能,而且在维护社会稳定方面发挥着重要作用。

所谓"吃讲茶",就是过去形成的一条不成文的规定,民众间的冲突一般不到官府解决,而是去茶馆调解。

美国历史学家黄宗智(Philip Huang)在研究清代民事诉讼的时候指出,清代民事诉讼,一般首先是对涉讼双方进行调解。但是我想指出的是,实际在这个阶段之前,还有一个更为基础的过程——社会调解,许多纠纷在诉讼之前便已经过社会调解而化解,而这个社会调解便是在茶铺进行的,称为"茶馆讲理"或"吃讲茶"。从这个角度看,我们可以把茶馆看作一个"半民事法庭"。

茶馆讲理一般是双方邀请一位"德高望重"的长者或在地方有影响的人物做裁判,所以人们说这便是过去成都为何真正的斗殴少有发生的主要原因,虽然这种说法也许有些夸张。

不过,在茶铺里解决的争端通常是市民日常生活和生意上的小冲突，如吵架、债务、财产争执，以及没有涉及命案的暴力殴斗等；否则，事情就要交给衙门处理。

因为各种纠纷时有发生，所以一些人，特别是当地有权有势的秘密社会首领，成为经常的茶馆调解人。沙汀在其短篇小说《在其香居茶馆里》，描写了这样一个调解人："新老爷是前清科举时代最末一科的秀才，当过十年哥老会的头目，八年前才退休的。他已经很少过问镇上的事情了。但是他的意见还同团总时代一样。"

可以看出，那些有科举功名者、在地方保甲团练中任过职者或对地方公益事业积极或有贡献者，都可以扮演这样的角色。而袍哥的头面人物，更是这种活动的常客。至于那些大家族的族长、地方社团的头面人物以及大商号的老板掌柜等，也经常是茶馆讲理的座上宾。

李劼人对茶铺讲理的批评

据传教士戴维森和梅益盛的观察，"一旦纠纷发生，人们即往茶铺讲理，众人边喝边聆听陈诉，许多愤恨也随之消弭，最后由错方付茶钱。"

从各种资料中，我们知道茶馆讲理几乎每天都会发生。在《暴风雨前》里，李劼人以讥讽的语调描述了成都茶馆讲理的情景：

假使你与人有了口角是非，必要分个曲直，争个面子，而又不喜欢打官司，或是作为打官司的初步，那你尽可邀约些人，自然如韩信点兵，多多益善……你的对方自然也一样的……相约到茶铺来。如其有一方势力大点，一方势力弱点，这理很好评，也很好解决，大家声势汹汹地吵一阵，由所谓中间人两面敷衍一阵，再把势弱的一方说一阵，就算他们理输了，也用不着赔礼道歉，只将两方几桌或几十桌的茶钱一并开销了事。

但是，如果双方都有错，那双方就有责任分摊茶钱。因此，民间有这样一句谚语：

> 一张桌子四支脚，
> 说得脱来走得脱。

即是说如果你有道理，不用付茶钱便可走路。

解决争端有时可能酿成斗殴及伤亡，茶铺也因此遭殃。当此不幸发生，街首和保正将出面处理，参与打斗者将赔偿茶铺损失。按李劼人的描述，"这于是堂倌便忙了，架在楼上的破板凳，也赶快偷搬下来了，藏在柜房桶里的陈年破茶碗，也赶快偷拿出来了，如数照赔。"

李劼人对此嘲弄道，由于这个原因，许多茶铺很高兴常有人来评理。其实，虽然茶铺老板欢迎人们讲理，这样可以赚不少茶

茶铺讲理

邻里、社团、家族、同业等等内部或者之间,有纠纷要解决,茶铺就是它们的首选,一切都好商量。万一达不成共识,摆不平冲突,大庭广众之下,也不易发生暴力事件。总之,有话好好说,有事好商量,不要肝火旺,忌恃势逞强。

钱，但他们还是害怕引起暴力冲突，因为这种事件不但吓跑了顾客，还可能使茶铺无法营业，财产损失更难完全弥补。因此李劼人对茶铺欢迎"吃讲茶"的理由未免太牵强，作为一个新知识分子，他对这个活动显然是持批判态度的。

从清末成都建立警察起，在茶铺"吃讲茶"便被禁止，对此李劼人曾讽刺道："这就是首任警察局总办周善培这人最初与人以不方便，而最初被骂为周秃子的第一件事"。

虽然没有直接的证据证实李劼人所说是实，但当地一家报纸的一条新闻就明确指出，民国初期，警察禁止人们在茶铺内解决争端后，茶社业公会就要求警察明示"吃讲茶"和"聊天"之间的区别，否则两者意思的混淆将危及茶铺的生意。

"吃讲茶"的确给茶铺带来不少顾客，禁止这项活动当然会在一定程度上影响茶铺生意。实际上这些现象从未在茶铺消失，人们经常无视政府规定而照常进行茶铺讲理活动。

"民事法庭"

遇到争端，居民们大多喜欢选择茶馆讲理，而不是到地方衙门告状，这一情况不仅表明人们不信任那些贪官和"糊涂官"，而且也可以反映出地方非官方力量的扩张。

当然，这样的民间调停活动在早期近代和近代中国的其他地方也能找到，并且已经成为社会自治的一个重要部分。社会的许多领域中政府权威的缺乏，为当地精英留下了巨大的权力真空，其活动成为社会稳定的基础。

茶馆讲理被人们接受的原因之一，是在一个公共场所处理争端，实际上在公众眼睛的密切注意之下，使判决者或调解者必须尽量按"公平"行事，否则，民众的舆论会对调解人的声誉不利，这也就是"吃讲茶"成为社会调解的同义词的由来。

另外，即使调解不成功，暴力也不是那么容易发生，一般人们在这样的公共场合还是尽量保持理性。而且万一斗殴发生，有众人的劝解，也可以在相当程度上避免事情发展到不可收拾的地步。

我们还应该看到，社会调解不仅仅是帮助人们解决争端、处理矛盾，这种活动还具有更深刻的意义，因为它表明，在中国社会非官方力量始终存在，并在日常生活中扮演着极其重要的角色，虽然这种非官方力量从来没有发展到与官方对立或直接挑战的地步，但是它的存在及其对社会的影响，都使官方的"司法权"在社会的基层被分化。

人们把自己的公平、正义和命运尽量掌握在自己手中，至少是自己认可的人的手中。如果我们认真考察这种活动的存在及其存在的环境，我们便不得不惊叹其韧性和社会的深厚土壤。

许多事物在政治经济的变迁中，在专制政权的控制和打击下，在各种思想文化浪潮的冲刷下，都一个一个地消失了，但茶馆讲理却顽强地生存下来。这种文化和社会生活的韧性和持续性，是值得我们认真注意的。

茶铺成为社会改良者所针对的目标

规训茶馆

晚清时期，在日益流行的崇尚西方价值观的影响下，茶铺经常作为"惰性"或"落后"生活方式的典型而受到批评。在正式或非正式的官方文献中，茶铺总是被指责为各种社会弊病的萌生地，诸如糟糕的卫生条件、散布流言蜚语、赌博、下流表演，不一而足。

因此，茶铺不断成为社会改良者所针对的目标，他们运用政府力量对茶铺进行严格控制，作为国家权力深入社会并对社会全方位操纵的重要一步。虽然一些改良精英肯定茶铺的积极因素，承认茶馆在社会生活中的中心角色，但许多西化的地方精英配合国家观念，对茶馆持否定态度，为政府限制、控制、攻击茶馆文化的正当性提供了根据。这些措施有的缓和但有的严峻，视当时政治、经济、社会的状况和趋势而定。

在反大众文化的大趋势下，成都警察成立伊始，便在1903

年制定了《茶馆规则》,作为当时城市改良的一个组成部分,这反映了政府从开始便对茶馆问题十分重视。

该规则要求所有茶馆必须向警察登记,不得设赌、斗雀,不允许秘密会社活动。说书人应向警察禀告,不得"演说淫邪妄诞之事,"违反者"则逐之"。茶铺桌椅不得太密,不得放在檐外,以"侵占官街"。如果有人利用茶铺"评论是非",则立即报告警察。

各茶铺必须在二更(即晚9—11点)打烊,警察可随时进入茶铺盘查,但不得饮茶,"有强买者可扭禀总局,私卖者同罚"。任何茶铺违反规则者,轻则罚款,重则勒令关门停业。

警察总是对茶铺和茶客密切注意。如清末颁发的《省垣警区章程》中的《了望巡回通守之细则》中,便把茶铺作为"最宜留心"的对象之一。如果有茶铺在半夜1点还未熄灯者,警察将"极宜加意注察"。不过晚清对营业时间之限制不像以后那么严格,而民国有若干时期甚至要求茶铺必须在晚上9点关门。

《省垣警区章程》是非常珍贵的资料,是1997年我在斯坦福大学胡佛东亚图书馆收集资料的时候,在书库里乱翻的时候偶然发现的,收入在《四川警务章程》的第2卷。但是原件并没有日期,我根据内容判断是在晚清制定和印行的。

成都精英们也指责去茶馆的茶客们"整日无所事事",坐茶馆是中国人"惰性"的反映。政府也认为茶馆是"散布谣言""制造事端"的地方,因为各色人等聚集于此,经常有人"行为不轨"。精英还指控坐茶馆致使学生浪费时日,荒废学业。

茶馆的戏曲表演更成为当局的攻击目标。根据 1912 年的《国民公报》，辛亥革命后，新成立的军政府迫使悦来茶园关闭，一些精英对此很赞赏，指出看戏不过是浪费时间而已。看来革命不仅是革清政府的命，对一些激进分子来说，也同时要革大众文化的命。

茶馆规章的制定可视为是精英对公共空间控制所做努力的一部分，尽管成都警察在清末已经推行过一些改革方案，但基本上在茶馆问题上并没有执行过于严厉的政策，这种适度控制得到当地精英的赏识，因此赢得了他们的积极参与。实际上，警察大多数规章制度也是在当地精英的支持下制定的。

茶铺里面的不和谐

在现实世界中，我们发现引起许多激烈冲突的原因，并非什么了不起的大事或者不可调和的矛盾，甚至仅仅是为了面子而不愿意退一步，不愿意妥协，结果小摩擦酿成大冲突，造成双方都不愿意看到的结果。

在清末，地方报纸经常有关于茶铺冲突的报道，一些冲突的发生不过是因为细枝末节之事，像散布风言风语，传播他人隐私等，有恶意中伤，也有无意得罪了人。

饶舌满足了人们的好奇心，成为闲聊的中心也满足他们的虚荣，但有时闲言碎语引起争执甚至打斗。1910 年的《通俗日报》

上有一篇题为《吃茶冲突》报道,十来个人在方政街的一个茶铺里说闲话,引起斗殴,结果警察出面弹压。

即使很小的事也可能演化成暴力事件。悦来茶园由于过于拥挤,顾客为争位子打架,《通俗日报》讽刺道:"有人因争座位用武力起来,台上又有锣鼓助战,实茶园第一回之险竞争剧也。"

类似争端也发生在大观茶园看戏,一个迟到的客人端着凳子,想穿过拥挤的看客,造成争执,吵架演变成打架,有人受伤,有人被捕。

斗雀赌博也是茶铺里的经常活动,因语言、行为、赌注等所引起的纠纷甚至斗殴也在所难免。

即使是好奇心也可能引起麻烦,例如一个扮小旦的演员没有卸妆,便在宜春楼吃茶,"一群无知识之人"从窗外围观,把人行道都堵住了,引来警察驱赶。《通俗日报》报道此事时用了一个很煽情的题目:《粉脸吃茶》,称"吃茶的固然不要脸,看他的亦是不要脸"。

茶馆里还有不少的乞丐在那里谋生。在自己传教士家庭家史中,著名英籍华裔女作家韩素音把乞丐在茶铺乞讨的可怜处境描写得栩栩如生:

> 铜壶冒着蒸汽,漆得光亮的桌上,放着花瓷茶碗,人们坐在竹椅上,茶房把绣花坐垫拍得松软。乞丐拖着痛苦的腔调,人们的交谈淹没在悲伤的小曲中,枯瘦的小孩在桌子边

翻筋斗，他们的手撑在两脚中间，茶房赶他们走，但就像驱散的苍蝇，他们马上又回来，饥肠辘辘，像狗一样在地上寻食。

茶铺总是人们谈论政治的地方，各种社会集团试图利用它为其服务。在那里，国家竭力实施社会控制，精英传播其改良思想，普通民众谈论政府政策，发泄对现实的不满等。茶铺本身也难免经常卷入政治活动，如反对增税、抗议对茶铺的限制、参加各种慈善救灾等。

当和平遭遇暴力

1911年夏天，当清政府宣布铁路国有化政策后，保路运动爆发。

1903年，清政府同意四川自办川汉铁路，从上到下为了这条铁路的建成，而提供资金支持，购买股份，以此来抵制外国势力对四川铁路的觊觎。但是在1911年夏天，清政府宣布川汉铁路收归国有，这遭到四川人民的强烈反对。

当时成都市民感觉铁路是存亡关键，而竭尽全力保路，街头立即成为政治斗争的巨大舞台，公众集会成为发动民众最有效的工具。成都人充满着爱国热情，每天街头都有示威请愿，人们聚众围观，充满好奇和无比的兴奋。

其中一次四川铁路总公司的集会，会场所在的岳府街成为人的河流,估计有约五千人参加,几位运动领袖演讲路权与国家命运之关系,当会议达到高潮之时,与会群众多痛哭失声,巡警道派去维持秩序的警察亦相视流泪。

保路同志会派代表向中央政府请愿,在南校场举行的大规模的送别仪式上,赴京代表发誓不达目的决不回川,此时台上台下群情激愤。在另一集会上,当一个小学生代表同学发言,建议每个学生每天向运动捐钱二文,与会者多被深深打动。一位老者上台搂着这孩子,声泪俱下地说:我们之所以争路,就是为了我们的后一代,在场万余民众亦失声痛哭,甚至维持秩序的警察也表示道:"我是川人,我是爱国者"。

在各个茶铺,都能听到茶客们在议论保路的事情,保路同志会也在茶铺和街头宣传,公开演讲成为街头一景。《四川保路同志会报告》贴在墙上,或者在茶铺里面传阅,到处都在议论事态的发展。

据说报告每期达1500份左右。每天《报告》一出,便在各处张贴,街头上到处是围观阅读,人头攒动,讨论热烈。茶铺里的大众娱乐的方式,也作为了政治宣传工具,诸如金钱板、大鼓书这样的"下里巴人"演唱都得以运用。

民众还响应运动的号召进行罢市。据描述,在罢市期间各街商店关闭,各业停工,整个城市像停了摆的钟。老成都石体元的《忆成都保路运动》中,有下面这段描述:

成都本是一个摩踵接肩、繁荣热闹的大都市，至此立刻变成静悄悄冷清清的现象。百业停闭，交易全无。悦来戏园、可园的锣鼓声，各茶铺的清唱声，鼓楼街估衣铺的叫卖声，各饭店的喊堂声，一概没有了。连半边街、走马街织丝织绸的机声，打金街首饰店的钉锤声，向来是整天不停的，至是也听不见了。还有些棚户摊子，都把东西捡起来了。

这个城市从未这么安静过，就像突然失去了活力，以至于市民们对这失去的喧嚣甚感不惯。

然而，平静之中，正酝酿着惊天的雷鸣和狂风骤雨。

"成都惨案"

当发生民众请愿的时候，清朝地方官认为枪炮在自己手中，拒绝向民众的意愿屈服，不但拒绝妥协，还采取暴力镇压，结果就是以暴易暴，最后是两败俱伤。这些地方大员，手握兵权，是强势的一方，如果聪明一点，就要学会妥协，为了长治久安。对于治下的民众，要不惜低下高贵的头，这是利国利民又利己的选择。

1911 年的成都，地方大员赵尔丰做出了错误的选择。

在保路初期，运动在领袖们的设计之下平稳发展，但"成都惨案"导致了情况的逆转，和平请愿演变为反清政府的"暴乱"。

"成都惨案"是9月7日清军对和平请愿的成都市民的大屠杀。先是赵尔丰逮捕了罗纶和其他八位运动领导,全城为之震惊。

这天民众聚集示威,参加者达千人以上,群情激愤,男女老幼一只手拿着焚香,另一只手端着黄色的光绪灵位,涌向总督衙门。大家哭喊着:"还我罗纶;还我罗纶!"吁请释放运动的领导人。

街头曾经是民众的活动空间,但这时精英在街头也充当了一个关键角色。从未见过如此的场面:警察在前面开道,穿长衫的士绅领头,后面跟着无数的下层民众,上层人士和下层民众站在一起。

护理四川总督赵尔丰令兵丁在总督衙门前大开杀戒,瞬间人们四散、店铺关门,母亲在街上声嘶力竭地寻找失散的孩子,总督衙门前顷刻间留下二十余具淌血的尸体。

可悲的是,赵尔丰在辛亥革命后也被砍了脑袋,这位干练的晚清封疆大吏,对晚清巩固中国西南边疆建树颇多,是主持编写《清史稿》的名臣赵尔巽的弟弟,自己也最后尝到了暴力的苦果。

为了纪念这些为保路而丢失生命的民众,革命之后在少城公园里修建了"辛亥秋保路死事纪念碑"。

在1911年的保路运动中,茶铺更成为政治中心,每天人们聚集那里,议论运动最新进展。正如李劼人所描述的:人们"都一样兴高采烈地蹲在茶铺的板凳上,大声武气说:'……他妈的,这一晌他们做官的人也歪透了,也把我们压制狠了!'"

韩素音的父亲周映彤那时正在成都,韩素音在她的家史中写道：1911年5月底"是不安的、焦急的、渴望的，在公园的茶铺里和在街头，充满着躁动。一个不安的城市，正面临着骚乱。"茶铺不再只是人们闲聊的地方，而充满着政治辩论和政治活动，"'来碗茶'的吆喝，即是激动人心演讲的开始，吸引了三教九流。一小撮变成了一大群，一些人甚至站着听人们辩论，人们关心铁路国有化和对外贷款的问题。这场散了，他们又到另一个茶馆听辩论。"

也就是说茶馆不再是一个人们单纯休闲的公共空间，也不再是一个世外桃源，而是在国家不断的监督和管理之下，人们在茶馆中间的言论和娱乐都受到国家权力的监视和干涉，并已经自觉和不自觉地卷入了地方政治之中。

新制度，旧时代，

1912—1936

在茶铺还有不少行当与茶铺有合作关系，包括热脸帕、水烟袋、手工匠、擦鞋、修脚、掏耳朵、理发、算命等各业。像堂倌一样，他们通过独特的服务，与茶铺和茶客建立了一种特殊关系。

历史就是这样，并不总是按照我们预先设计的轨道运行。革命之前，人们都憧憬着革命以后的美好时光，坚信一个好时代就要到来。专制王朝崩溃了，共和建立了，还有什么理由不相信幸福就在前面呢？谁也没有预料到的是，革命带给人们的，竟然是如此深重的灾难。

所以孙中山才哀叹，中国从一个专制生出了无数之专制。历史就是这样，又一次可悲地走向了它的反面。在中国，历朝历代的人们，都盼望着圣人出，黄河清，但是历史却反复地证明，往往有雄心壮志的帝王纵横驰骋的时代，就是老百姓受苦的时代，因为芸芸众生无非成为那些有"雄才大略"的风云人物达到他们野心的代价而已。

作为辛亥革命的中心地带，成都经历了剧烈政治动乱。许多民众加入保路运动，反对铁路国有。1911年11月，四川宣布独立，成立"大汉四川军政府"。立宪运动和保路运动的领袖蒲殿俊和罗纶等与护理总督赵尔丰谈判,达成协议,蒲被推为都督。

然而,1911年12月8日发生清兵骚乱,抢劫了藩库和成都商业区,蒲和其他新政府官员逃之夭夭。在骚乱被平定后,赵尔丰被尹昌衡为首的新军和革命党人处死。1911年12月10日四川军政府成立,尹为都督。

1913年,都督尹昌衡被袁世凯的亲信胡景伊所取代。同年,一些革命党人加入孙中山的二次革命,但运动很快失败。1915年和1916年间,四川成为护国战争的主战场,虽然这场反袁运动以胜利结束,但滇军和黔军的进入却对四川贻害无穷。

从1917年到1936年,成都经历了战争、破坏、重建、战争这样循环往复的过程。在这一时期,四川省政府几乎所有要职都被军阀占据,他们互相争权夺位,成都自然成为各种军事势力的控制对象。

1917年,成都市民经历了一场从明末战争以来最可怕的噩梦,先是川军与滇军之间巷战、然后又是川军与黔军之间的夺城之役。许多无辜市民死伤,相当大一部分城市被毁,无数民居被夷为平地,上千上万沦为难民。

1921年,四川省在急剧发展的联省自治运动中宣布独立。到1926年,在"川人治川"的口号下,四川军阀方得以驱逐滇黔军出川。

这个时期由于政局不稳,成都的城市管理相当松散,军阀各自为政，但这也给成都的城市发展带来了机会。1924年军阀杨森任四川省省长，他立即发动了大规模的成都城市改造计划，开辟新商业区，拓宽道路，还修筑了春熙路，极大地改变了城市面貌。

1928年国民党统一全国，但是一直到1936年，虽然中国大部分地区都在国民党的管辖之下，但四川实际上仍处于自治状态，为地方军阀势力所控制。这个时期中央政府几乎无法管辖四川，在所谓的"防区制"下，五个最有势力的军阀——即刘湘、刘文辉、邓锡侯、田颂尧、杨森——是你方唱罢我登场。这一时期，成都前后也有五任市长，都是这些军阀的下属将军。

这些军阀相互争权夺利，甚至不惜使用战争手段。1932年，川军刘湘和刘文辉之间开战，次年又是邓锡侯与刘湘间战争，都以成都街头为战场，造成自1917年以来的又一场大灾难。这些军阀疯狂征税，走私鸦片，控制经济。

直至1935—1937年间，中央政府才终于将其控制力扩展到了四川。

从1912年到1936年，成都城市管理也发生了许多变化。1913年，根据中央政府指示，组成新市议会负责城市公共事务。1922年，作为当时全国范围内成立市政府的一部分，省府批准成立成都市政公所，1928年改组为成都市政府，成都第一次出现了市政管理的专门机构。从20年代到40年代，市议会与市政府共存。

在这个时期的政治和社会动荡中，成都的茶铺不但幸存下来，并不断得到发展。茶铺成为这个城市的一面镜子，甚至称为社会安定的一个象征。

每次当城市里发生战争，枪声和炮声停止以后，打探消息的人如果看见茶铺开门了，家里人就可以放心出来了。只要茶铺在营业，市民们就会感到安全。也就是说在成都，茶铺成为战争与和平的一个风向标。

从 1912 年到 1936 年，虽然是在共和的体制之下，但是中国社会包括四川成都，还似乎像一个旧时代，充满了动荡和不安。但是难以置信的是，茶铺在这个动乱的年代，不仅生存下去了，而且依然繁荣，成了居民能够在生活上和心理上得到安慰的、必不可少的服务设施。

每天超过四分之一的成都居民去茶铺

茶铺的分布

在民国初年,便有了"成都茶馆甲天下"的说法,但到底有多少家,也不是很清楚。我根据各种原始资料,包括档案、报刊杂志及其他记载,可以大致描绘出民国前期茶馆行业的概况。

成都茶铺的数量一直相对稳定,大约在500至600多家之间。尽管茶铺遍布成都,但并非如一些观察者所说的每街必有。1914年成都分为六个区,共有茶馆681家。其时成都有街道516条,其中311条街有茶馆。

1929年,成都划分为五个区,但茶铺的分布由311条街扩大到336条街,不过茶铺总数由681家略减至641家。在336条有茶铺的街道中,180条街有一家茶铺,91条街有两家,65条街的茶铺有两家以上。例如陕西街和浆洗街分别有7家茶铺,小天竺6家,东大街达到13家茶铺。

茶铺在成都的分布颇为均匀。1929年成都有30多万人口，641家茶铺分布在五个区的336条街上，平均每千人有两家茶铺以上。第二和第四分区的居民最多（分别为七万五千多和七万四千多人），其茶铺数量亦最多（分别为133和136家）。然而，东城门外（即外东区）茶铺分布最密，每千人中有3家茶铺。

在城墙内的城区中，西城区茶铺的密度最高，在四万六千居民中有107家茶铺，分布于44条街上，或每千人有2.3家茶铺。该区是成都主要的休闲娱乐区，有著名的花会和少城公园，吸引了许多游客。

在市郊的一些地区，茶铺也高度密集，如青羊场，不过三条街，居民两百来户，却有茶铺19家。因为农民赶场天，都是要来坐茶铺的。

1935年，成都小商铺有6615家，其中餐馆数量最多，为2398家；食品店次之，910家；茶铺排第三，599家，或者说茶铺占总数的9%。这个比例与教育家舒新城在1920年代的估计的十分之一非常接近，或许说明了多年来茶铺的数量在成都整个小商业中的稳定地位。

成都茶铺数量的相对稳定，是由于茶社业职业公会控制的结果。由于担心茶铺过密，会造成恶性竞争，所以严格限制新茶铺的开业。

每天多少人到茶铺喝茶？

估计每天究竟多少人去茶铺喝茶是十分困难的。我用各种办法,寻找蛛丝马迹。我发现,一些数字提供了关于茶铺规模的资料,例如由于政府收税是按茶桌的数量来收的,这样就留下了茶桌数量的比较精确的统计。我便可以据此计算每日茶客的总数。

例如,1914年,成都的茶馆共有茶桌9958张,每家平均14.6张,这表明大多数茶铺规模都较小。然而这仅是征税茶桌的数字,实际的桌数可能要多得多,因为茶铺在"打涌堂"时(即高峰时段),添加桌椅是很平常的事,但为了避税并不上报。

即使不把加座计算在内,1914年按1万茶桌来计算,每张每天平均接待10个客人,可以得出10万客人的总数。当时成都人口四十万左右,因此可以说,每天超过四分之一的成都居民去茶铺饮茶。

如果进行最低的估计,即按每张桌子每天平均有4个顾客,即每个座位每天只有一个顾客用,那么顾客总数是4万,即总人口的十分之一。然而根据其他资料的记载,显然这个估计太低。

以1924年为例,当时每碗茶卖30文,但每桌的税是每天30文,如果每桌平均每天只服务4人,那么税率是25%,显然这是不可能的。根据当时的税务记录,税率在1940年代为2%至3%。即使我们按1924年税率10%算(实际上应该大大低于这个税率),每桌至少每天可以卖茶300文,这即是说每桌平均每天至少有10个顾客。其他资料也透露,每个座位平均每天使用者超过10人。

因此我估计,成都每天大约10万到14万人(即约五分之一到四分之一的城市人口）到茶铺喝茶，应该是比较可信的。

估算茶客人数有多种方法，上述数字为我们提供了一个粗略概念。当然，茶客有很大部分是流动人口，他们比居民更依赖茶铺，但如果我们假设各茶铺的加座数与流动人口相抵消，到茶铺的居民的比例可能不会因此发生大的变化。

其实，过去便有不少人对每天到茶铺喝茶人数感兴趣，早就有人做出了各种估计，是民国时期人们津津乐道的事情，大多数高于我的上述数字。

根据《四川月报》1933年的数字，称统计了261个茶铺，共有3000多张茶桌，平均每家11.8张；卖大约3万碗茶，平均每家113碗；每天共有顾客20万。如果仔细分析，这些数字似乎有问题。1931年成都有621家茶铺，如果261家茶铺可以服务20多万个顾客，那么621家所服务的人便超过成都总人口了。而且既然全部茶铺每天卖3万碗茶，那怎么可能有20多万顾客呢。因此从逻辑上讲说不通。

1933年《新新新闻》上一篇文章也有一个估计，说是按成都200家茶铺算，平均每家茶铺每天卖800碗茶，这即是说平均每家茶铺每天接待800个顾客，全成都即可达16万。每天消费4800元，每月14.4万元，一年172万元。这个钱可以给8万多饥饿的人提供一个月食物，或者建筑3200里道路。显然，这是作者以此来批评成都人把时间和金钱"浪费"在茶铺里。

这篇文章关于茶铺数量的计算比实际数低得多，但我认为每个茶铺平均每天800顾客估计又太高。例如1914年，681家茶铺共有9958张桌子，平均每家14.6张。如果每个茶铺接待800人，那么每张桌子平均每天要服务55人，显然是不可能的，哪怕1930年代茶铺平均接待的客人比1910年代要多。

我还计算有多少人依靠茶铺为生。1932年的茶社业公会的统计，更证实成都有六万多家庭成员和几千雇工靠六百多家茶铺维持生计。按照这个估计，也即是说平均每家茶铺可直接和间接养活百人左右。

喝早茶是一种生活习惯

1934年沙汀写了《喝早茶的人》，对喝早茶的人有生动描述："一从铺盖窝里爬出来，他们便纽扣也不扣，披了衣衫，趿着鞋子，一路呛咳着，上茶馆去了。有时候，甚至早到茶炉刚刚发火。"

由于起来得太早，他们一坐在茶铺里，便实际上处于半迷糊的状态，当打了一会儿盹，"发觉茶已经泡好了的时候"，他们总是"先用二指头沾一点，润润眼角"，这样可能使自己清醒一些，然后才"缘着碗边，很长地吹一口气，吹去浮在碗面上灼炒焦了的茶梗和碎叶，一气喝下大半碗去。"

喝早茶的人，鲜有不抽烟者，他们"于是吹着火烟筒，咳喘做一团，恰像一个问话符号似的。"等到茶铺里有别的客人来了，"这种第一个上茶铺的人，才现出一个活人的模样，拿出精神来"，便可以拉开了话匣子。

喝完早茶以后,他们才回家洗脸、刷牙、吃早饭。由于家里热水不便,不少顾客甚至喝茶洗脸同时进行,如睡眼惺忪的茶客会向堂倌说:"还没洗脸呢。"于是"堂倌拖过一张凳子,摆在客人座位边顺手的地方,打了脸水来。"洗脸的时候,都不必改变姿势的,"只需略微侧一侧身子,斜伸出两只手去,就行了"。就是说堂倌的服务十分到位,茶客几乎不动身子就完成洗脸的程序。

更有趣的是,这个洗脸的顾客可能不愿哪怕中断一刻与其他茶客正在兴头上的谈话,从水中提起的毛巾,随时停在半空,甚至又把毛巾扔在盆里,所以"要洗一张脸子,那时间是会费得很长久的",有时堂倌还不得不再换一次热水。从这里可见茶客聊天的瘾之大,而且茶客们真是被殷勤的堂倌给惯坏了。

茶铺外面都有卖小吃的摊子,顾客们甚至也不用回家吃早饭,如一个茶客把茶留在桌上,十分悠闲地走出了茶铺,出去买东西吃:

一边跂上鞋子,扣着纽扣,一边踱往街对过的酒酿摊上去,躬着身子向装着物事的担子打量一回,然后点着指头,一字一字地叮咛道:"听清白了么?——加一个蛋。要新鲜的。好,就是这一个罢。您照照我看……"

这一段是描述一个茶客怎样在茶铺外买醪糟蛋,这是四川很流行的用酒酿煮鸡蛋的吃法。"您照照我看",意思是将鸡蛋对着天，如果是透明的话，便说明鸡蛋很新鲜。

当然，很多茶客还是要回家吃早饭的，但茶铺总是使他们流连忘返，所以经常是：

> 直到家里的人催过三五遍了，他们才一面慢腾腾地，把茶碗端到茶桌子中间去，叫堂倌照料着，说吃过饭再来，一面恋恋地同茶客们闲谈着，好像十分不愿意走开去似的。

茶铺是如此地随意，有的茶客甚至把家务事也带到茶铺来做，这样喝茶、社交、家务三不误。如他们坐在茶铺里，"小菜贩沿着清冷的街市叫卖起来了的时候"，他们总是买一点豆芽，"堆在茶桌上，一根一根地撷着根，恰像绣花一样的精致。从他们的神情上看来，这还是一种近乎阔气的举止呢。"

沙汀的这个描述实在是太生动了，给读者提供了有趣的联想。豆芽在当时是最平常不过的蔬菜，但是他们在茶铺里掐豆芽的根，是这样的认真，众目睽睽之下，似乎是今天他家吃豆芽菜，也是很值得炫耀一番的事情。

菜摘好以后，"家里的孩童们，是自会来收回的"。当时没有手机，他不用同家里联系，家人自动会直接到茶铺里找他取准备好的菜。家人与茶客如此地默契，说明这已经形成了一种习惯。他也照例不用动步，"只需千篇一律地关照道：……多加一点醋，炒生一点，嗯！"

精英文人对普通民众的这种悠哉乐哉的生活方式是颇为怜悯

新制度，旧时代，1912—1936

的,在小说的结尾,沙汀忍不住地加上他对这种生活方式的评语:"全个早晨的时间,已经给他们花费干净了。但他们毫不觉得可惜。其实,也没有想到这一点。等到肚子一饱,又有许多时光,在等待着他们,像阔人使用资财一样地浪费了。"

浪费时间和金钱?

到茶铺喝茶,自来就被精英知识分子和国家批评为浪费时间和金钱。其实关于时间和金钱,不同阶层和人群有不同的看法。对于每天辛苦劳作的下层劳工,或者是在那些各种小作坊工作的工人,走街串巷为老百姓日常生活服务修修补补的手工匠,以及在各种公共场所的小商小贩,他们和我们今天的人时间观念是不一样的。

知识精英所不能理解的是,并非社会中每个人都是惜时如金的,他们与芸芸众生有不同的时间观。我们可以想象,如此松散闲逸的日常生活中的普通人,对那些每天殚精竭虑地为了事业、名声、金钱或权力的专业人士、精英、富人和达官贵人们,可能也会难以理解,甚至报几分同情吧。

普通人比那些受过教育的城市中上层更经常使用茶铺。成都的现代工厂微乎其微,大多数都是手工工场的工匠,或店铺的店员,餐馆的跑堂,以及其他服务行业的雇工,他们无须像现代大工厂的工人那样遵守严格的上下班时间,工作时间非常灵活。

例如,那些在街道两旁铺子里做工的工匠,休息时便到街角

小巷

小街小巷最能勾起对老成都的回忆，因为它们一天天在我们眼中消失。这些小街小巷就是小茶铺的载体和赖以生存的环境，没有了它们，小茶铺也就没有了根，也随风飘去，不见了踪影。

的茶铺。这些茶铺为各种普通人服务，像砖瓦工、木匠、石匠、挑水夫、裁缝、车夫等，他们多在街头谋生。即使那些必须按时上下班的工厂工人，一有机会，也到茶铺消磨时间。

1918年的《国民公报》上有一篇讽刺小说，描述了农村人怎样留念成都的生活，原因之一便是那里人们可以在热闹的茶铺里尽情喝茶休闲。

1934年，著名教育家舒新城出版他的《蜀游心影》，这本书记录了他1920年代到成都时的观察。他发现了成都人日常生活的独特之处：

> 这许多的男女在茶馆戏园中度日子，你将以为这样地耗费时间与金钱，未免太可惜！你如果这样想，你之愚蠢真不可及。你要知道钱是以流通而见效用的，用钱又以能满足欲望为最有价值：他们的欲望既在此，每日用去几文自然是"得其所哉！"而况在茶馆里坐一日，若仅只喝一壶茶，所费不过一百或二百文——合大洋三分或六分——就是吃一顿面也不过费三四百文，再加一二百文的点心，每日也不过费大洋二角。戏院中头等票只六百文，二三等只要四百三百文，就是天天购头等票去看戏，每月也不过费大洋五元而已，比上海一个工人的纸烟费还少，所谓耗费金钱实在是很少的事。"虚耗时间"几个字，在这里是很少有人道及的，你又何必替他们白着急。

显然，他很欣赏而且试图为这种生活方式辩护，当时西化的精英对成都茶铺的批评甚嚣尘上，认为人们在那里浪费时间和钱财。像舒新城这样的著名教育家和新知识分子对茶馆进行辩护，应该说是一个异数，特别是当时新文化运动正如火如荼地进行，打击传统、拥抱西方正在成为时髦之时。

小商小贩是城市经济最活跃的部分

"自由市场"

毫无疑问茶馆是人们休闲的地方,但这远远不是茶馆的全部,实际上茶馆具有十分重要的经济功能。这即是说,在人们悠闲的背后,在茶馆中却每时每刻进行着某种形式的经济和交易活动。茶馆被称作"自由市场",手工匠以及其他雇工在茶馆出卖他们的技术或劳力,小贩则流动于桌椅之间吆喝其所售物品。

1923年,美国地理学家乔治·哈巴德(George Hubbard)从成都的街头上,看到"商人忙着赶路,到店铺或茶铺里去见他们潜在的买主或卖主。到处能看到小贩,用特别的声调、哨子、小锣、响板招揽顾客。"

茶铺经常是某个商品的专业市场,政府力图控制茶铺中的交易,特别是防止价格垄断。《国民公报》1914年的一篇报道讲了这样一个令人哭笑不得的故事:在南门的一个茶铺里,有几个人看来像做大宗米生意的,叫喊高价,结果警察把这几个人抓捕。

不过这个行动倒引起意想不到的恐慌,一个进城卖米的乡下人,正在茶铺喝茶,看到有人被捕,"吓得目瞪口呆,面无人色,颤颤栗栗,如筛糠然抖。"等稍缓过气,拔腿就跑,旁人大叫:"跑了!拉倒!"他被警察抓住后,问他"你是做什么的,其人一言不发,只见发颠。再问之,应曰我我我是吃茶的。调查员曰,吃茶就吃茶,跑什么?曰,我我我害怕。众皆莞然。"

茶铺也是一个劳动力市场,许多劳工在那里待雇。一般来说,同一行业的工人聚在同一个茶铺里,雇主知道哪里最容易找到自己需要的工人。许多自由劳力、季节性工人、技术工匠,特别是那些来自农村的流动人口,在茶铺里等待雇主。

如果某人需要雇一个木匠,他知道去哪个茶铺去找。一般家庭需要有人修理房屋、搬重物或婚丧需要帮手,也到茶铺里去请。

一些工匠干脆用茶铺作为工作之地,修理鞋帽、扇子、雨伞等,茶铺老板和顾客对弄在地上的纸屑、各种碎片和灰尘好像也并不很在意,因为他们给茶客们的日常生活带来了许多方便。甚至有的茶客也把他们的活路带到茶铺,品茶时手也不闲着,这样休闲生产两不误。

小商小贩

茶铺也是小商小贩的市场,一些茶铺对小贩没有任何限制,自由使用;另一些茶铺则要求小贩付一定的费用,才能在茶铺卖东西。因此，对这个问题茶铺没有一定之规，根据各茶铺的具体情况，包括位置、老板与小贩关系而定。

一般来讲，茶铺本身处繁华之地，生意很好，那么小贩借茶铺地方卖货，就要交费。如果茶铺生意不好，小贩可以给茶铺带来人气，给顾客提供方便，那么茶铺乐意提供免费场地。

事实上，如果顾客饿了有东西吃，他们可以在茶铺里待更长的时间，用不着离开茶铺去填肚子。许多小商小贩，特别是小吃，与茶铺都有很密切的关系，他们甚至可能入股茶馆，把他们的摊子摆在茶铺外面，招徕顾客。因此，茶铺和小贩可以说是合伙人关系，符合互利的原则，既给茶客提供了很大的方便，亦促进了它们各自的生意。

公园茶铺也有许多小贩出没。1932年，政府在公园禁止乞丐和小贩，说是因为他们在公园茶铺里妨碍卫生，影响公共秩序。然而，这个禁令造成顾客的不方便，因为他们需要小贩提供各种小吃、玩具等。在经过茶铺和公园的请愿后，政府妥协，颁发《入园证》，以限制小贩的人数，如将中山公园的小贩限制在90人，入园证每半年换一次。

但是1937年，政府以新生活运动促进会在茶铺组织公开演讲，需维持公共秩序为由，拒绝换证，使许多小贩生计受到影响。公园和小贩向政府请愿称：小贩"均系赤苦贫民"，禁止他们入园，将断了他们的生计。虽然此事的结局不清楚，在事实上要彻底破除小贩进园卖货这个长期的传统，可以说也几乎是不可能的。

小贩

卖各种商品和食品的小贩,喜欢在茶铺门口兜售,给茶客提供了许多方便。如果肚子饿了,走到门口,便可以买到小吃填肚子。如果瞧见卖菜的小贩路过,便叫住他,买几样蔬菜,甚至把菜就在茶桌上清理干净了再带回家。

历史经常那么荒唐可笑，国家要推行所谓新生活运动，首先就断了小民的生计。在近代历史上，所谓国家推行的"进步"东西，经常首先就是以民众的利益作为代价的。

小商小贩在茶馆里非常活跃，特别是卖零食和烟卷。刘师亮写了一首竹枝词，对他们有生动的描述：

> 喊茶客尚未停声，
> 食物围来一大群。
> 最是讨厌声不断，
> 纸烟瓜子落花生。

小贩的销售方法非常灵活，如果茶客愿意，他们甚至可以按根数而不是包数购买香烟；如果是卖水烟，吸五口起步，顾客可以今天吸三口，留两口改日再吸，生意非常灵活。各种小贩出卖其他如刷子、扇子、草鞋和草帽等日用品。

小贩经常利用一些具有当地民间文化特色的"绝技"来取悦顾客，推销商品。如卖瓜子的小贩，他们的生意"不受季节变化的影响"，在街头、茶馆、鸦片烟馆和其他地方到处都能见到他们的身影。一位传教士对这些小贩的技能印象颇深：剥瓜子"是一门相当不错的艺术……牙齿轻轻一嗑，瓜子就剥开了"。

卖瓜子的小贩按盘出售，还与茶客玩博彩游戏。有两种方法参加赌博：一种是猜瓜子的数目，买者手里抓一把瓜子（一般有十来颗）让小贩来猜。如果小贩猜错，瓜子就放到一边，接下来继续猜，直到小贩猜到正确答案为止。

第二种是抓得准，要求小贩一把抓出正确的数量（按双方约定）。如果小贩数目抓错了，瓜子就放到一边，小贩又抓另一把，直到他抓出正确的数量。熟练的小贩一次就能抓中。作家何满子便在茶馆看到，一个女孩的瓜子卖得特别快，因为她能按顾客的要求一把抓出准确的瓜子数量。由此可见，小贩不仅出售商品，也给茶客带来了娱乐。

奇葩行业

在茶铺还有不少其他行当与茶铺有合作关系，包括热脸帕、水烟袋、手工匠、擦鞋、修脚、掏耳朵、理发、算命等各业。像堂倌一样，他们通过其独特的服务，与茶铺和茶客建立了一种特殊关系，而且成为茶馆文化和地方传统的一个组成部分。

例如掏耳朵便很具地方特色。掏耳朵匠依靠茶铺招顾客，他们一手拿工具，另一手拿一个可发出一种独特的声音的金属夹子，吸引顾客注意，穿行在桌子间提供服务。有人诙谐地说，掏耳朵的人在表演一种艺术，使人们感到舒服，顾客则不在意他们的工具可能传播细菌。他们的存在，不仅为茶铺生活提供了方便，而且增加了更多的乐趣，但政府也以妨碍卫生等各种原因进行限制。

热脸帕服务在茶铺里很流行，顾客不仅可随时擦脸揩手，可以在那里早晚洗脸洗脚。提供这个服务的人有特殊的技艺，在十分拥挤的茶铺里,能够扔毛巾给任何一个顾客,从空中抓住顾客扔回来的毛巾,甚至能够同时接住几张从不同的方向扔过来的毛巾。他们有时还有意炫耀技术,用嘴去含,顾客看得高兴,也会给小费。

这个行业过去叫"烟袋帕子",为什么有这么一个奇怪名字?有人解释说,茶铺里竹竿上晾的毛巾,很像烟杆上吊一个烟袋。他们的服务又叫打香水帕子。"打"在这里应该是"扔"的意思,因为热帕一般都是从空中扔给顾客。

热脸帕的经营者不是茶铺雇员,而且他们还必须付茶铺一定的费用,以使用茶铺的空间和热水,当堂倌和瓮子房忙不过来的时候,他们还要帮忙。

许多茶客是附近商铺和手工场的工人,他们大多不是成都人,来自外县甚至外省,过着独居的生活,由于居住环境简陋,茶铺便成为他们的"临时旅店"。清晨去那里喝早茶,洗脸,然后去工作;下了工回到茶铺,待到茶铺关门,在那里洗了脚才离开,一到家便直接上床。他们所谓的"家",也不过就是一个晚上睡觉的地方。这部分人成为热脸帕最固定的客人,为这个行业带来了繁荣。

商人有固定的茶馆洽谈生意,许多交易都在茶馆做成。如粮油会馆以安乐寺茶社为交易处,布帮在闲居茶社,走私鸦片、武器的帮会在品香茶社活动。

南门边的一家茶馆因靠近米市,便成为米店老板和卖米农民的生意场。究竟每日有多少交易在茶馆做成还不得而知,但可以确信数量非常可观。

一则地方新闻称：当警察平息一场茶馆争端后，一位顾客以这场斗殴搅了他的一桩生意而要求赔偿。

西方旅行者也注意到了茶馆的商业功能，在1920年代的成都，上面已经提到的美国地理学家哈伯德发现，茶馆不仅是公众闲聊的地方，而且"大部分的生意也在这里成交"。他经常看见"商人急于去茶馆见他们的生意伙伴，在那里小贩用哨、小锣、响板等招徕买主。"

成都并不是唯一的将茶馆作为市场的城市，但没有任何一个地方的茶馆能像成都那样，在普通民众的生活中发挥这么多和这么大的功能。

一张茶桌体现着人与人之间的连接

共同爱好的聚集

茶铺也成为有共同兴趣爱好或者共同阶层之人的聚集地,就像一个"社会俱乐部"。茶铺为城市居民提供了一个休闲、娱乐的空间,虽然许多茶馆可以是为各个阶层的人服务,但是相当多的茶馆存在着阶层自然的分野。

海粟在他的《茶铺众生相》里回忆,虽然成都有许多茶铺,但"茶客却是各就各位,各得其所的。有的大茶铺平民百姓从不跨进去,而更多的小茶铺某些人则不屑一顾。"

中山街的茶馆邻近鸽子市,因而成为"养鸽人俱乐部";百老汇茶馆地处鸟市,便当然被爱鸟人选为大本营。爱鸟人每天早起,把鸟笼挂在屋檐下或树枝上,一边喝茶,一边享受鸟儿的歌唱。当然,养鸟和驯鸟成为他们永不厌倦的谈论主题。一些茶馆,例如中山公园的惠风茶社,就成为定期的雀鸟交易市场。

中山公园的乐观茶园也是养鸟爱好者的集中地,人们在那里做鸟雀的生意，交流饲养经验，成为有名的"雀市"。一个记者1936年在《新新新闻》上描写道，一次他到乐观茶园，发现里面热闹非凡，间杂着各种鸟叫。人们不仅在那里买鸟作为宠物，而且还买麻雀等在阴历四月初八的放生会释放。

记者以负面的语调描写这些待售的鸟不断地"悲鸣"。一个卖鸟食的小贩告诉记者，不少鸟是作斗鸟娱乐和赌博用。这些斗鸟的食物颇为讲究，都是鸡蛋、鸡肉和牛肉，甚至还有人参等补品。在茶铺里卖作为鸟食的虫子，一天可以挣几千文。

看来人们说茶铺就是一个社会俱乐部，真是不假。同行业的、有共同爱好的甚至完全不相干的人，都可以坐在同一个屋檐下，休闲、聊天或者读书看报、独自冥思，甚至度过一整天。难道还有任何其他公共场所，有茶铺这样的包容性吗？

茶铺就是会客室

成都人习惯于把茶馆当作他们的"会客室"。由于一般人居住条件差，在家会客颇不方便，人们便相约在茶馆见。由于既方便又舒适，即使居住宽敞的精英阶层也把茶铺作为他们的会客厅。茶铺成为人们聚会地，人们可以在那里会客见友，不用事先约定，关于日常生活的许多决定也是在茶铺里决定的。

令人惊奇的是这种传统在现代成都仍保留了下来。世纪之交我做茶馆研究时，经常约一些长辈进行采访，他们几乎都要我去茶馆碰面。他们经常不用约定，也能在茶馆见到朋友，茶客们一般都有他们固定去的茶馆。

还有人写道，人们喜欢去茶铺会客有三个原因，一是成都是个大城市，两人会面选两人住家中间地带的一家茶铺，这样大家都不用跑很远的路；二是在家里接待客人要准备饭菜，耗时费力；三是成都为省会，吸引许多外地人，但在旅店谈生意既不方便也不舒服，因此茶铺是个好地方。

茶馆是会友、交易、推销、卖艺、闲聊，或无所事事、观看街头行人的好场所。与西方工业国家和中国沿海大城市工人严格上下班工作制不同，成都市民基本没有固定工作日程，他们的时间十分灵活。只要他们不工作，无论白天还是晚上，都可待在茶馆。

20世纪初西方人曾把成都"沿街营业的饭馆和茶馆"（tea-drinking saloons，直译为"茶吧"）比作"英国的酒吧"（public houses），并评论说，这样的地方用于"社会闲聊"时，"危害极小"。

这些茶馆有着明显的社区特点，民国初期住在"推车巷"的外籍教师徐维理（William Sewell）关于成都1920年代的回忆便提到，他所住小巷的茶馆便是"这个巷子的社会中心"。当他的一个朋友遇到麻烦，他们便到茶铺去讨论解决办法。

成都茶铺为下层阶级提供了一个摆脱简陋住所、休闲的公共空间。然而，我们也可以说，茶馆为社会上层人士提供了一个远离宽敞的私家宅院，接近更热闹鲜活的社会生活的聚会场所。

茶馆太有吸引力了，一些政府工作人员甚至在上班时间也去茶馆喝茶，没想到被上司撞见而受到处罚。对茶客来说，闲聊是茶馆最具魅力之处，人们可以谈论任何事情，据周止颖《新成都》说，人们在茶馆"谈古论今，议论社会，下棋赌赛，议评人物，刺探阴私，妄论闺阁。"

茶客的经济状况也反映在他们茶铺里的行为举止上。当经济恶化，顾客尽量少花钱。一次，一个人显得很有"派头"，为他人买了8碗茶，他的出手不凡使大家刮目相看，大多数人虽然也好面子，但也不敢轻易如此潇洒。

民间也流传不少关于茶馆中发生的啼笑皆非的故事，下面是一则收入在《成都民间文学集成》中的传说：

有个人喜欢摆阔，成都人称"绷面子"，如果恭维他富，他便喜形于色，反之则怒气冲冲。有一天他在茶馆喝茶，茶客们都抱怨生活艰苦，每天只能泡菜下稀饭。他却说，"只怪你们不会过日子。我不但一天三顿白米干饭，而且顿顿都吃肉。"

别人不相信，他就撅起油得发亮的嘴唇，就像他刚刚吃过肉一样。不一会儿，他儿子冲进茶馆，焦急地大喊："爸爸，你的那块肉遭猫偷吃了"。

他装着若无其事，一边给儿子使眼色，一边问儿子："是偷吃三斤的那块？还是五斤的那块？"

儿子没明白父亲的暗示，回答说："哪有三斤、五斤的肉啊！就是你留下来抹嘴皮子的那二两泡泡肉！"

那人气急了，打了他儿子一耳光，儿子大声哭道："是猫偷的，又不是我偷的"。众人听了,哈哈大笑。

为了面子,在外面打肿脸充胖子,最后丢人现眼。在我们的日常和政治生活中,为了面子丢了里子的事例屡见不鲜,这种"面子文化"是非常害人害国的,而且直到今天在中国还经久不衰。

这件发生在茶馆的小事可以被认为是一场生动的"社会戏剧",我们可以看到,人们经常从一些茶馆里的小插曲中得到乐趣。各种故事每时每刻可能都在不同的地方上演,茶客们作为"公众"在茶馆既作为看客,又在公共舞台上充当了"演员"的角色。

这类地方口头文学也让我们知道了许多关于街头生活的特征。虽然这些故事可能经过了讲述者的渲染,在流传过程中也可能增加或改变细节,但这些故事所烘托的那种公共生活的生动气氛,却是真实可感的,使我们也情不自禁地进入到茶馆的那种热闹和自在的喧嚣而又并不烦人的氛围之中。

赌博是司空见惯

人们聚集在茶铺里,也喜欢赌博。斗鸟经常在城外进行,像西门外的洞子口和北门外的天回镇等地。这是一种公开活动,参加者众多,有明确的程序和规则,还有裁判,胜者还要穿红。

地方精英和政府皆认为茶馆赌博是一个严重问题,虽然颁发了不少规章,但这个问题并未能解决。一篇1918年发表在《国民公报》上题为《扑克害》的所谓"警世小说",便以批评赌博为主线,讲述一个年轻人在茶铺碰见一个爱玩牌赌博的朋友,结果他们正在聊天时,警察来把他朋友带走了,罪名是偷窃。

这篇小说以这样的句子开始:

> 一少年危坐于公园之某茶社,其年纪约略二十左右,着革履,眼垂金镜,周身衣服均缘以火盆似青缎边,举止浮薄,一望而知为浪荡之少年。时夕阳西下,几行雁字似指引游人之归去。坐客亦渐稀,茶博士则收拾其桌椅,清洁其地面,为状至忙碌。顾少年则仍座不稍动,面色一若重有忧者⋯⋯

作者将茶馆作为小说的场景,是有其特殊用意的,茶铺总是人们去休闲解闷、看朋友、玩牌下棋、赌博之地。茶铺也是人们最经常去的地方,因此作者很容易把读者带进他所设计的情境之中。

还有更"高雅"的玩法,例如警察报告在中山公园的中和茶社,一些"无聊文人"以吟诗进行赌博。

一些文人喜欢到茶铺"摆诗条子",玩这个游戏时,他们把两三张桌子拼在一起,在上面放几张大纸,上面画许多格子,每个格子填进一首唐诗或宋词。他们有意写错一两个字,邀请在场的茶客纠错。如果茶客改对了便有奖,错了便付10文钱。其实这也是变相的小赌,当然在民国时期,文人在茶铺里赌博,只要"方式优雅",社会并不因此诟病。

1928年,彩票进入成都,在繁荣的商业区到处是售彩票的铺子,而彩票业公会便设在北城公园的静安茶社,阴历每个月的初六,人们挤在茶铺里急切地等待公布号码,公会还要为获大奖者披红,骑马在街上遛一圈。看来茶铺真是能够与时俱进,什么新的事物出现,茶铺皆可以提供场地,来者不拒。

《蜀游心影》中的茶铺

舒新城1925年到成都游历后,写了《蜀游心影》,他发现成都茶铺不仅数量多,而且规模大。小茶铺也有三四间屋、而大者可达十几间屋的程度,可同时接待几百人。那里的顾客都穿戴整齐,多是中年以上的长衫族,看来都是中上阶级者,舒还看到几个打扮时髦的太太。所以舒猜想,"他们大概在生活上是不成什么问题的,既非求学之年,又无一定之业,于是乃以茶馆为其消磨岁月之地。"

我相信舒新城所见者,多是在那些主要街道上比较有档次的茶馆,他可能没有机会光顾穷街陋巷的小茶铺。

不过,舒氏对成都茶客们的描写却是十分生动的:"座位定后便有侍者照料茶食",据他观察,顾客在"茶食"上有上下之分。上等则"饮于斯食于斯,且寝于斯",行为也较有"档次",在吃饱喝足后,他们不是"购阅报纸,讨论天下大事",就是"吟咏风月,诵述人间韵事"。

当时也并不掩饰其纨绔秉性,不是"注目异性",一饱眼福,就是"研究偷香方法",以便来日风流。在混了大半天后,如果感到疲倦,"乃颓然卧倒竹椅之上,使一切希望都在南柯中一一实现。"

等他们从梦中苏醒,已近傍晚,舒新城谑称他们是"此日之日课已毕",才回家吃晚饭。但晚饭后,也并不待在家里,而是去戏园"上夜课"。

而经济拮据的茶客则有不同,他们由于"受经济之限制",一般"只饮不食,寝而不处",但坐的功夫如何了得,"一坐亦可数小时而至假寐"。

舒新城发现,南京比成都的茶铺要少得多,而且基本上都是为中下阶级服务的,他们一般是上午去茶铺喝茶。

舒的观察显示,在成都,坐茶馆并非是某一个阶级的生活习惯,而是一种各阶层的普遍行为。

日常，就是生活的内在逻辑

"好像鸦片烟瘾一样"

以写四川乡土故事而著名的作家沙汀对茶铺理解深刻，他在 1934 年写道：

> 除了家庭，在四川，茶馆，恐怕就是人们唯一寄身的所在了。我见过很多的人，对于这个慢慢酸化着一个人的生命和精力的地方，几乎成了一种嗜好，一种分解不开的宠幸，好像鸦片烟瘾一样。

当然，这里沙汀是以批评的口吻来描述茶馆的，这可能是由于他新知识分子的身份和反传统的世界观使然，但他对茶馆的重要性和吸引力真是刻画得入木三分。成都茶馆营造了一种热闹的气氛，追求休闲生活的人们在那里真是如鱼得水。

在民国成都，大茶馆一般都是高档，小茶铺则多为下等。即使在同一个茶馆里，也可以分出高下来，如有些茶馆提供"雅座"，有自己的私人空间,或用屏风、帘子等与普通座隔开。由于茶铺能够对不同顾客提供不同的服务,所以它们看起来比较"公平",实际上则最大程度上扩大了生意范围。

文人是茶铺的常客。许多四川乡土作家和到成都的旅行者,都留下了他们关于茶铺的记忆,这些记忆,便成为我们今天重构茶铺历史的重要依据。

学者喜欢在那里吟诗论画,人们称他们为"风雅之士"。有些人把书带到茶铺里阅读,所以有人写道:"茶亦醉人何必酒,书能香我不须花",品茶看书,当然颇为高雅。如果一个茶客没有谈话兴头,他可以读书看报。顾客可以从小贩那里租报纸看,看完一份后,还可以与他人交换。

对某些人来说,喝茶本身并不重要,而意义在于与茶铺里人们的交往。三教九流都到茶铺,讲他们自己的经历或听来的故事,对世界上的任何事物高谈阔论。

吴虞在1915年3月的一则日记里写道,他雇了一乘轿子到城郊一个叫龙桥的乡场,在那里过夜。第二天早饭后,到熊定山茶铺喝茶,等着开市。然后又与朋友"至彭大旗铺内吃茶",在那里与佃户见面,讨论佃金的事。这个日程显示一个学者怎样度过他的一天,我们发现他经常在茶馆里见客和处理日常事务。

文人还喜欢把他们的作品拿到茶铺去展示,例如吴虞便把他写的诗印出,贴在茶铺里供欣赏,喜欢的人可以购买。在其1915年的一则日记中,吴说他派人把印好的诗送到品香茶社,在第二天的日记中又提到,当他去养园茶馆会友时,发现那里也贴了不少他的诗。这说明,当时成都的文人还是很注意茶铺作为传播自己作品的一个平台,甚至可以顺带做买卖。

文人一般都有自己钟情的茶铺,吴虞经常到品香茶社,因为那里有他钟爱的演员陈碧秀,他还在茶馆卖所写的关于陈碧秀的诗。根据他的日记,他与朋友上午到品香去看陈的演出,下午约了更多的人到那里。吴在日记中写道,陈为有吴捧场颇显兴奋,"其视线恒在余等,一座皆笑,碧秀亦笑不能禁也。"显然吴虞为能得到这个名伶的青睐很是得意,看来在民国时期,成都文人似乎对与优伶的来往纠缠并不忌讳。

茶铺的阶级分野也可以从一些回忆录、游记、其他文学作品中看到。当易君左1930年代第一次到成都时,写了《锦城七日记》,其中记录了他去著名的二泉茶楼,泡一碗茉莉花茶,发现那里的客人都是衣冠楚楚。茶铺的阶级或者分层是自然而然形成的,因为每个阶层都有他自己感觉舒服的去处,所以人总是以群分的。

保守派的茶铺

1921年,一些地方精英自称"旧学老成",对"近来民气嚣张,人心狡诈"不满,还指出灾害迭出也与之有关,试图通过演讲儒家经典这个"救世良药"来"救正人心,挽回天意"。他们以三道会馆为总部,组织了武圣讲演会,还得到地方士绅和商人的捐款。

武圣讲演会在总部开办了一个茶铺,称武圣演讲会茶社,引起很大社会关注,许多精英相信,"当此异说纷腾,尤不可不使大义微言,昭垂宇宙。"希望讲演会成为"拯救"世风的榜样。

为避免受地痞的骚扰,讲演会试图得到政府的支持,要求警察给予免税的待遇。省会军事警察厅发布告示称:

> 武圣演讲设会,
> 按日宣讲格言。
> 呈准本厅立案,
> 藉以启迪愚顽。
> 凡尔听讲人等,
> 不得滋扰喧闹。
> 特出此示保护,
> 其各一体凛旃。

有趣的是,似乎警察也为适应所谓"旧学",发的是韵言告示。应该注意到,这正是新文化运动的高潮时期,一些"旧"文人竭力以传统去抵制"新"知识分子对中国传统的攻击,防止西方文化的渗入。参照后面关于戏曲改良的讨论,我们可以看到茶馆实际上成为"新""旧"之争的战场。

平民茶铺

许多小茶铺主要为下层阶级服务,它们一般都在僻街小巷。

好地段的茶铺要付比较高的租金,许多小本生意只能找便宜的地方。例如,一个茶铺干脆就开在城隍庙的戏台下面。

我们可以想象,可以忍受如此简陋和嘈杂环境的顾客,显然不会是衣冠楚楚有身份者。在僻静街巷的茶铺都很简陋,不过是一间朝街的屋,有几张矮桌和凳子。它们主要是为那些推车抬轿或其他劳力者服务的。虽然这些小茶铺不像那些在繁盛区的大茶铺利润丰厚,但也基本可以维持。下层人在这些地方与同类人在一起会感到自在得多。

如辛亥革命后,在半边街和烟袋巷一带小作坊的织工都到这些街的小茶铺;1920年代,陕西街、君平街、汪家拐等成为织工的集中地,附近茶铺的客人几乎都是在这些作坊工作的工匠。

大多数日夜讨生活的下层人,如轿夫、黄包车夫、小贩等,都到茶铺解渴歇气。当穷人失业时,茶铺更是他们唯一去打发时间、调整心态、进行短暂休息的地方。

在1930年代,东门外某工厂的一伙工人,每天中午休息时都到东门大桥头的一家茶铺,边钓鱼边品茶。茶铺老板也是钓鱼爱好者,他们成为朋友,老板还帮他们保存渔具,抓到了鱼则为他们烹调。

成为一个茶客显然不是一个晚上形成的。许多茶客是在他们父辈的长期熏陶下形成的。海粟回忆1930年代初他父亲每天晚饭后带他到第一泉茶社的情景:这个茶铺离他家仅一街之隔,他父亲买一碗茶但占两个座位,过去的茶铺似乎对买一碗茶占两个位并不干涉,这与后来我们常常看到的有"一茶一坐"告白的茶铺是不一样的。父亲喝茶,小孩则吃一把花生,"当我把花生吃完便沉沉欲睡了。等他茶瘾过足,我已进入梦乡,父亲只好把我背回家去。久而久之,我也成了一名'茶客'。"

海粟的经历说明茶铺对人们日常生活的影响。茶铺的环境和文化、顾客的言谈和举止等,使人们了解社会,建立社会网络,甚至形成了个性和习惯。即使那些白天必须工作的人,一旦有机会,也光顾茶铺。

另一个例子是澡堂老板刘师亮,他觉得在澡堂见有身份的客人不便,便把客人带到附近的茶铺。关于刘师亮的故事之所以流传下来,因为他也是民国时期成都一个有名的文人,写了不少讽刺时政的对联和诗词,还编过一本著名的书《汉留全史》,记载了许多关于袍哥的内幕。

抢着付账后面的真真假假

"假打"是社会习惯

我们今天还不时在饭店里看到这样的场面，一群手里拿着钞票，在那里大声嚷嚷，还不时推推搡搡，以至于脸红脖子粗，不明事理的老外还以为发生了什么纠纷，是不是要打架了，感到了气氛紧张。但是中国人却早已见惯不惊，知道这是友谊和慷慨的体现，在那里抢着付账呢！

这个争着付账的传统由来已久。在晚清和民国时期的成都，一个人进入茶铺，在那里的朋友和熟人会站起来向堂倌喊："某先生的茶钱我付了！"这便是"喊茶钱"。叫喊声可能来自茶铺的各个角落。当然也可以相反，刚到者为已经在那里喝茶的朋友熟人付茶钱。这是茶铺里最有地方特色、最经常的习惯，充分表现了人与人之间的复杂关系。

不过，应该指出的是，这种习惯也并非只存在于茶铺中，或者只存在于成都或四川其他场合如餐馆等，在中国其他地区也可以看到类似现象。因此这是中国"面子"文化的普遍表现，不过表现形式及其程度可能有所区别。

这种场景每天在每家茶铺都可能发生不知多少次。在这种情况下，被招待者一般都会笑着回答"换过"，其意思是"另换一碗新茶"。不过这经常是做做姿态，很少真的会另换一碗茶。

有时真的换了茶，但客人必须马上离开，他会揭开盖子，喝一口以表示感谢，这称之为"揭盖子"。

人们急切表示为他人买茶，是成都乃至整个四川的一个社会习惯，他们觉得必须做出愿意为朋友和熟人付茶钱的姿态，即使他们心里并不那么情愿。如果一个人不如此行事，则可能"丢面子"。为某人喊茶钱的人越多，那么这个人就越有面子。

由于不少人是言不由衷，这使得堂倌很难判断顾客是否是真的愿意付他人的茶钱。是否收钱以及怎样收钱是一个严肃的问题，如果处理得不好，堂倌可能得罪顾客，认为这个堂倌不懂规矩，乱收钱。如果很多人抱怨的话，老板也可能把他辞掉。

"喊茶钱"

李劼人的《暴风雨前》中，曾经描述了一个"喊茶钱"的场景：

一个人进入"第一楼"茶馆，在他付了茶钱后，看见两个熟人上楼来，他装着没有看见，一会儿他才像刚看见他们一样，笑着打招呼："才来吗？"他拿着票子向堂倌挥了挥，叫道："这里拿钱去！"

而新到者也向堂倌吩咐："那桌的茶钱这里拿去！"堂倌知道双方都不过是装装样子，便叫道："两边都道谢了！"不必劳烦去收任何人的钱，非常得体地处理了这个情况。

在著名的《在其香居茶馆里》，沙汀也生动描述过在四川乡场上"喊茶钱"的场面。新老爷当过十年团总，十年哥老会的头目，八年前才退休的。

> 新老爷一露面……茶堂里响起一片零乱的呼唤声。有照旧坐在座位上向堂倌叫喊的，有站起来叫喊的，有的一面挥着钞票一面叫喊，但是都把声音提得很高很高，深恐新老爷听不见。其间一个茶客，甚至于怒气冲冲地吼道："不准乱收钱啦！嗨！这个龟儿子听到没有？……"于是立刻跑去塞一张钞票在堂倌手里。

这个场面说明新老爷是地方上的一个重要人物，有很高的社会地位，所以茶客们都抢着为他"喊茶钱"。我们还看到，收谁的茶钱也是一个严肃的事情，堂倌是马虎不得的，否则就会得罪人。而这个情节中的那位"喊茶钱"者，似乎是诚心的，如果没有满足他，则可能引起他的不满。

堂倌处理这类情况的方式、能力、经验和技术都反映了强烈的地方文化色彩，也体现了他们与茶客的互动关系，也是他们生存的法宝。

一个有经验的堂倌对收钱的诀窍了如指掌,摸出了一定的规律。当众多人在喊茶钱时,收谁的钱要在瞬间做出判断,他必须考虑到顾客的多种因素:社会地位高低、年龄大小、本地人还是外来人、老客还是新客,等等。

一般来讲,堂倌愿意收生客而不收常客,这样可以避免把老客人得罪了,如果收错了钱的话,客人可能因为堂倌"不懂规矩"而不再光临这个茶铺。基于同样的原因,堂倌一般收年轻的而不收年老的,因为老者一般是常客。

堂倌一般也收富者而不收穷者,因为前者较少为一杯茶钱而烦恼。除了这些因素,堂倌尽量从真心想付、而非假装的人那里收茶钱,但是要做出正确判断却非有经验不可,一个有经验的堂倌可以从茶客的动作中辨别出真假。

"喊茶钱"中的众生相

那些"假打"者,即并不是真想付账,不过是为了面子在那里装模作样者,一些典型的姿态被人们总结出来。如成都老茶客崔显昌先生,曾经非常生动描述过"喊茶钱"中的众生相:

一个人两手忙着去推他人,而非从口袋掏钱,只是嘴里嚷着"不准收!不准收!算我的!算我的!"这种姿态被谑称为"双手擒王"。

如果一个人手里拿着一张大票子在挥舞,叫着"这儿拿去",

这个姿势被谑称为"打太极拳"。

一个人拿着钱在远处叫嚷,声音大但身子不动,被称为"伙倒闹",也就是凑热闹的意思……

以上这些都是不愿付钱的主。当然,上述这些动作不过是一般的规律,但堂倌还必须根据具体情况灵活处理。

例如,一般来说,堂倌喜欢从那些拿小票子的告诉不用找补的人那里收钱,因为这些一般是真心想付钱的人。不过,在晚上快打烊时,他们不想留太多的小票和零钱,否则结账比较麻烦,也可能收"打太极拳"之人的大票子。因此精明的"打太极拳"者知道"早打大,晚打小"的诀窍。也就是说,如果不想为别人付茶钱,白天就尽量用大面额钞票,晚上就尽量用零钱。

"我招待"

有趣的是,在美国城市中也存在类似"喊茶钱"的习惯,称之为"我招待"(treating),美国历史学家若依·罗森维格(Roy Rosenzweig)称这是"最重要的饮酒习惯",是在"男人中同伙和平等关系的传统之认定"。

这种习惯成为"一种社会法"(a social law),"如果一个人在客栈或酒吧独酌,任何熟人进来,不管有多少人,他都必须站起来,邀请他们同饮,并为他们付账。"

来人如果"拒绝他的招待,则被认为是一个极大的侮辱,除非进行必要的解释并表示抱歉。"

罗森维格发现,这个习惯源自爱尔兰乡村,在那里"地方社会和经济关系经常是基于相互权利和责任系统,而非金钱交易的理性化市场。"

爱尔兰农民有着帮助邻人的习俗,这是"相互责任的地方系统",反映了人们对"相互关系、友善、集体性的接受"。

同样,在美国的酒吧中,请客也有规则和习惯,"酒吧请客的第一条规则,便是被请的人将来要回请,可以是回请喝酒,或者提供帮助,以及其他双方接受的方式。"

爱尔兰人传统关系的性质,从一定程度上说与成都很相似,虽然它们分别在两个世界,从地理和文化上都没有任何直接联系。

成都人和爱尔兰人习俗的这种相似性告诉我们,生活在不同的世界能够创造一种类似的习惯,这种习惯的基础是相互责任和建立一种社会契约。

在法国巴黎的酒吧里,还有另外一种付账的方式。两位朋友在酒吧里下棋,输的人会去结账付酒钱。这个在毛姆的《月亮与六便士》中有过多次的描述。

给他人付茶钱,犹如送人礼物一样,是建立社会网络的一种形式,钱可以转化为一种人情,以后将会派上用场。在城市里,人们根据许多不成文法进行生活,了解这些不成文法对人们的日常生活十分重要。喊茶钱便是这种不成文法的一种形式。

无论种族、文化、国别,人们有时具有很多共同点,虽然表现的形式会有所不同,成都的"喊茶钱"与美国城市的"我招待",便是一个很好的例子。不过,这个习惯中前者所表现的虚情假意,真假难辨,却是后者所没有的。

我们经常强调中西方是如何的不同,其实生活在两个世界的人们,有时候也创造了类似甚至相同的文化,如果我们怀着求同的心态的话,我们会发现彼此的距离并不是想象的那么遥远,隔阂也不像想象的那么巨大。

"流浪的艺术家"的谋生地

"似睡非睡"的城市

民国时期的成都是一个消费城市,没多少工厂,人口也相对较少,人们似乎仍然生活在传统之中,据老成都人刘振尧的回忆,"整个给人一种闲适慵懒的感觉"。特别是当下午二三点钟时,"仿佛整个城市都处于一种似睡非睡,似醒非醒的生态中。那悠扬的琴声、凄婉的唱腔从茶楼上的窗户飘洒出来,极像缠缠绵绵的秋雨,更是把周遭氛围渲染得闲愁莫名了。"

曲艺表演的声音,在城市的小街小巷萦绕。似乎在刘振尧的头脑里是那样的根深蒂固,跟随了他一辈子,那种情调,显然塑造他的未来的生活方式。

当时成都可能并不像刘振尧所描写的那样超脱懒散,其实当时也已经发生并且正在发生着诸多的变化,但成都给人的整体印象仍是一个生活节奏缓慢、悠然闲逸的城市。茶铺便是这种生活方式的一个象征。

茶铺里的演出，给茶客们提供了无限的欢乐，那些廉价的娱乐也是大众教育的最普遍的形式。毫不夸张地说，茶铺几乎是所有成都民间演出的发祥地。

茶铺为各种曲艺或"杂技"提供场地。这里"杂技"当是指各式各样的包括曲艺等表演技艺，并非单指今天表演特技为主的"杂技"。茶铺和民间艺人相互依赖，杂技因为有茶馆而产生，并不是因演杂技而产生茶馆。

由于高雅茶馆租金较高，大多民间艺人喜欢在小茶铺演唱，为下层民众服务。较有名者一般固定在某个茶馆，而名不见经传者只好带着他们的乐器走街串巷，哪个茶铺有听众，便到哪里挣生活，称之为"跑滩"或"穿格子"。

还有许多甚至难以觅到一间茶铺，只好在桥头街角空地卖唱，称之为"唱水棚"，经常难以为生。

人们在中低档茶铺欣赏各种曲艺表演，诸如相声、金钱板、评书、清音、杂耍、口技等等。例如一个叫高把戏的艺人在新龙巷的一个茶铺挂牌演出，他也应聘到那些举办红白喜事的人家表演，称"堂彩"。

许多有名的艺人都有固定茶铺演出，观众们知道去哪里寻找他们的最爱，如到新世界听李德才的扬琴，到新南门听李月秋的清音。

一些艺人则在同一天转战不同的茶铺。例如一家茶铺开在新南门大桥河旁的竹棚里，在夏天顾客喜欢那里的凉风，一些有名的民间艺人如贾树三（竹琴）、李德才（扬琴）、曾炳昆（口技）、李月秋（清音）、戴质斋和曹保义（相声）在那里轮番演出。

曾炳昆上午在新南门的茶铺演出，下午到北门外的圣清茶园，有时也到归去来茶楼的知音书场。他藏在布帘后，模仿各种鸟兽、人物的声音，讲诙谐的故事。

高把戏在青龙巷的茶馆外悬挂一个木板，上面写明任何人想要他在寿宴或婚礼上表演，可以与茶馆联系。

只要能吸引听众，民间艺人的表演可以在任何地方进行。在拥挤的茶馆，艺人们接踵地表演精彩的节目。有一些来自省外，如"大鼓书"就来自华北，但是大多数表演形式都源于当地，例如清音。

清音一般由年轻妇女演唱，能够吸引更多观众。那些高级茶馆一般招聘名演员，而一般艺人则在那些街面的低等茶铺演出，穷人站在外面观看。

一些茶馆里的民间艺人在某种程度上是受过教育的，例如川剧名优张士贤，喜欢吟诗作赋，经常待在茶馆酒店与顾客讨论唐宋古典诗歌和散文。另一位艺人曾双彩则擅长绘画。也就是说，民间艺人在背景上，也是各有不同，各具特色的。

道琴与竹琴

"打道琴"也成为一种流行的娱乐形式，一般是游方道士的把戏,这些是乞求施舍的一种方法。他们带着一根长的、被称为"鱼鼓"的筒管,外加两片像夹子一样的长竹板,用它们来打节拍。他们可以沿街演唱,但是喜欢穿行于各个茶铺之间,挣一点赏钱。

一般他们在进入茶馆后,先在茶客们面前作揖。如果人们心情好,会要道士唱一段闹台:

> 一根竹儿闪悠悠,
> 长在深山老林头。
> 一朝落在良工手,
> 制成道琴天下游……

然后就拜码头:

> 一拜街坊和道友,
> 二拜保甲与团头……

如果该道士演技不错,一位地方有头面的人——一般是袍哥首领——便会请大家对道士多加关照,于是茶馆的伙计就会帮助从顾客那里收钱。如果袍哥大爷喜好这样的表演,他可以邀请道士多待一段时间,以茶馆作为表演的固定场所,有时甚至一年半载。如果道士在书法或绘画方面还有造诣,那他便更受欢迎,能收到更多的钱。

在锦春茶楼,贾瞎子(即贾树三)、周麻子(有高超掺茶技术的堂倌)、司胖子(一个专卖花生米的小贩),号称"锦春楼三绝"。

竹琴大师贾树三出身贫困，三岁失明，从14到20岁都是在街头、下等茶铺演唱，逐渐赢得名声。当1930年锦春茶楼开张时，他便以那里为固定演出场所，达十年之久。

每当开演之时，茶楼附近街道总是车水马龙，轿子、黄包车把人们从四方八面带到这里看他表演。抗战时期，贾树三疏散到老西门外的茶店子，但不少观众仍然到那里看他演出。

许多名流也在观众之中。一些文人还写对联为之助兴，例如一联称：

> 到此疑闻击筑歌，极目燕云，会有英雄出屠市；
> 凭君多陈流涕事，关怀蜀汉，莫叫丝管入江风。

对联赞扬其表演激发人民对"九·一八"日寇占领东北的愤恨，关心人民的疾苦。他的演出和所扮演的角色为民众喜闻乐见，观众为其悲欢离合的动人故事、慷慨激昂的鼓动语言、忧国忧民的真情实感所打动。

"三皇会"

成都人也喜爱听扬琴，在清末民初，成为许多文人和士绅的最爱。一般是四至六个演员敲琴和打鼓演唱，以胡琴和三弦伴奏。扬琴不像川戏那么喧闹，音调优美，曲词高雅，演唱平和，故得许多外省人青睐。

据说扬琴创始于一个从沿海被流放到成都的知县，由于唱法来自沿海，所以又叫"洋琴"。扬琴的流行也是由于民初慈惠堂推动的结果，慈惠堂先后招收上百盲孩进行训练，并逐渐形成了所谓的"堂派"。

根据迪凡的《成都之洋琴》文章，有类似说法：

> （李阳）聪颖过人，其先祖来自广东。李年少倜傥，能歌善琴，尤喜涉足歌场，时蓉城鲜有不识李生之歌名者。以是得妇女欢，为人忌妒诬控，流戍西康。李乃自制丝桐，以指敲弹，铿锵可听。谱人间传记，及历史可歌可泣事，严冬盛暑，未尝稍辍。其后指为冰断，乃改用竹签击之，边城歌场，耳目为之一新。未几传入成都，流行一时。

这个资料讲的是明朝末年，有一个叫李阳的人，祖先来自广东，弹唱都很厉害，在成都几乎无人不知，尤其是得到很多妇女的喜爱，结果遭到了嫉妒，被人诬告，流放到了西康，也就是今天的康定，在明末是相当边远的地带了，气候也非常恶劣。

他在那个地方自己制造了乐器，用竹签弹出铿锵有力的音调。他特别擅长讲历史的故事，在当时的川边演唱十分受人欢迎，这种演唱法让人耳目一新。扬琴先是用手弹的，后来因为手受伤，改以竹签拨弦。传入成都以后，很快风靡全城。

扬琴也有自己的组织，称"三皇会"，每年阴历三月初三和九月初九聚会。三皇会资金来源有三个途径：会费、罚款和捐献。

每年选五人作为会首。

在成都,扬琴分为两派,风格不同。南派在皇城的东华门一带、北派在童子街一带演唱。当北派面临生计困难时,川西名家黄吉安提供他的新本子,其作品很受观众欢迎,生意立即改观。后来,南派也采用了黄本。扬琴艺术得到极大发展。

在茶铺唱扬琴称"摆馆",到富人家里演称"堂唱",他们经常在新世界茶园、圣清茶园、协记茶楼、芙蓉茶楼等演出。

安澜茶馆是他们的主要演出场所之一,有一两百个座位,但有时还不得不增加上百凳子以满足需要。每天下午三点至五点,二楼便演唱扬琴。开演之时,五六个盲人排成一队,每人的左手拿二胡,右手搭在前行者的肩膀上,鱼贯而出。一人坐舞台前面弹扬琴,其余坐后面。堂倌忙着给顾客掺茶,装满滚烫开水的铜壶由滑轮从底楼运到楼上。

安澜茶馆的扬琴表演,内容多是历史故事改编。入口处立有一个牌子,上书演出的节目,多是讴歌忠臣、孝子、烈女等,如《三祭江》《清风亭》等。《三祭江》的故事是讲三国时蜀主刘备白帝城托孤驾崩,夫人殉情;《清风亭》讲的是一对老夫妇收养了一个被遗弃的孤儿,在他成人后找到其生母的故事。

老茶客刘振尧后来写了《"安澜"茶馆忆往》,他说安澜茶馆的生活在他头脑中,仍然记忆犹新:"至今,我一想起'安澜'茶馆的扬琴声,就有一种旧梦依稀的感觉,恍然走进了童年的梦境。"

新制度,旧时代,1912—1936

民间艺人的绝技

除了上面所举的那些表演形式以外,在茶铺里各种民间表演是争奇斗艳,给成都市民提供了丰富的娱乐生活。可惜的是现在这些表演几乎都消失了,作为民间文化已经不复存在。

柳连柳又称为"打连响",被指责为是最下作的表演,表演者一般成双成对,用一支穿有若干铜钱的竹杆,一边敲打身体,一边有节奏地又跳又唱,批评者称他们语言粗俗下流。由于他们的表演需要较大的场地,所以经常选择茶铺前面的空地。

想要观看曾秉昆的口技表演,可以早晨去南门的茶馆,或下午去圣清茶园。曾秉昆藏在一块布罩住的柜子里,模仿各种各样的人、鸟和动物的声音,滑稽故事也是其拿手好戏。

胡琴也很流行,从余子丹在1920年代所画、由传教士徐维理(William Sewell)加说明的一幅图中,可以看到一对胡琴演唱者,男的弹琴,女的打响板和小鼓。一个"寿"字绣在男人闪亮的黑绸缎衣上。那女的则坐在一张为老旦准备的老式椅子上,男女都唱戏曲选段。

"大鼓"或"大鼓书"在华北十分流行,在成都的茶铺里也能经常见到。新世界茶园和纯溪花园逐渐成为这类表演的最受欢迎的地方,尽管一人要付一元茶钱,但仍然吸引了大批观众。由盲人、妇女、外地人和其他下层穷民使用各种乐器表演的"唱书"

也很流行。

"金钱板"演唱者带着三片竹板——两片在左手相互打击，右手的竹板敲打左手两片，可做各种节奏，打击方法是五花八门，其语言多诙谐风趣，内容以人们日常生活中的所见所闻为基础。

一些没有演出的茶馆仍然会设法提供娱乐，如静安茶社放置一架留声机，反复播放幽默的川戏段子，特别是那些关于日常生活忍俊不禁的笑话。如一出叫"王大娘补缸"，说的是一个单身后生为王大娘补缸，王大娘拿他取笑，其最著名的几句是：

> 叫你补缸你就补，
> 不要看到姑娘就心慌；
> 你补好老娘的缸，
> 老娘帮你找婆娘。

1922年的《国民公报》曾发表《扯谎坝》的"时评"，虽然针对的是成都三教九流聚集的扯谎坝，但其对曲艺的作用和公共场所、公共生活的评论，却是有代表性的：

> 市政发达地方，对于公共场所，无不尽力改良，尽力扩充，以为社会教育之补助。否则，市民之习染不良，而社会之状况，亦必日趋恶劣。
>
> 公园茶园餐馆，消费较巨，下等社会之人，多无资力往游，图书馆与展览场，则又非具有专门学识者，不愿往游。有此

种种原因,下等社会,势不能不另有公共生活之场所。此等场所,成都人呼为扯谎坝。

扯谎坝之组织,虽极复杂,而说评书、打金钱板、看相、拆字、卖假药等等生意,则为扯谎坝之重要份子。说评书与打金钱板,不是稀奇古怪,便荒谬不堪,未受教育之人,与心志不定之少年听之,不但无益,而且有损。这类场所,省城内外,约有十余处,每日每处以一百人计,亦在千人以上。以岁月计,则不知凡几矣。有市政之责者,能将此项动作改良,则无益有损之事渐少,而社会之同化,或可日趋于良善乎?

这里所透露的信息是,除了众多在茶铺里的表演外,还有相当大一部分是在街头和广场,成都城内外,便有十多处类似"扯谎坝"这样的地方,成百上千人在这些地方得到娱乐。因此,这些大众表演,对普通人的影响是不言而喻的,这也是国家和精英重视其改良和控制的原因之一。

说书人构建的虚幻世界

说书人

在成都,最受欢迎的还是茶铺里的评书,茶铺更是雇佣说书者以确保晚上顾客盈门。当夜幕降临,店铺打烊关门之时,茶馆则正是生意的顶峰,那里坐满了听书的顾客。

英文《华西教会新闻》(West China Missionary News)在1918年上有一篇传教士写的文章,便描述了"在许多茶馆外,人们站在细雨中,沉醉在说书人讲述的已经听得烂熟的故事之中"。

高水平的说书人能日复一日、月复一月甚至年复一年地吸引听众。说书人面前有一个小台子,那个方寸之地,便是评书先生风花雪月、刀光剑影、英雄恶徒、忠臣奸小、妖魔鬼怪驰骋的大舞台,那些感天地、泣鬼神的悲壮历史,那回肠荡气、一波三折的情爱,都在评书人口中娓娓道出。

听众也非常挑剔,说书人必须有极好的记忆力和睿智的描绘力才能获得成功。例如对每个人物的服装、性格特点必须精确地描述，如果说书人忘记或者混淆不同人物他便会失去听众。

茶铺里的评书并不卖票，收钱办法各异。有的茶铺的茶钱包括了评书，付给讲评书者一定的佣金，有的则是讲评书者直接向听众收钱，讲评书者总是在故事的节骨眼儿上戛然停止，急切听下文的观众这时更乐意解囊。有的说书人就"传帽子"来收钱，通常每晚收两次。但有的茶馆老板则按每晚支付说书人，或是在售出的每碗茶中给说书人提取一定酬金。不过茶铺很难从凑热闹小孩和那些站在门口的观众那里得到报偿。

但是这两种方法意味着只是对那些买了茶、坐在茶馆里听书的顾客收费，而许多聚在茶馆外面街边上的人，就可免费听书了。成都人噱称这些人是在听"战（站）国"。

茶铺里的历史教育

民国时期那些有评书的茶铺一般称"书场"。评书的表演形式和节目都是围绕怎样能吸引更多顾客，为此茶铺需要考虑诸多因素，包括口岸、邻里、附近居民成分等。在这个茶铺红火并非意味着在另一茶铺也会成功，如一个讲评书者在东门受欢迎，但可能在西门受冷落。

当地文人喜欢记录说书人讲的故事，甚至说书人本身的故事，一个关于钟晓凡的故事就广为流传。钟晓凡是民初一位著名的说书人，曾经在茶馆里讲孟丽君的故事。

老茶客

我是一个老茶客,每当我来到这里,我就会感到气定神闲,像回到了家一样,其实,茶铺犹如我的半个家,因为每天我在这里度过我的大部分时间。如果我一天不来,我就会觉得似乎少了一点什么,就会六神无主。在这里,哪怕茶碗里波澜翻滚,茶桌上风云变幻,对我来说,也不过是"古今多少事,都付笑谈中"。

关于孟丽君的故事大意是这样的：元承宗时，才女孟丽君与皇甫少华定亲，但后来两家同遭奸臣陷害，从而失散。孟丽君女扮男装，改名郦君玉，科举夺魁，后又被拜为相。皇甫少华因剿贼有功，封为王，尊郦为师。后皇甫探出郦即失散多年的孟丽君，几欲相认，但孟恐真情暴露，有欺君之罪，而且可能牵连皇甫，因而拒绝承认。但承宗识破孟之秘密，欲强纳为妃，但孟至死不从。后孟与皇甫终成眷属。

当他在故事里讲到皇帝将孟丽君灌醉，想趁她睡着时脱掉她的靴子以判断其性别，就在皇帝马上就要发现孟丽君是女扮男装这个节骨眼上，听众们屏气凝神渴望听到接下来会发生什么事情时，钟的故事戛然而止。

日复一日，听众心系故事情节的悬念，无法自拔，因为孟的鞋仍然穿在脚上。一些士兵因翻过军营围墙到茶馆来听钟晓凡说书，被他们的长官逮到两次，被杖手板以示惩罚，但是他们仍然冒险去听余下的那段故事。到了第十天，那些士兵实在不能忍受故事的悬念了，就警告钟晓凡必须在今天晚上脱掉孟丽君的靴子，不然他们就要揍他。

无论这个故事的准确度如何，它都生动反映了说书人技巧和驾驭听众的能力。他们所讲述的故事和关于这些说书人自己的经历和在民间广泛流传的故事，以及说书人的说书方法、语言选择和环境的营造，都成为当地的大众文化的组成部分。

说书人讲述人物传奇和历史传记，无意识地灌输了儒家思想和其他传统的道德和价值观念，如忠诚、孝顺、贞节等，通过这样的方式，他们在娱乐听众的同时也教育了听众。因此，《三国演义》《岳飞传》等忠义故事一直深受老百姓喜爱，没有受过正规教育的下层民众则每天都受着这种历史、文化和传统道德的熏陶。

惊堂木

每天晚上，顾客聚集在明亮拥挤的茶铺中，这里与黑暗、冷清的街头形成了鲜明对照。人们花钱不多，便可享受品茶和一晚上的娱乐。海粟回忆当他还是小孩时便去茶铺听评书。每天下午和晚上，平时很清静的小茶铺便变得热闹起来。前面摆着一张木桌，一把高脚椅子。等屋子的人渐满，讲评书者清一下喉咙，把"惊堂木"在桌上连敲三下，然后堂倌便大声宣布："开书啰，各位雅静！"整个屋子一下子便鸦雀无声下来，大家竖起耳朵只等故事开场。

惊堂木又叫"醒木"，因为有时候故事没有到精彩处，听众似睡非睡，说书人用惊堂木使劲一敲，把大家都惊醒了，其实也是提醒观众，情节进入关键时候了。惊堂木也可以烘托气氛，一块木头就可以起到背景和音响的效果，给听众以充分的想象的空间。

由于较高级的茶馆并不欢迎讲评书，因此那些有钱人和上层精英知识分子也只好屈尊到普通茶铺听书。例如张锡九在棉花街的一家茶铺讲评书，每天顾客盈门，但第一排总是给当地名流"五老七贤"保留着。每次待这些老者入座后，张才开讲。1916年，时任四川省省长的贵州军阀戴戡实施宵禁，"五老七贤"在去茶铺的路上被警察堵住，他们因之发动了一场取消宵禁的抗争。

一个叫巴波的文人回忆，他坐茶铺是从喜欢听评书开始的。1920年代，他才十来岁。一天晚饭后，有个长辈领着他第一次进茶铺：

> 展现在我面前的是，在油灯的昏暗光线下，茶客满座，烟味和汗味刺鼻。交谈的声音，喊堂倌泡茶的声音，堂倌把茶船扔在桌上的声音，茶客叫喊"这是茶钱"的声音，堂倌高叫某某把"茶钱汇了"（付了的意思）的声音，使得茶馆嗡嗡然。茶馆也就成了闹市，显得火红。一直等说书人把惊堂木往桌上一拍，茶馆这才静了下来。我第一次接触的文化生活就此开始了。

这是对1920年代成都茶馆娱乐生活的生动回忆。虽然人们到茶铺进行社交，但也到那里寻求娱乐。茶铺提供丰富多彩的演出，特别是讲评书，吸引了众多的听众。巴波坐茶馆的习惯，便是从他童年到茶铺听评书开始养成的。

茶铺和评书造就了多少人的日常生活方式，在那里也形塑了他们的传统价值观、思维方式，并传播了历史知识。如主流文化所鼓吹的仁义礼智信、忠君爱国、孝道廉耻等等，都从那里在他们的脑海中深深地扎下了根。很多人虽然没有受过正式的教育，但是茶铺里的评书和戏曲，都成为大众教育的有力工具。

茶铺里面充满着戏剧人生

茶园与戏园

在辛亥革命爆发后,地方戏一度禁演,但不久即恢复。在民初,不少茶馆戏园开张营业,其中有的称之为"舞台"。虽然这些新设施也售茶,但主要是为了演戏,如东亚舞台于1913年开张。

品香茶园的戏台也很有名。后来,品香又建革心剧院,由于不少名角在那里演出,因而名声大震。同一时期,大观茶园、万春茶园、锦江茶园等都名噪一时。

在那些地方,看戏逐渐变得比喝茶更为重要。地方报纸充斥着这些广告。如我在1912年7月19日的《国民公报》上,便发现有四则广告,其中两则是关于木偶戏,预告每天上午9点在清音剧场演出。

第三则广告是大观茶园演地方戏,称茶馆设有优雅的特别座。广告称,在辛亥革命前,茶馆花费巨资从川外聘戏班,"其座次宏敞,茶品清洁,演法神妙,情趣可观,早为各界赞许。"但革命爆发后停演,现局势稳定,茶馆继续演出。第四则广告是芙蓉影戏茶园,即原芙蓉茶社,宣布在装修后增加了新节目。

后来,茶园逐渐开始在成都舞台演出中占主导地位。1920年代,几个新戏园开张,专门化的戏园才开始有从茶馆分离的迹象,但是茶馆兼戏园仍然是成都舞台的主流。不过,像清音、相声、评书等民间艺人的表演,一般并不在这类专门化的茶园露面,而仍然以老式茶铺为演出场地。

老成都人陈茂昭在晚年写了一篇《成都的茶馆》的文章,说几乎所有演戏的茶馆都称"茶园",这些茶馆一般资金较雄厚,因为场地设施要求较高,装饰、家具、茶碗等也比一般茶铺要好。

的确,演戏的茶馆一般称"茶园",不过,也有许多"茶园"便是茶铺而非戏园。例如,根据成都省会警察局的调查,1929年成都共有641家茶铺,其中至少有90个冠名"茶园",但大多数并不演戏。由于这个调查中的许多茶铺并未给出全名,如"悦来茶园"可能只称"悦来",因此实际茶园数还可能更多。

戏园的票房

各茶园一般有自己固定节目,称"坐场戏",由于通常在晚上演,故又有"夜戏"之说。在白天,如果无固定剧目,一些茶园便可由观众点戏。虽然成都的戏园一般上演川戏,但也不排斥其他剧种,只要其能吸引观众。如悦来茶园演出秦腔,可园也从陕西聘名演员连同戏班入川，在各戏园激烈的竞争中，这成为吸引更多观众的一个策略。

对许多成都人来说，看川戏是日常生活之一部分，茶馆戏园不断地努力吸引更多观众，大茶馆也把演戏作为必念的生意经。虽然我们不完全清楚人们是怎样地依赖戏园，但一些现存的资料给我们提供了有用的信息。1916年，地方政府发布各茶馆戏园能接待观众的定额，作为控制的一种手段。那些著名的茶馆座位定额是：群仙茶园，400座；悦来，200；蜀新舞台，200；蜀舞台，150；可园，120；品香，120；万春茶园，100。

这七个茶馆戏园共允许1290个座位，虽然这个资料未显示每天可以演出几场，但一般来讲，每个戏园至少每天两场，甚至三场。戏园还经常漠视警察关于不能加座的规定，容纳的观众经常超过政府规定的限额。

据成都省会警察局的统计，万春茶园虽然定额仅100座，但1920年6月万春茶园每天售票五百多到八百多。从6月14日到16日，平均售票607张。6月19日，又加上晚上的演出，共售票1076张；6月21日，1584张。戏园座位分特殊、附加、普通三种。

《新新新闻》1933年10月29日发布四个戏园的售票记录，包括春熙大舞台、新又新大舞台、悦来茶园以及俞园。每家戏园每天上下午各演一场，平均每场大约有400名观众，8场演出观众总数达3200人。平均每张票0.6元，每天共售1920元，每月

57600元，或每年691200元。这篇报道还计算道，这笔花销估计可买近5万石米，或为38万人的军队付一月工资。

在1930年代初，成都的茶馆戏园远不止四家，可以确信实际看戏人数远在这个估计之上。当然，这些数字的估计者之目的是证明成都人是怎样地"浪费"时间和金钱，但他们的估计则为我们了解每天多少人光顾戏园及其花费提供了有用的信息。

戏园生活

1929年5月21日的《国民公报》上，一个文人写文章描述他在戏园所度过的一天，透露了民国时期成都精英阶层的茶馆生活。他同两个朋友在上午9点到了万春茶园，那时观众还很稀落，每票1000文，卖票人态度可亲。9点半后观众才陆续到达，戏在10点开演。

他们很满意演员的精彩演出。戏结束后，他们乘人力车到春熙路吃午饭，然后喝了一个小时的茶，又来到湖广馆的均乐剧院，名角翠华的名字写在门口的戏牌上，每票1600文，看到票房讥讽那些觉得票价太贵的观众，对其态度很反感。

尽管票贵，还是买票入场，里面观众爆满，因为大家都想看翠华的演出。戏在下午6点开始，但翠华并未出现。不少观众要求退票，但戏园无人出来解释。作者相信恐怕许多观众将不会再来这个戏园看戏。

这篇文章显示了各戏园做生意是怎样的不同，赞赏诚实的戏园，指责戏园广告的欺骗行为。

人们到戏园并不仅是看戏，也是去享受热闹的气氛。虽然戏正在上演，茶园仍然是热闹非凡，唱腔、锣鼓与堂倌的吆喝、小贩的叫卖、观众的喝彩此起彼伏。小孩们脖子上挂一个盒子，在过道来回兜售香烟、糖果、花生米、炒瓜子等。脸帕工人从空中把帕子扔到戏园的各个角落，给顾客揩脸擦手。

有的戏园还有巨大人力风扇，即一张大扳子吊在空中，用绳子拉动，这为夏天拥挤的戏园提供了惬意的凉风，有时一个戏园装置有若干此类风扇，但拉扇人则分外辛苦。每当演戏时，还不少人站在茶铺外面看演出，当然他们大多是穷人和小孩。当演出间歇收钱时，他们便一哄而散，节目再开始时，瞬间又围拢来。在夏天，他们挡住了空气流通，惹得里面的观众不满；但冬天这堵人墙挡住寒风，里面的人再无怨言。当然，这些情况只发生在那些面向街面的茶铺，有围墙的高级戏园则无此忧，人们无法从街头免费观戏。

戏园里的警察

作为公共空间的茶馆戏园总是挤满了顾客，冲突也就在所难免。警察要求各茶馆戏园要有一名警察维持秩序，但其制服和薪水则由茶铺支付。

据警察局报告，第一公园茶社雇一个警察，每月工资 4.9 元，外加制服花费。警察局分署支持这个动议，但提出，由于警察"分所长警年来未关尾饷，困苦已达极点"，因此不派一个固定的警察，而是让警察轮流到茶馆值勤，4.9 元平均分给参加值勤的人。

显然，警察分署认为这是一个"好差事"，所以要大伙利益均沾。不过，警察总局没有批准这个设想，令指派一个警察"以专责成"。

有的茶园则派更多警察，例如 1920 年，长乐班在万春茶园演出，警察要求派四个警员，其制服费按每天 1.1 元出。当共和堂在同一茶铺演出，则派八个警员，茶馆不得不付每个警员 8 元的制服费。

戏园需要警察维持秩序似乎也的确是必要的，因为那里经常出现各种问题。例如演出吸引了许多小孩，不少每天独自去看戏。我从 1930 年 5 月 15 日的《国民公报》上，便读到这样一条新闻：一天晚上，某园丁试图强奸一个去万春茶园看戏的 13 岁的女孩，该女"大声呼喊，被守园卫队察觉"。

茶铺是最早的电影院

茶馆不仅是成都戏院的前身，也是电影院的发源地。在电影介绍到中国之前，茶铺也常有灯影戏演出。大约在 1909 年的前后，电影就到达成都，被称为"电光戏""电戏"或"活动写真"，也是茶馆首先接受了这个新事物。

改良者利用电影作为教育的工具，以推动社会发展。按照1909年《通俗日报》的说法，因为电影"写形写影，惟妙惟肖，如义士豪杰，忠臣孝子，凡炮雨枪林之惨状，持节赴义之忠节，智识竞争之计画，举能一一演出，如身临其间，而动人感情，此于风俗尤不无裨益呢？"

在1920—1930年代，大多数电影院仍然设在茶馆里，如智育电影院便在群仙茶园中，由茶园股东所有。品香茶园的老板请求警察准许放映"电戏"，以作为因演"新戏"所受损失的补偿。股东们决议白天放电影，但男女分开。这或许说明当时演所谓的新戏，并没有那些老戏受欢迎，只好靠演电影来吸引观众。

1914年4月，大观茶园和可园联名向省会军事巡警厅申请允许"白昼女宾电影专场"。茶园竭力表白放映电影虽然是营业活动，但"实足以启发一班人民之智知，诱起美术的观感"，而且还能使"异国远邦风俗人情一目了然"，甚至"交换智识，发达思想"。由于早期电影院是男人的世界，两家茶园认为应该让妇女也有机会开"智识"，因此准备在白天放"活动写真"，而且"专售女宾"。并承诺"严密防范"，确保"无一男子杂错其间。"而且主动提出"每日所演电片先期造单呈"，以使政府在内容方面放心。

1919年，一个叫刘钧的商人以每晚3500文租万春茶园放映电影，其器材、影片、专业技术员都来自上海。他宣称演电影"具有社会教育作用，与他种演剧不同"，可以"开通风气，扩张民智"。显然，电影来自西方，在这个时期便代表着"新"，地方戏则代表着"旧"。这个观念与当时正进行的新文化运动的西化观念是相吻合的。

刘钧请求省城警察厅降低为修少城街道附加的2000文"警捐"，但是被警察厅所拒绝，指出各茶馆演电影应该同演戏一样付税。所谓"警捐"，就是当时地方政府并不给警察拨款，而允许警察向各个商铺收取一定比例的收入，作为警察的经费。

多数电影来自外国，诸如"美国爱情短片"和《黑衣党》等。《黑衣党》系侦探系列，按报纸上广告的说法，"破天荒之冒险精神伟片"。看电影的价格从1000文到半个银元不等，视座位而定，与看戏相差无几。主人带的随从则只需付600文。

1927年智育电影院票的售价是：特别座，0.50银元；家庭座，2800文；普通座，1400文；儿童，1000文；妇女（楼厢），1000文；仆人，600文。

早期电影院一般都是茶馆与放电影合二为一。放电影时，观众坐在排成行的椅子上，每个椅子后面有一个铁箍，用来放茶碗，堂倌穿巡于各排掺茶。民初几乎没有妇女去电影院。后来开始有个别茶园的电影对妇女开放，规定某些场次专售女宾，以避免在黑暗中被男人所骚扰。

在拥挤黑暗的电影院，观众出去小解不便，而且观众也不愿错过任何精彩的镜头，由此一个新行当便产生了：一些穷人家的小孩或老妇人提供"流动厕所",提两个粗竹筒来回走动,轻声喊着:"尿筒哦——尿筒哦!"这样观众可以就地小便而不必离开座位,所费用大约相当于一个锅盔的价钱。这说明成都的下层人,能够寻找营生的一切机会。当然,像"活动夜壶"这类服务只在电影进入的早期昙花一现,在妇女入场看电影后,警察便以"有碍观瞻"而予以禁止。

把"情戏"定为"淫戏",就可以进行整顿了

"社会教育,戏曲为最"

专制统治的一个重要特点,就是国家无处不在,它比传统社会更热衷于控制人们的思想。它为了控制大众的思想,就从控制他们阅读和观看什么入手。

戏曲作为大众文化的重要表现形式,自然不会逃脱国家的监督。在民初,新政府发布更多的限制地方戏的政策。1913年,四川都督以演戏为大众教育之重要部分,令各戏班只能演出那些弘扬积极精神、鼓舞民气的历史剧目,指责那些仅改了戏名的"淫戏","败坏风俗人心,莫此为甚",令警察和内务司严格执行规章,严惩演"淫戏"的戏园经理。内务司还颁布措施以"化民善俗","杜渐防微",如1914年大观茶园因为演"淫戏"《忠孝图》被惩罚关闭一天。

措施之一是颁发《取缔戏曲规则》,以达到"整饬风化"的目的。该规划称"社会教育,戏曲为最。普通市井儿童,歌行道上,率

皆戏词。佣夫走卒,手执一编,大都戏本。倘能因势利导,以正大之事,纯洁之辞,激励之声,容哀感之音调,输入其脑筋,意向所趋,不期而自正。反是则淫僻荒靡,患不胜言。"

无论是在会馆、庙会、戏园的庆祝活动中的地方戏、皮影戏、木偶戏以及所有曲艺的演出中,都在该规则的管理之下。规则要求各戏班、戏园、茶馆呈交剧目给内务司审查,只有那些"有益社会"、"无害风化"的戏才能允许上演。那些演"淫声秽色"者将受到惩罚。

另外,这个规则还要求"优伶戏毕下台时不得着异色衣服。"政府令茶园上报其姓名、籍贯、住址、资金来源、戏院地址、演员数量等信息。演员则必须向政府报告他们的年龄、籍贯、演戏的年数,在戏班学徒还必须出示"自愿书",确认其不是被迫以此为生。

除此之外,还规定戏园不得在接近学校、官府、工场、庙宇以及交通要道等地营业。还限定演出时间必须在早9点到晚9点之间。

同时,四川警察总厅禁止一切所谓"淫戏",指出虽然警察反复查禁,但戏园"斗巧争奇,渐趋淫邪","违禁演唱"。一份警察调查发现,甚至在一些高级茶馆戏园,包括像群仙茶园、大观茶园、悦来茶园等也上演禁戏。这些被禁戏目包括《拾玉镯》《打杠子》《大翠屏山》《小上坟》《卖胭脂》《战沙滩》《遗翠花》《偷诗射雕》《打鱼收子》《小放牛》等。这些戏园不遵守规章,"贻害风俗人心"。

警察指责群仙茶园让艺人表演"任意猖狂,毫无忌惮",演员动作"狎亵","丑态"百出。如果这些演出继续进行,社会风气将受极大伤害,警告如果不停演,戏园将受到严惩。所谓"淫荡"戏,其实经常不过是关于爱情、罗曼史而已,但精英认为这些戏会导致年轻人变得"下流"和"淫邪"。

例如:《拾玉镯》为明代故事,一个书生路过看见一个姑娘在她屋前绣花,两人一见钟情。书生故意把他的玉镯掉落,作为定情之物。《卖胭脂》是关于一个卖胭脂为生的姑娘,一个书生爱上了她,便以买胭脂为名同她接近,表达爱慕之情。其实当时被官方划定为所谓"淫荡"的戏曲,在现在看来无非是有一些情爱的剧情而已。

看戏是"落后"的习惯?

也是在1913年,四川省行政公署发文抨击茶园演戏的各种问题,称辛亥革命后,"民间困苦",但"独戏园异常发展"。公署还指责大观、悦来、万春、群仙等"钩心斗角",批评成都市民为看戏"人人如中风狂徒"。

公署认为看戏是"落后"的习惯,与"内治攸关",因为看戏不适合这个"天演优胜"之时代。该文还把中国戏与日本、西方娱乐进行比较,称在日本,艺伎的歌舞是由"文学士或文学博士"

编写；在法国，"其名优亦多出身大学，均以保存古乐古语为唯一要素。"

显然，政府歧视中国自己的传统，赞扬外国娱乐方式。精英官员可能对日本艺伎和法国艺人所知有限，但由于它们来自东洋和西洋，便认为优于中国的传统娱乐，反映了当时改良精英的西化倾向。

公署认为成都茶馆戏园有三大问题。首先，不利于大众教育。这些戏园"以世俗歌曲为门面，以冶容工貌为精神"，而且"目染耳闻，不败者鲜，"造成"民德日薄"，而"此等国民"，于国于社会都有害。

其次，妨害地方经济。"吾川四塞之地"，虽然"五矿丰富"，但"货弃于地"，丰富的自然资源被浪费了。现在四川试图发展工商业，抵制外货，成都作为省府，如果"提倡戏园，以图发达，所使劭年弱质，习成游惰"。因此，戏园"有碍于实业"。

其三是于财政不利。从辛亥年兵变，省库被抢，成都便一直遭受财政危机，但人们仍然在茶铺浪费了大量金钱，征税也十分困难。"公私财产，均形支绌，而人民区区所得，反以戏园消耗大半。收捐有限，徒令生活，愈高愈险。"如果这个情况进一步恶化，则使"官吏坏其箴，军警丧其守，学人踰其阈，商旅覆其巢。"而且"一般人民，搜刮攫取，以供嬉玩"。

政府采取了限制政策以解决这个问题，为达到此目的，政府力图改良现存戏园，不再允许新开。这个文件反映了地方政府对戏园的看法和评价，重复了过去官方和精英对茶馆"弊病"的种种指责。

为了维护戏园秩序，警察还为此多雇警员。1917年，警察禁止任何顾客带演员到花会的茶铺和酒馆。1920年代，每晚少城公园外面的茶铺演相声，警察以"淫声秽语"，将其禁止。

尽管对演出有许多限制，茶馆戏园并没有认真遵守。如1932年市政府指责春熙舞台演出"情节怪诞"、"唱做淫亵"的戏。市政府令该戏园提交戏本供审查，但经理回应说演出并非都是按戏本进行的，政府认为这不过是避免审查的借口罢了，再次下令呈交。

事实上，只有在政府威胁要严惩时，各戏园才会呈交戏本。具有讽刺意味的是，成都市市长指责悦来茶园没有按规定提前三天递呈戏目，而且上演"淫盗迷信戏剧"，该茶园却是从晚清以来改良"新戏"的先驱，"文明社会"的窗口。

在这样的限制政策下，艺人们的谋生面临诸多困难，对茶铺本身的生意也相当不利。演戏能够吸引更多观众，当茶铺中表演受到限制，生意便下降了。

规范演戏

1916年是中国政治的转折点，这年袁世凯宣布恢复帝制，护国战争爆发。12月，反袁胜利结束。局势刚一稳定，警察便颁布《取缔戏园法》，涉及经营茶馆戏园各个方面，从座位、茶碗，到售票、观众等，事无巨细，一概都管。

注意在晚清和民国时期"取缔"一词的使用，并不是像我们今天所理解的完全的禁止，而是指加强管理的意思。

例如，由政府决定戏园座位数量，售票不得超过这个定额。甚至规定了座位间的间隔，不能增加凳子。观众座位优劣本着先来后到的原则，先来者不得为他人占位。当政府规定的票数售完后，应该挂出一个牌子。如果一个观众临时离开，但其茶碗仍在桌上，应该视为座位有人，他人不得占据。

捡到的遗失物品应交予警察处理。茶铺雇员要礼貌对待顾客。该规章提出了观众行为和管理准则，包括购票排队入场，客满后不得再放人进入。还规定了政府调查员到园办公事必须出示证件，但到场维持秩序的宪兵则不用。

军人只需付 50 文购票，但必须坐在楼厢的划定区域，票售完后不得强行进入，只有穿军装的军人才能享受减价票。

规则还说明了再入场规定，如果观众入场后需要出场，必须得到一张再入场券。

一旦戏开演，观众应保持安静，不得喝彩。凡违规者视情况予以处罚。观众不得随意变换座位，或挡住他人视线。如果在戏园找人，不得吆喝，由茶铺雇员拿一个板子，上写被找人的名字，在场中走动，以免干扰他人看戏。

该法还对戏班进行规范，要求各戏班表演新戏，需提前两天向警察提交戏本，未通过的戏本不得上演。如果某演员不能出演，必须公而告之。

"禁止演唱淫邪各戏"，舞台上的演员不得使用"淫荡鄙俚之言词"，不得有"猥亵之性状"。只有演员才能上舞台，禁止与观众进行任何交流，演员不得坐在观众席观看演出。

演出夏秋季必须在10点前、春冬季9点前结束。戏班人员不得在戏园争执和斗殴。

这个规则是目前我所能见到的最全面、最详细的关于茶馆戏园的规章，使我们清楚了解到警察是怎样控制戏园和观众的。

"禁愈烈，而嗜愈专"

地方政府视戏曲演员为异类，改良者无疑对优伶十分歧视，看不惯他们的装束、语言、行为和举止，不给他们以常人的对待。

《国民公报》1914年以《唱戏人不准看戏》为题报道，在悦来茶园，一个小旦坐而观剧，"举止颇觉不合"，此事甚至惊动警察厅长，重新颁布了禁止唱戏者入园看戏的禁令。

为了改变社会对艺人的态度，1916和1917年间改良者建立了若干新戏班子以演新戏，包括建平社、革心院、群益新剧社、强华新剧社等。

当茶铺生意不好，它们可能无视禁令，上演被禁的剧目。例如，一份地方报纸批评可园演"淫荡"戏曲，称之为"可园怪象"。

然而在晚清，可园却是成都改良剧的先锋。1920年代，一些濒危的茶铺故技重演，要求上演神戏。正如一个地方文人所写一首竹枝词讥讽的：

> 扫尾茶寮妙想开，
> 生方设计赚人来。
> 大家争演苏神戏，
> 三架班子打斗台。

一篇1914年的文章指出："声音之道，感人最深"，因此改良戏曲可以作为社会进化之工具。作者相信只有不到百分之十的节目是"庄雅"的，不到百分之一是"正大"的。作者还指责戏曲节目充满了"信口开河，荒唐满座，蛇神牛鬼，跳跃一堂"。

地方政府也是戏曲改良后面之推动力量。1913年川省内务司指出，大众无论小孩还是未受过教育的劳力者都喜欢看戏，甚至能够记住台词和曲调，因此地方戏曲为"通俗教育之一端"。如果政府能够"因势利导"，使演员用"纯洁之辞，激励之声，容哀感之音调"，人们则可以吸取有用之知识。

政府应该如何作为？内务司表示，禁止"淫戏"只能是"一时治标之法"。虽然政府应该审查脚本，准优禁劣，但鉴于"禁愈烈，而嗜愈专"的逆反心理，内务司采取了"诱进"之法，以从根本解决问题。

并派文人搜集民间故事，改编小说和曲艺为新戏，以此激励优良社会风俗。同时,也鼓励像灯影戏、木偶戏等传统民间娱乐表演新节目。内务司相信,当新戏得以流行,人们对"从前诳之辞,便渺不记忆"。

政府越是要禁止什么,越是助长了其流传,这是亘古不变的规律。但是政府似乎并没有从历史中学到有用的教训。看来内务司采取的"诱进"之法,比以后的许多当权者都要聪明得多。

警察在戏曲改良中也扮演着重要角色,例如1914年警察颁布命令:"戏曲改良,本以补助社会教育,感化人心为主旨"。警察认为戏园上演新戏有助于营造一个良好的社会环境,按照警察的说法,改良戏能吸引更多观众,戏园也有更多的盈利。

但是,也有戏园"妄自编纂恶劣戏,若不严行检查,实与改良之旨,大相违背。"因此,警察命令各分所严密监视各戏园,演出没有违规方可继续,但新戏都必须得到警察审查通过才能上演,违者将被处罚。

在民初,万春茶园和品香茶园总是车水马龙,悦来茶园和可园继续生意兴隆。它们的广告频繁出现在地方报纸上,一家戏园一天的戏目便可达二十余出之多。在《国民公报》上的一则广告中,万春白天有八出戏、晚上有七出上演。品香白天晚上共有十出戏上演。

从这些广告中,我们看到那些名演员总是具有票房号召力,不少人到戏园看戏,便是冲着他们的偶像而来。老票友如果钟情某剧,则百看不厌,甚至能记住戏中的每一细节、唱腔、台词以

成都街头

成都的街头，从今天的审美来看，也真的不差。当现代雄伟的高楼大厦、华丽的广场大道看多了，这些古朴的老街，我们感觉还别有风味。石板路、跨街的牌坊、重重叠叠的店铺招牌，店员守在门口殷勤接客，一派商业繁荣的景象。

及演员动作。

戏班的声望对其生存是至关重要的,人们常常观看的戏班有颐乐班、翠华班、长乐班、文明班等,它们固定在悦来、可园、万春、品香等著名戏园演出。一般来讲,戏园并不靠新戏揽客,而依赖明星演员。传统戏目到处都在演,不同之处在于所演的风格和质量。

川剧《汤姆叔叔的小屋》

在辛亥革命后,政治戏逐渐流行,如1912年根据美国名著《汤姆叔叔的小屋》(*Uncle Tom's Cabin*)改编的川剧在悦来茶园上演,改良精英试图用美国黑人的经历来阐明"适者生存"的道理。该茶馆在当地报上的广告称:

> 本堂于戏曲改良,力求进步。现值种族竞争、优胜劣败,是以特排演《黑奴义侠光复记》一部。此剧从《黑奴吁天录》脱化而出,乃泰西名家手编,其中历叙黑奴亡国之惨状,恢复故国之光荣,尤令人可歌可泣,可欣可羡,能激发人种族思想,爱国热忱。

悦来上演的另一出戏是关于太平天国的故事:曾国藩夺取南京后,洪秀全全家被杀,只有太子洪少全幸免于难。他无路可走,只好到少林寺出家为僧,以卧薪尝胆,再谋起事。该剧把佛教的神、超自然世界与人间、人事结合一起,由三庆会上演,达40幕之多。与清代和后来的民国政府不同的是,该剧对太平天国多有溢美。因为辛亥革命是一场反清运动,反满革命在当时逐渐占据了舞台中心,反清的太平天国便具有了积极意义。

1929年,悦来茶园上演新剧《西太后》,力图表达"专制政体之弊乃国贫民弱之源"。剧本、布景、表演据称"均佳"。

改良者也创作涉及当时社会问题的新剧,1917年创作的《落梅》便是其中之一。一位叫陈伯坚的年轻医生治疗一位患病老妪,在出诊过程中,与其女儿慧芳相爱并订婚。一天,老妪病情恶化,陈前去救治。惠芳将一朵腊梅别在他的上衣口袋,叮嘱他一定尽心尽力。

陈在妇人床头看到一个装满钱的金色盒子,想到结婚需钱,顿生歹意,对未来的岳母下了毒,并拿走了钱。老妇人临死前看到了这丑恶的一幕,用发簪在地上写下了"伯坚图财害命"六字。惠芳随后赶到,看到了盒子旁的腊梅和她母亲写下的字,遂向警察报案,陈旋即被捕。

这出作为"社会教育"工具的"新"剧,试图向观众传达什么信息呢?该剧力图撕开那些"伪君子"的面纱,那位陈姓医生总是满嘴"道德""文明",但内心却是贪婪和无耻。不过这个新剧在相当程度上仍然推行传统价值观,惠芳在法庭上面对陈伯坚的一番陈述便饶有兴味:"汝既做出此事,我不能置汝于法,是为不孝;既置汝于法,而别嫁,是为不义。不孝不义,惠芳不能为也。于是伯坚既置于法，女妾不嫁，以图甫全"。

她试图以"一女不嫁二夫"来证明她恪守从一而终的传统道德，为杀害她母亲的人牺牲自己的婚姻。从这个剧的说教来看，传统价值观仍占主要地位。不过这个剧的人物和故事都很接近生活的真实，而且情节包含爱情、金钱和谋杀等要素，很能吸引观众。

三庆会

三庆会为成都最有影响之戏班，20世纪上半叶的许多著名演员都产生于此，如康子林、周慕莲、司徒惠聪等。其成立缘于1911年，因为抗议清政府把川汉铁路收归国有，成都人民掀起了轰轰烈烈的保路运动。在运动爆发之后，政府禁止各类演出，为了谋生，康子林、杨素兰等著名演员联合七个戏班组织了三庆会，该会包括了五类表演，即昆腔、高腔、胡琴、弹戏、灯戏，集合180多个演员。

黄吉安在川戏改革中起了重要作用，写了不少新剧，加以印行和传播。1924年黄去世时，已创作八十多出新川剧，二十多出清音。他把全部所写赠予三庆会。

黄吉安写的几乎所有川戏都是基于中国古代历史，弘扬正义、忠诚、爱国的情操，以此推动社会教育。在《柴市节》《三尽忠》《朱仙镇》《黄天荡》《林则徐》等剧中，黄赞扬与入侵者斗争的文天祥、张世杰、陆秀夫、岳飞、梁红玉、林则徐等爱国英雄，当中国面临西方帝国主义侵略时,他们的事迹可以激励人民斗志。

如《柴市节》是关于南宋丞相文天祥拒绝投降蒙古入侵者的故事。而黄吉安对那些投降敌人的变节分子,则进行淋漓尽致的鞭笞。在《江油关》中,他有意制造了马邈被处死、枭首示众的情节。当有人指责其违背历史真实时,他反驳道:如果不杀他,"何以辨忠奸,判曲直?"他的有些戏也涉及现实问题,如他写了《断双枪》揭露鸦片的危害,《邺水投巫》批评迷信,《凌云步》提倡天足。

周慕莲1920年入会,有许多机会与一些喜欢戏曲和创作的著名文人交往,经常听他们关于戏和文学的讨论,"增长古典文学知识,提高文化素养",促进了他的表演艺术。周为旦角演员,被其家族视为"伤风败俗,玷污门庭",他的名字甚至从祠堂中除去,其收养的儿子在学校也只得用假名,以免被同学嘲笑。

这种艺人和文人的关系很值得注意。事实上,即使当时社会对艺人很鄙视,虽然艺人基本都来自下层,但一些高官、权贵、文人与艺人来往则是司空见惯。而且许多上层喜欢地方戏,有时甚至自己客串角色。

话剧的出现为戏剧改良注入了新动力。1920年代初,一些地方知识分子支持在悦来茶园演话剧。1920年12月,四川全省学生联合会以万春茶园为舞台演"新剧",并联合各新剧团到成都各校演出,推动社会教育。联合会宣称其目的是"启发民智",而非牟利,要求警察在当前"军事戒严期间",帮助维持秩序。

由于演出收入用于"公益",联合会要求免除当时必须征收的"伤兵捐款"和维持秩序的"弹压费"。这里所谓的"捐款",实际是强制性的。

1931年,摩登剧社在大舞台戏园演出反对日本侵略的"爱国佳剧"《山河泪》,吸引了大批观众,在社会上引起强烈反响。剧社相信在"九·一八"事件后,这个剧能够激励人民"同仇敌忾"。

因此,戏剧改良成为政府、精英以及其他社会集团政治议程的一部分。显然,在茶馆和戏园观看演出并非纯粹的娱乐,而是与启蒙和国家政治联系一起。地方戏是最有力的大众娱乐形式,影响到人民的思想,也可以用作政治工具。

精英发现戏曲是教育民众的一个重要途径,因此竭力对其施加影响,地方戏不可避免地按照精英们构想而被改造了。不过,传统戏深深扎根于日常文化,影响着民众思想,因此是很难轻易被取代的。

女性在公共空间被限制是常态

男客与女客

在传统中国社会,女性一般避免去公共场所,特别是那些休闲的地方。但是从晚清开始这种状态开始改变,妇女可以进入戏园看戏,但是也受到一定的限制。在辛亥革命之后,妇女进入茶铺看戏日多,但男女混杂却是警察明令禁止的。

茶园一般采取男客女客安排在一天不同的时段,或一周内不同的日期。例如可园分"男宾座"与"女宾座"。二、五、八(即阴历每月二、五、八、十二、十五、十八、廿二、廿五、廿八)对女客开放,其余为男客时间。但如果女宾日恰逢星期天,那么也只对男宾开放,第二天则为女宾。显然,这个安排仍然是以男人为中心的。

1912年万春茶园的一个广告称,9月22日和24日,白天演出只卖女宾票,3角一张,随女主人来的仆人1角,小孩半价。夜场只卖男宾,2角一张。夜场从5点半开始,9点结束。

当然,这种安排对那些想到茶园看女人的男子很不利。在民初,妇女的入场政策时松时紧,女宾给允许男女同场的茶铺带来兴奋,哪怕男女分开坐,但戏到达高潮时,男客乘机站起来打望女宾,而女宾"嬉笑撩拨男宾,秩序大乱"。

由于站在园外围观的人太多,经常造成交通堵塞。这种状况也成为社会改良者反对戏园里男女观众混杂的原因之一。

在成都,妇女对包括茶铺等公共空间的平等权利的争取,经过了一个长期过程。在1920年代,男女混杂在茶馆里虽然并不普遍,但是茶铺为男女顾客的交往提供了空间。

竹枝词反映了这个变化,如1928年的《续青羊宫花市竹枝词七十首》有两首与妇女在茶铺有关。其一:

> 社交男女要公开,
> 才把平权博得来。
> 若问社交何处所,
> 维新茶社大家挨。

其二:

> 女宾茶社向南开,
> 设有梳妆玉镜台。
> 问道先生何处去,
> 双龙池里吃茶来。

这表明这时已经有专为妇女服务的茶铺了。有文人观察到了妇女在茶铺里频繁出现的这种变化，但视为不正常现象。如杜仲良所写的《社会怪象竹枝词》中便有：

公园啜茗任勾留，
男女双方讲自由。
体育场中添色彩，
网球打罢又皮球。

这说明这个时候公园里男男女女的交往已经见惯不惊，他们一起在茶铺喝茶和聊天，还可以一起进行各种球类活动。

女性在茶铺的尴尬

不过，妇女进入茶铺的限制也时有反复，据1932年的《成都快报》，中山公园向市政府报告，称该公园茶铺里，"暗娼混迹其间，藉名饮茶，暗地勾引一般无识青年走入迷途"。流氓也在茶铺制造事端，甚至发生械斗，骚扰女客，公园不得不雇特别警卫巡查各茶铺。警察因此分布告示，禁止妇女到中山公园茶铺，"以维治安"。

《成都省会警察局档案》有记录显示，甚至到1930年代中期，警察仍然竭力分开男女。如1934年冬鼓楼街的芙蓉亭茶社搬到玉带桥，改名为陆羽茶楼。从1929年便在该茶铺演出的著名的盲人竹琴艺人李德才,也和其他艺人到了新址。1935年4月,警察派人"详为侦察",称李的演出超过了规定的晚上收场时间,而且场内"男女杂坐",有害社会风俗,令演出停止。

该茶铺老板袁纪福解释说,由于正是花会期间,白天没有演出,因此只好在晚场让男女同进。由于经济不景气,演出使茶铺得以维持,如果停演,茶铺亏本无疑。茶铺依靠竹琴演唱,同时这些艺人也依靠茶铺,10个眼瞎艺人也将失去生计。

袁请求警察考虑他所雇皆残疾人,保证以后演出将分开男女,并在晚上7点结束。他称全部节目都是"高雅"和有教育意义的,不会违背新生活运动的宗旨,如果发现场内有土匪和其他嫌疑活动,将立即报告警察。

但警察否定了其请求,指出:"现值戒严期间,娱乐场所亟应从严取缔"。据档案资料,袁至少后来又呈交了至少三个请求,反复描述他要"维持盲人生计",没有演出使他"蚀本不已",指出"数十盲人亦因之断食",说明"两方苦况再再堪怜"。

警察先以戒严法为借口反复否决,但后来也松了口,表示"从缓再夺",袁只好耐心等待。1935年5月,在演出停止一个月之后,警察所派人进行调查,复核茶铺没有违规现象后,表演便才重新开始。

女艺人

如果演出班子中有女艺人,也会受到政府的限制。也是据《成都省会警察局档案》,1936年戏班明德堂申请在芙蓉亭茶社演出便颇费周折。明德堂已有20多年历史,是只有4个人的小班子,其中3个人为女性,年龄在21—40岁之间,而且都有不同程度的残疾,据描写是或"眼瞎"、或"眼目近视"、或"眼昏"、或"跛脚"等。

该班多年来在川东南各县巡回演出,"并无淫邪词调,荒谬声律",所唱皆"词旨高雅,音歌纯正,足可救正人心,补助社会教育之不逮。"

这个班子于1936年春到成都,先由警察批准在花会演出月余,得"各界赞许"。但花会结束后,戏班必须继续谋生活,便选择了芙蓉亭茶社。

负责处理此申请的警察表示,其节目中未发现任何不道德之内容,但警局的回应是:

> 查妇女清唱,对于风化秩序在在有关。如其散布在各街茶社内营业,妨碍甚大。兹为体恤业人等生计起见,准其另觅偏僻地点,仿照戏园规模设备,唱台不得接近街面,以便取缔,而杜流弊。

警察的策略是虽然允许这些人谋生,但尽量减少其影响。一般来讲,警察对于女艺人的控制甚严,如果她们不是残疾,则很可能会被禁止。警察要求演出场地必须远离要道,处于僻静街巷。

明德堂先找到芙蓉亭,芙蓉亭给警察提交了申请,还由一个铺保联署。所谓的"铺保"就是当时通常任何茶铺开办，都必须要另外一家店铺作为担保，如果出了问题的话，担保人也会受到牵连。芙蓉亭指出这些艺人不能开演则失去生计，甚至无法果腹。但警察仍然坚持演出地点不能"接近街面"。

虽然没有得到正式许可，班子仍然开始在芙蓉亭开演。在给警察的申述中，他们强调成员"非娼妓式组合之清音工会可比"，这个说法似乎暗示唱清音者可能兼做妓女，但这有可能是由于同行竞争互相诋毁的结果。我在成都市档案馆的档案中读到过清音工会的章程，就像其他工会一样，是一个保护同业利益的工会。

尽管警察确认这个茶铺是在背街的二楼，"对于风化秩序，均无妨碍，有街团首人可查"，但是警局再次拒绝批准，令取消演出。

明德堂和茶馆立即再次上书，表明他们设法寻找新场地，但没有找到合适的地方。如果停止演出，演员们将无以为生。

再者，茶铺与班子相互依存。没有演出，顾客减少，茶铺将亏本。经理请求在班子觅新场地的同时，准予继续演出。这样皆可"公私两全，……十余人生活有赖，不致演成流落之苦。"

这年8月，班子最后找到陕西街的吟香茶楼，远离闹市，警察才批准了演出许可。

明德堂的经历，不仅反映了民国时期国家大众娱乐的政策使艺人们更生计日绌，而且揭示了对女艺人的加倍控制使她们的处境更加艰难。

无女艺人的演出得到许可相对容易些，也是根据《成都省会警察局档案》的记录，1936 年 5 月，桂华科班请求警察允许三十多个清音"戏员"使用得胜下街一个茶铺演出"清戏"，申明这些戏没有"淫词"，每票卖 400 文，这样这些演员方能有钱购买食物等必需品。

分局警察报告称，"票价甚廉"。警察局在确认班子"既无女性艺员，所唱又非淫词小调，对于风化秩序，尚无妨碍，自可暂准营业，俾维目前生活。"

同意演出请求，但表示要认真监视节目内容。另一份警察的报告称，得胜下街后面是一个米市，那里有一个台子可以演"清戏"，但只能白天上演。

妓女进茶铺

不像大多数一般妇女，妓女则一直是茶馆的常客。地方精英对此非常不满，指责茶馆里卖淫经常引起纠纷，如争风吃醋、散布流言、围观拥挤，甚至打架斗殴等事端发生。因此，政府不断采取措施禁止妓女进入。虽然不准妓女在茶馆活动，但她们甘冒当众受辱、被警察惩罚的危险，不断向禁令挑战。

1914 年一个报道显示人们是怎样对待茶馆里的妓女的。陈月秋是当时成都名妓，绰号水红桃。一次有人发现她在悦来茶园看戏，想故意使她出洋相，把她的名字写在一个黑板上，说是有人找陈月秋，让一个工人拿着黑板在场子里面转，这是当时演戏时找人的通常办法。

一个警察对此很吃惊，"陈月秋是监视户，你在此会她何为？"当时的妓女专门的户口登记，称为"监视户"。那人答称"因为在此，才来会她"。警察最后在楼厢上发现了陈，把她带到警察局。而那个恶作剧的男子因没有报告警察，而因"轻薄无行"，被罚款2元。

丢失茶碗引发的暴力执法

"散布谣言"

茶铺也并不是一个毫无顾忌的地方,地方精英和政府在此也并非毫无作为。茶客们的闲聊经常被当局视为闲言碎语和"散布谣言",并被视为茶铺中的"不健康"现象。

其实那些所谓"闲言碎语"和"谣言"经常透露了更深层而且值得探索的因素,因而一些社会学家认为,饶舌是"社会交往的一种形式"和"一种表达的方式"。因此,蜚短流长"是日常生活中不可避免的表现之一"。詹姆斯·斯各特(James Scott)他的名著《弱者的武器》(*Weapons of the Weak*),更将其定义为大众"日常反抗(daily resistance)的一种形式"和一种"民主的声音"。

控制茶铺里的流言蜚语几乎不可能,或许穷人们说闲话不仅仅是为了满足好奇心或开玩笑,而且根据斯各特的理论,允许"人们发表意见,表示轻蔑和不赞同,将降低因不同的文化认同和报复心理带来的危险。"

下层民众饶舌的主要对象是当地名人或富人，他们议论富人的奢侈生活和豪华婚丧礼，以此来发泄他们对不公平社会的不满；关于某某通奸的谣传让人们觉得富人"不道德"；灾祸突然降临在有权有势的人身上，人们为"因果报应"而幸灾乐祸。

在公共场合的发泄，是他们摆脱心中苦闷和不满的一个重要途径，也是他们不自觉地运用"弱者的武器"进行的日常反抗。

在信息不流通的情况下，在国家掌握信息流通渠道的社会中，小道消息的广泛散布是不可避免的。杜绝流言蜚语、小道消息的唯一的途径，就是让信息自由地流动。

吐口水的纠葛

茶铺里也充满着各种纠纷、冲突，甚至发生暴力行为。

1913年，一个吴姓法律学生写信给四川省城警察厅，申述他在品香茶园受到警察的不公正对待，提供了关于顾客、戏园和警察关系的有趣的信息。

在信的开始，吴写道："戏曲一端，乃补助社会教育之不逮，实开导愚顽一条觉路。其意义本善，但应取缔。警察以受法律之支配，恐影响社会，反与正俗本旨不相侔也。"

然后他讲述了事情经过：一天晚上，他和朋友到品香茶园看戏，落座以后，发现有人在楼厢向他们吐口水。吴于是找上楼去，发现有六个女人在楼厢里。吴责问维持秩序的警察：晚上仅对男宾开放，为什么让妇女进戏园？警察否认有女宾，但吴坚持要该警察进行调查。

他们到了楼厢，那些妇女仍然在那里。吴要警察提供他所在分署和警号，但警察和茶园经理称吴作为学生没有权力要这些信息，并要吴出示戏票。吴认为这太不公平，不仅不调查违规者，反而故意与他为难。

后来，吴到警察分署呈交申述，但分署称那些妇女都是股东的家属，不是一般观众。然后，"署员"要吴找保人，吴十分惊讶，反问自己不是违规者，为什么要保人？吴写道："似此无知无觉之署员，不识共和之真相，侵犯人民自由……破坏民国法律，良非浅鲜，长此因循，警政何堪？"

他的确不愧为政法学生，把这个问题提到警政的高度，而且敢于指责署员。吴指出警察应该遵守法令，晚上禁止妇女进入，即使是股东家属也不允许，而戏园只关心利润。吴写道：

> 该园主人利心熏腾，热度膨胀，不顾风化之攸关，只求生财之有道，混淆黑白，泾渭不分。蔑视警令，违抗法权。似此超越法律范围外之营业，何可任其自由，若不严加取缔，停止营业，不可收后效。此区区戏团，如是他区，焉得不步后尘。全城戏园如是，危害社会何可胜言。警员通同，不加取缔，任其干犯法纪，总厅当有制裁。

有趣的是警察并不严格执行规章，这受到一个青年学生的挑战。在辛亥革命之后不久，有一段时间允许男女在不同时段入场看戏。警察没有执行这个规则，还认为这个学生添乱。有可能该警察与这个茶铺有特殊关系，或接受了茶铺的好处。

这个学生挑战警察的动机不是很清楚，可能有三个：一怀疑被这些女人吐了他口水，想通过警察把她们赶出场，但警察并不采取任何行动，引起他不满；二是他可能是一个保守的学生，认为女宾不应该与男宾同场；三是作为一个法律学生，认为任何规章都应该认真执行。无论该学生是什么动机，这个事例都暴露了警察并没有严格执行这些规章。

偷茶碗的人

茶铺里的茶具经常被偷，成为一个比较突出的问题。如果茶铺抓住小偷，将进行惩罚，包括体罚、公开羞辱、勒令赔偿和报告警察等。他们有的被绑在茶铺的柱子上，被茶铺工人和顾客辱骂，对他们少有同情。

当然，也有例外的情况。据1932年3月28日《成都快报》，一次大安街新茶园的经理抓到一个小偷，他偷了二十多套茶具。令人意外的是，经理不但没有惩罚他，还请他抽烟吃饭，这感动了这个小偷，不仅向茶铺道歉，愿意受罚，还退回他以前所偷的三十余套茶碗。当地报纸赞赏茶铺这个行为是"以善化恶"。

这个茶铺经理是个聪明人。大多数小偷都是穷人,由于饥寒交迫而被迫铤而走险。他的这个善行也无意中为茶铺赢得一个好名声。

茶铺经常由于管理、利益分配、竞争等问题发生内部纠纷。个人如果想开办茶馆的话,有时通过各种途径集资,因此茶铺老板和投资人之间也会发生矛盾。茶铺把空间租给小贩使用,也会因此发生关于租金、租期、合同等方面争执。1928年发生在东门外茝泉街风云亭茶社的事件便是一个很好的例子。

吴陈氏是茶铺主人,指控马少清偷茶碗。马称这是诬陷,不过是找借口收回他在茶铺做水烟生意的口岸,以便高价转租给另一个水烟贩。吴陈氏把这个纠纷报告给街团,还指控马的介绍人晋华章帮助销赃,茝泉街的团防把晋抓去,"竟用庙内撞钟木棒将晋乱打,并用铁链脚镣,将晋锁押",勒令晋赔偿茶碗。

当马看到他的介绍人受到牵连,"受伤被押,恐酿出命案,只得承认赔碗五十套,营救晋命。"晋随后指控吴陈氏诬告和团防非法羁押、殴打无辜。警察即令团防惩办打人者,但团首拒不执行,这引起了晋华章所在团练的"公愤"。他们向地方当局要求主持公道。

虽然不能得知是否马少清偷了茶碗,是否吴陈氏有意陷害马,但这个事件显示了在茶铺谋生活人们的竞争和钩心斗角,以及一些茶铺生意的传统习惯。马称他付租金给茶铺以在那里卖水烟,但另一个水烟贩忌妒这个好口岸,便怂恿吴陈氏收回口岸重租。马以按时付租金、不能任意撕毁和约为由予以拒绝,这导致了吴陈氏陷害于他。

目前已不可能知道真相，但很清楚马少清付了吴陈氏租金，以利用茶铺做水烟生意。我们还知道这个生意还有竞争者，当发现这里口岸好，另一个人便会想方设法挤进来。但是，一个习惯法是只要茶铺老板与小贩达成协议，承租者按时交租金，主人便不可收回承诺。

上面我提到过关于铺保的连带责任，这个例子就说明任何做担保的担保人，实际上是有相当的风险的。在茶铺卖水烟，必须有人担保，担保人必须为所担保之人的行为负责。这个习惯在传统中国城市帮助商铺建立一个相互连接的安全系统，这样使公会和当局的控制都容易得多。

在这个纠纷中，我们还知道妇女可以开办茶馆，而且当一个纠纷发生时，在保护她自己利益问题上，她并没有由于是女性而处于不利地位。恰恰相反，在这个案例中，吴陈氏一直是处于主动进攻的姿态。

因此，这在一定程度上颠覆了我们过去认为女人总是弱者的认知。有的时候我们所知道的所谓常识，可能是不准确的，或者根本就是一种误解，或者一种错觉，或者任何所谓的常识经常有例外。任何事情都必须具体地分析，而不是套用过去的经验。

团防卷入社区事务是这个案例最引人注目的现象，说明了在不同街区的团练可能为本区利益而与其他集团发生冲突。这个冲突引起了社会关注，甚至《国民公报》在报道这个纠纷时，用了《风云亭茶社失碗,两分区团练失和》这样的题目,该报显然认为两个团练"失和",比茶馆失窃或诬陷更为严重。

除了这个事件所显示的关于茶铺生意的一些惯行,我们也看到街区团防组织的信息,以及它们在社区的角色和怎样处理邻里所出现的问题。这些组织可以为邻里提供安全感,但它们也随着政治状况而发生变化。

在传统成都,地方安全经常是由精英主导的街道和邻里组织来实施的。在民初,随着国家权力深入到地方社会,这些组织的影响力下降,但在地方事物中仍然扮演着角色,特别是当社会动乱时期。地方政府与自治组织的关系十分复杂,政府缺乏维持地方安全的资源,所以市民不得不组织起来以集体防卫,也得到政府的认可。

但是,当政治和社会状况趋于稳定时,政府又力图削弱甚至取消这类团体。从这个案例,我们发现1928年3月风云亭茶社事件发生时,这些组织仍然发挥着作用,而仅几个月之后,即这年的9月,市政府便在成都第一次建立,而且很快接管了社区安全职责。虽然成都居民有着很强的城市认同,但如果需要时,他们仍然追求继续保卫他们自己的街道和邻里的利益,这也是为什么晋华章的命运造成两个团练"失和"。

横尸茶铺

在茶铺里也会发生暴力,甚至造成死亡事件。《国民公报》

1929年7月27日报道了这样一个事件:

丝商杨芬如是个暴发户,号称家资数万金。他与人合资建筑东方茶楼铺房。前年游方成租佃东方茶楼营业,每日纳房租银五元,至今两年余。由于生意萧条,先后共欠房租54元。本月初十日,杨来茶楼催租,由于游没有钱支付,杨出手打了游的管事夏某。在茶楼喝茶的许某劝解,杨却反将许所戴表打碎,还咒骂不休。声称我打死他,有我抵命,与你何干?

游康成恐怕出意外,求缓期一周付清。至初十七日满限,游仍然没有凑齐欠款,只付了15元。次日晨,即十八日,杨到东方茶楼索欠租,当时堂倌唐洪兴正在下铺板,准备开门。但是杨称若不把款付清,不准开铺营业。唐据理力争,触发了杨的盛怒,对唐拳足交加,竟然将唐当场打死。

游康成见堂倌已毙命在地,赶快派人通知家属。唐洪兴是四川中县江人,住成都鼓楼三倒拐街,家中有一老母一妻一子,并无弟兄,全赖他养家糊口。游赶快向社区组织——即东南西北四段的团首人及区团正报告这个殴人致死事件。但是社区首领却想息事宁人,劝杨出烧埋费了事。哪知道杨十分吝啬,拒绝支付。游康成和死者家属将杨芬如拉至法院,要求验尸。

一个欠债的纠纷,涉及房主、茶铺掌柜、堂倌,导致堂倌的死亡。这个在公共场所殴人致死的事件,引起公众极大的关注,地方媒体如《国民公报》系列报道这个案件的进展,值得注意的是,这个事件先由团首和团正插手,而非交警察处理。显然,社区领袖试图不通过警察解决这个案子,要求殴人致命者杨芬如支付葬礼和掩埋的费用,但杨拒绝。这个处理方法显示,这个时期社会调解在邻里和社区生活中仍然扮演着一个重要角色。

但令人吃惊的是,过去我们知道这类调解大多是涉及民事纠纷,一件命案竟然也试图通过这个方式解决,可见这种社会实践所流行的程度。这个杀人案,显然应该报告警察,但社区领袖仍然竭力避免官方的介入。如果杨接受了上面的条件,这个案件可能永远不会引起公众注意。人们为杨的态度所激怒,致使这起案件的大曝光。

据地方报纸的系列报道,法院听证那天,上千愤怒的民众聚集在法院外面,验尸完后由于没有公开报伤,众人大哗不服。在检察官宣布唐系被伤害致命后,"群中更肆喧嚷……打打之声不绝于耳,秩序因而紊乱。"

茶社业工人的组织成都茗工会在法院正式审理之前,"特函请各报社届时观审",也即是试图用舆论监督来保证审判公正。而受害者的朋友也帮助打抱不平,开展活动,争取社区邻里支持。如他们请走马街、东大街首人及邻居数十人在卧龙桥川北会馆宴会,请他们证明殴打唐致死之事。经过十几天的侦察,地方检查处官认定被诉人杨芬如伤害致死属实,决定"提起诉讼"。

如果这个命案发生在其他地方,不是在公众的眼皮下,可能不会受到如此的关注。人们的激愤可能是出于如下的原因:他们同情无权无势但为顾客尽心竭力服务的堂倌,他们惊于殴人致死的残酷和杀人者的肆无忌惮,他们担心法庭可能会为富人和有权势者说话,而正义得不到伸张……

由于茶铺是一个公共场所,在那里发生的事媒体一般会有稍加详细地报道,这为研究公共空间的冲突提供了非常有用的资料。这个案件本身便暴露了堂倌、茶馆、房东、地方社区间的复杂关系。

"流氓烂兵争风斗吵"

在整个民国时期,地痞流氓、袍哥、烂兵在茶馆横行霸道,经常干扰茶铺正常的生活。他们可能吃茶不付钱,或者损坏茶铺财产,为女人争风吃醋,拿枪耀武扬威,艺人、堂倌、掌柜等也不断受到欺辱,在地方报纸中和档案记录中,我们可以看到很多此类事件。

正如上面所讲的东方茶楼命案,茶铺有时成为杀人的现场,反映了社会的混乱局面,提醒人们所处的社会的危险和政治的险恶。政治的动乱削弱了政府稳定公共秩序的能力,有时造成非常严重的后果。

茶铺汇集了三教九流,所以"坏人"也可能混迹其中,地痞总是茶铺疲于应付的麻烦。地痞以茶铺为据点,操作赌博、贩卖鸦片等活动。地痞流氓的胡作非为亦是地方报纸乐此不疲的报道主题。

如当警察密探发现四个罪犯在同春阁喝茶,派了六七十个警察前去抓捕,三个被捕,但一个乘乱从人群中脱逃。

新南门外的一家茶馆雇一个歌女演唱，那里经常有"流氓烂兵争风斗吵"，影响治安，因此警察令茶馆停止演出。

品香茶园以其"新剧"而著名，一天晚上，一个绰号叫魏瞎子的地痞，不知什么原因，带领四个喽啰到茶铺，告知门房要带小旦李翠香出去喝酒，门房没有让他们进入，引起争吵，闻声而来的演员们赶出来查看发生了什么事，随后发生斗殴，有人受伤。有趣的是第二天，剧团编了一个"新剧"，以"形容其痞状"，地方报纸还以《新剧社之新剧》为题做了报道。

有的事件则有更严重的后果，在茶铺里所谓"仇杀"事件时有发生。一天晚上，府城隍庙内的茶铺人头攒动，有人突然将另一人胸部刺一刀致死，然后逃之夭夭。

在另一事件中，有人跑进拐枣街角的茶铺枪击一个茶客，然后又追上连发两枪，将对方杀死，鲜血四溅，惨不忍睹。

上述这两个事件都发生在拥挤的茶铺里，在众目睽睽之下杀人。从事件发生的过程看，这两个案子都不是意外突发事件，而是有目标有预谋的行动。显然，杀人者并不担心他们在公共场所行凶，不但是在公众的眼皮底下，而且还可能伤及其他人。报纸没有提供他们动机的信息，经常以"仇杀"概而论之。

"风流惨案"

在军阀混战时期，军人造成的灾难接踵而来。成都人称失控的军人为"烂兵"或"丘八",他们使人民生活在恐惧之中。在民初,警察规定穿军服的军人茶园看戏只付 50 文,茶铺也力图讨好军人,以便得其保护。悦来茶园还曾经给军人一天演专场。

民国初期,茶馆和茶馆生活从来没有摆脱军人的暴力,甚至地方政府和警察对他们也是敬鬼神而远之。尽管地方政府、警察和茶铺给他们以特别关照,也并未能防止他们在茶铺制造事端。

在茶铺里军人经常与市民混杂一起,有时会为一些鸡毛蒜皮的小事发生冲突。一次,鞠某与朋友在悦来茶园下棋,两个士兵在一旁观战,还不断出主意。鞠某输了棋,怪两个士兵出了馊主意,从口角演变成斗殴。

第二天,士兵到茶铺报复,把一个也姓鞠的人暴打一顿才发现弄错了人,而那个被冤枉的人是团防头目的儿子。虽然报纸没有提到最后的结局,但估计那个团防首领不会善罢甘休,《国民公报》1929 年 5 月 21 日对此事件的报道,用了颇具幽默的标题:《鞠某下棋惹倒兵,害得同姓犯灾星》。

这个案例也揭示了一个习俗,人们喜欢在茶铺围观下棋,还爱出主意,而不论是否认识,什么社会身份,但是会为下棋多嘴惹发纠纷。

仅 1930 年 8 月和 9 月《国民公报》便报道了四起暴力事件。一是几个"流氓"和妓女在少城公园同春茶社吃茶,据说这引起一伙"烂丘八"的"眼热",企图坐在妓女旁边,引起争执。这些士兵用茶碗砸"流氓",结果造成一个小孩的头受伤。

另一事件发生在第二天少城公园的射德会茶社,几个士兵强迫一个饭馆掌柜向一个少妇下跪,起因不过是这个军官太太在他的饭馆买了一份菜,堂倌用的是一个粗瓷碗,她认为这是在侮辱她,其丈夫以此作为报复。

同月,宪兵派了两个班到涌泉居茶社,被捕了鼓动集体暴力的四个流痞,两个士兵。也是9月,十几个士兵冲进拥挤的高茶楼,向一个汉子枪击,那人胸部中弹,然后又在他身上补几枪,以确信他被击毙,无人知道事件的起因。

"烂兵"还骚扰妇女,在茶铺里争风吃醋或仇杀。《成都快报》1932年3月14日报道,前日下午便在中山公园内发生"风流惨案"。下级军官何某与"丘八数人"在中山公园追逐一个少妇,她跑进一家茶铺躲避,但何等追进茶铺,坐在她旁边,进行骚扰。一个男人跑出茶铺求救,须臾一个便衣带着几个军人到达,抓住何和他的同党,但何挣扎脱逃,那便衣从茶铺后门追出,三枪将何打死,便衣随即跑出公园,跳上一辆黄包车,消失得无影无踪。公园的人们吓得四处逃窜,警察到后进行搜索,也无功而返。

这个事件遂成为一个秘,枪击者身份不清,是警察或宪兵或特工,还是与何有仇,或是伸张正义的好汉,或是那妇女的亲戚朋友,我们都不得而知。无论这个事件背后的真相如何,但这个事件清楚显示了茶铺暴力的存在及对人们日常生活的干扰。

军人之间以及与其他社会团体之间在茶铺里的冲突,经常造成严重后果。如1930年某天下午,流氓与士兵在茶铺发生一起斗殴，桌椅皆被用作武器，当宪兵到达后，这些肇事者一哄而散。

当然，茶铺中人们的关系和交往，和平共处和矛盾冲突两者都是普遍存在的，不过这里我主要展示了各种类型和各个层次上的纠纷、争端甚至集体暴力，呈现了茶铺和茶铺生活的不稳定的那一面，要表明那个时候的茶铺并不是一个世外桃源。

茶铺里头的龙门阵——想到哪儿说到哪儿

茶铺里发现新闻

信息应该是自由流通的,任何国家机构和势力都没有任意剥夺人民获取和传播信息的权力。政府制定了有关限制信息流通的"法律",也不能使这种国家行为合法化,因为那些所谓的"法律",它们被制定出来,本身就是违法的。

今天我们靠网络、报纸、电视、广播等得到新闻和各种信息,但是在传统社会,人们是怎样交流信息的呢?

在过去成都,各种新闻总是首先在茶铺传播,一个人去茶铺犹如今天从报纸、收音机、电视获取新闻。人们在茶铺议论他们所关心的问题,或在那里与熟人和朋友漫无目的地闲聊,小孩也聚在那里凑热闹。

上面提到的沙汀的《喝早茶的人》便描述道:如果一个人几天没有出门,想知道这几天有什么事发生,他便先去茶铺。特别是那些喝早茶的人,起来这么早到茶铺,虽然是一种习惯,亦是

闲聊的茶客

茶铺就是人们聚集聊天的地方,无论是熟人还是生人,无拘无束的聊天给他们以快感。大人小孩都可以坐在一起,小孩哪怕不买茶,也可以占一个座,茶铺里并没有"一茶一座"的提示,似乎那个时候做茶馆生意的小老板还比较大气。

一种心理需求。

某人"在夜里发现了一点值得告诉人的新闻,一张开眼睛,便觉得不从肚子里掏出来,实在熬不住了。有时却仅仅为了在铺盖窝里,夜深的时候,从街上,或者从邻居家里听到一点不寻常的响动,想早些打听明白,来满足自己好奇的癖性"。

即使他们没有什么东西急着要告诉他人,或并非迫不及待要打听什么事,照样一清早到茶铺,按沙汀的说法是"因为习惯出了毛病",不到茶铺便难受,"他们尽可以在黎明的薄暗中,蹲在日常坐惯了的位置上,打一会儿盹。或者从堂馆口里,用一两句简单含糊的问话,探听一点自己没关照到的意外的故事。"

的确,在当时成都人的日常对话中,人们经常听见这样的说法:"我进城那天,就在茶铺里听见说了。"或者:"怎么茶铺里还没有听见人说?"

在相当程度上,茶铺即意味着"公共论坛",大多数茶铺谈话都是随意的,没有什么目的性,正如一个民间俗语所曰:"茶铺里头的龙门阵——想到哪儿说到哪儿。"在西门附近的一个茶铺干脆就叫"各说阁",把这种漫谈的气氛发挥到了极致。

加入这种茶铺闲聊,不需要任何准备或资格。人们可以自由发表意见,而不需要承担任何责任,只要他没有冒犯在场的任何人,实际上也很少有人真正严肃对待茶铺里的闲言碎语。

这即是说,对有些人来说,喝茶本身并不重要,而意义在于与茶铺里人们的交往。三教九流都到茶铺,讲他们自己的经历或听来的故事，对世界上的任何事物高谈阔论。

不同群体的人，有他们不同的茶铺聚集。例如少城公园的几个茶铺的客人，很多是退伍军官、下野政客、政府职员、教师学生、文人骚客、棋爱好者，等等，所以成都有个流行语："少城一日坐，胜读十年书"。虽然这是夸张之辞，但茶铺的确是一个了解社会的最好场所。

茶铺是了解民情的好地方，人们在茶铺里漫无目的地聊天，谈论各种问题，从日常生活到政治外交，其内容涉及社会状况、街坊邻居的各种小道消息、日常生活的各种细枝末节以及各种观点和情感的表达。

闲聊中的城乡对立

茶铺是发泄对世道不满的一个渠道。人们在茶铺中不仅就生活琐事闲聊，打听小道消息，或蜚短流长，从报纸上偶尔透露的信息中，我们还可以看到茶客们在茶铺里抱怨生活的艰辛，表达对政客争权夺利、政治腐败、国家动乱的愤怒，还有对局势的担忧。

1917年，反袁运动爆发，成都周边非常混乱，便发生了一个城市人和乡下人在青羊宫花会的某茶园的对话：

> 甲："乡间的人不敢穿好衣服，夜晚则穿起睡。"
> 乙："省城的人衣服极力求好，夜晚脱完盖起铺盖睡。"

甲:"乡间人怕匪人抱童子,背起娃娃不敢睡。"

乙:"省中一点不害怕,放着娃娃,抱倒太太睡。"

甲:"乡人听着枪声,一晚到亮不敢睡。"

乙:"省中人晓得墙垣筑得高,是啥都不怕,睡到十二点钟才起来开早饭。"

这是《国民公报》的记者坐茶馆的时候,听见茶客聊天记录下来的。从他们的谈话的态度便可知两人的背景,甲住城内,乙住乡村。成都人一贯有藐视乡下人的风气,坊间流传着许多关于他们肮脏、愚昧、吝啬等荒唐的故事。虽然这段谈话表面上是关于城市和乡村不同的生活习惯,但实际上却反映了不同的经历和面临的不同问题。

生活在城市里相对安全,在乡村却时刻面临危险。城市居民似乎总是觉得高人一等,讽刺乡下人舍不得穿好衣服,晚上怕小孩被绑架。乡下人羡慕城里人的好生活和安全感,但也反讽城里人晚上不管孩子而抱老婆(可能暗示着性),睡懒觉(暗示着懒),这都是传统价值观所鄙视的。

在过去的一百多年,城市相对乡村,城市人相对乡下人,无论是经济上还是心理上,都处于强势的地位,而且这种强势地位直到今天,仍然在发展之中。

我们来看1917年动乱期间《国民公报》记者记录的一则茶馆对话:

> 昨有一个农民来省，到某茶园吃茶。闻有人说："西南政策把我们害了"。农民上前怒谓之曰："稀烂政策害了你们？闻省中善人很多，生的死的都被怜恤。我们乡下人受稀烂政策的影响，银钱衣物要抢去；莫得现银物，人也要拉去。挨打受气，又出钱，有哪个怜悯你？"其人见农民误解，复谓之："现在讲的是云南政策了"。农民更惊，旋又答之曰："说起营盘，我辈更怕！"农民方开口，其人知不可谕，遂起而去。

这段对话真切反映了一般人民在动乱年代的遭遇。特别是那些住在乡间的农民，生命财产得不到任何保障。这段对话，巧妙地利用乡下人的误解，揭示了社会的乱象，抨击了军阀的横暴。

不过，这个在茶馆的插曲从另一个侧面也说明了，在军阀时期人们仍然可以在茶馆中自由谈论政治，还表明陌生人之间可能进行无拘束的闲聊，哪怕是乡下人，也可以随便插入他人的谈话。然而，在国民党时代，这种自由受到极大的限制，恐怕惹麻烦的店主总是贴出"休谈国事"的告白，以警告人们在各茶馆中不要议论敏感话题。

这个发生在茶铺里的谈话，还透露了都市人和"乡巴佬"间的鸿沟。汉语中有许多同音和近音词，人们对话中因此可能出现曲解。不同口音的人交谈时，这种情况就更为严重。城市居民认为他们比乡下人高一等，嘲笑他们"愚蠢""幼稚""粗俗"，称他们为"乡巴佬""乡愚"，说他们的闲话，传播一些关于乡下人的"离奇"故事,把他们作为茶余饭后讥讽的对象。

尽管这个对话的两者都生活在成都平原,但他们看起来却有极大的不同。住在城墙外的乡民——哪怕即使是离城一两里远——行为、口音、穿着等与城里人都有明显的区别。

从表面上看,这个故事是关于那乡民对城里人谈话一些近音词的误解,但弦外之音,却是与"愚蠢"的乡民无法进行"政治话题"的谈论,进一步反映出城市居民的优越感。从"其人知不可谕,遂起而去"来看,这个城里人不屑与这个"乡巴佬"费口水,干脆一走了之。

对革命的失望

1922年的《国民公报》刊登了两个老人在茶铺闲聊,一个说:"近来世界新、潮流新、学说新、名词新,我们不会跟倒新。又有笑无旧可守,只好听他罢!"另一个的回答令人深思:

> 我看近来说得天花乱坠,足以迷人睛,眩人目,惑一些血气未定的青年。稍明事体的,都知道是壳子话、骗人术,你这么大的岁数,还不了然吗?辛亥年耳内的幸福,到而今你享足没有?还有不上粮的主张,你记得不?如今却不去上粮,预征几年就是了。又有种种的自由,你乡下大屋不住,搬到省来,就不敢回去,究竟自由不?热闹话我听伤了,如

今再说得莲花现，我都不听。

这里有必要考察一下这个对话的背景。此时正是新文化运动期间，新思想、新文化流行，西化和保守的精英也针锋相对。对话中的两个老人，可能属于厌新的守旧派。从这段对话，我们发现他们反对"新"是由于他们的经历，因为"新"仅仅是许诺，并没有兑现。

辛亥革命后的动乱和艰辛，使他们备感失望，革命的许诺没有成为现实，而且日益缺乏安全感。人们生活的世界更危险，更缺乏自由，赋税负担更重。因此，人们难免不把账算到"新"的头上。

他们一方面抵制"新"，但另一方面又失去了所依恃的"旧"，也就是传统。革命和新文化运动正摧枯拉朽般地改变旧的生活和思维方式，面对剧烈变化的社会，他们又是无可奈何。尽管处于弱势的一方，他们则表达了对崇新者的不屑，强调自己的社会经验。

茶铺里批评新学的那位老人所表达的观点，就很像鲁迅先生所描述的阿Q精神胜利法，以种种自己的臆想来自欺欺人，获取所谓精神上的满足。

新与旧是中国近代不断碰撞的两个似乎对立的方面，其实它们本身就是很不明朗的。有时候，看起来新，则骨子里旧；而有的看起来旧，则骨子里新。新与旧，表与里，经常不是截然分离，而是你中有我,我中有你。因此,是非不是根据新还是旧来划分的,而是要看所谓新或是旧,他们最终的目的是为了谁。

的确,在中国近代,新是为了解放人的思想,争取民众的权利,给他们做人的尊严,也是为了这个国家光明的未来;旧是为了维持腐朽道统,维护皇权、王权、宗族或者任何把握权力的小集团利益的一己之私。

但是,有的所谓的"新",是禁锢人们的思想,充满着帝王驾驭之术,成为以压制民众为主要目的的工具,成就有些人的新的皇帝梦;有的所谓的"旧",却是为了保存做人的基本的尊严,而与权力的抗争。犹如莫言《生死疲劳》中的那位旧社会西门闹家的雇工蓝脸,似乎是"旧"和"顽固"的代表,但是却以一己之力和整个村庄的所谓"新"进行对抗。谁是谁非,我想在今天已经用不着多费口舌了。

百年前茶铺里就有了《报纸法》的讨论

没法远离的政治

一般的老百姓希望远离政治,但是政治却不离开他们,经常成为政治斗争无奈的牺牲品。

在战乱时期,茶馆经常是战争与和平的风向标。1917年巷战期间,受惊的居民藏匿在家,店铺关门,百业停顿,但茶铺总是最后关门最先开门之地。吴虞在日记中写道,"闻街上茶铺已开,渐有人行,乃出门访傅朋九",而是日"各街铺户仍未开也。"因此,从一定程度来说,成都居民视茶铺的开闭为这个城市是否安全的某种标志。

这时警察以茶铺有奸细搜集情报或散布谣言、容易引发动乱为由,令各茶铺一旦发现有外省口音者议论军情或者其言行看起来像"敌人侦探"者,必须立即报告。如果嫌疑犯被确认是奸细,告密人将得10个银元的奖赏。实际上,警察经常以所谓"奸细"的罪名,来压制任何敢于向权威挑战的人。

这个时期变化莫测的政治在茶馆生活中清楚表现出来,特别是从人们在茶铺的日常交谈中。虽然人们总是在茶铺里谈论各种话题，我们对此却知之甚少，因为对人们的这个日常行为，几乎没有多少东西记录下来。

不过，仍然间或有一些人描绘了他们在茶铺中的所见所闻。有些话题虽然看起来与政治没有直接联系，然却暗含着对当时政治的批评。下面是《国民公报》所载1917年某日两人在茶铺的对话：

> 甲乙二人于茶社闲谈。
>
> 甲曰："中国数千年以来，皆尚贞洁。朝廷特为贞洁表扬，故贞洁坊无处不有。自民国以后，置贞洁于不顾，此于风俗人心实多妨害。"
>
> 乙曰："非也。吾国以前尚节，今则重籍。如民国元二年间，各印刷公司所印之名片无非四川籍。三年时，所印之名片无非外省籍。五年共和再造后，所印者不多四川籍？今更改印外省籍矣！然则士大夫所尚者，岂非籍耶？不过字不同耳。"
>
> 甲曰："一人之籍，叠次变更，则非真籍可知。诚如君言，则今日之士大夫，其有真籍者乎？不真之人，吾国数千年所不取者也。"

这里表面上讨论的是籍贯问题，但言下之意是批评政客的势利和虚伪。民国初年，川人在政治舞台的角色经常变化。当川人在国家和地方政治中得势时，人们争相宣称自己是四川人；当失势时，则又非川人了。

批评者认为这是道德沦丧之表现，人们不再看重"贞洁"。在传统中国社会，妇女不守贞被认为是"堕落"；但在这个对谈中，政客被认为"失贞"，因为他们成为无耻的谎言者。

从这个谈话中我们还可以得到更为重要的信息，即看到人们在政治斗争和权势转移中，失去文化认同的焦虑感。过去籍贯对人们来说十分重要，实际上涉及社会、经济、政治的各个方面，与人们的文化之根紧密联系。这个共同的根基可以帮助人们在陌生的环境中求生存，并与其他文化进行对抗。在清廷覆没之后，政客和精英们发现籍贯可以用作政治斗争的工具。

不过，籍贯问题虽然依然重要，但观念已开始发生变化，人们不再珍视和忠诚于籍贯，而无非把其用作争权夺利之工具。这个在茶铺的关于籍贯的谈话，揭示了人们对民国初年动乱和政治不确定性的困惑和失望。

茶铺里《报纸法》的讨论

有些关于茶铺闲聊的只言片语，透露了人们的政治关怀。哪怕是胡拉八扯，却潜藏着深切的政治批评，如《国民公报》1917年5月10日上记者记录了茶铺中人们的闲聊：

> 某茶园有三四个人吃茶。
> 甲曰："我昨日看报，见《报纸法》宣布矣！"

乙曰:"这一下就好了。"

丙曰:"《报纸法》宣布是钳制舆论,有哪些好处?"

乙曰:"《炮子法》宣布,他们二天就不乱打,免得糊糊涂涂死些人,岂不好吗?"

甲曰:"我在说报纸,你就扯在炮子去了。"

乙曰:"省城这回,只有炮子厉害,整得人莫法。我听你说《炮子法》宣布,所以不禁叫好。"大家为之一笑。

这段对话,令人忍俊不禁,但也反映了人们的无可奈何。茶铺中这类的误会经常发生,特别是在谈论政治问题时。"报纸"与"炮子"的发音相似,特别是四川口音,容易搞混。这个混淆揭示了人们对当前政治的看法。

对甲来说,《报纸法》剥夺了人们的言论自由,把媒体变成思想控制的工具,但对乙来说,更严重的问题是生命保障问题,军阀的武装造成了社会动乱和日常生活缺乏安全感。

不过实事求是地讲,颁布《报纸法》还真应该算是历史的进步,哪怕其有各种的缺陷,但是至少使新闻从业者有法可依。我们今天对于百年前就有《报纸法》的存在,一定会感到有点吃惊吧!

"革除社会有害民众之事"

民国初期,茶铺成为地方政府攻击大众文化的重要目标。据

《国民公报》1914年4月27日报道,有商人计划在新街繁荣的商业区修建一家新剧院,配以茶铺、公共浴室、餐厅和理发店。虽然地方当局批准了这一计划,但是后来警察以"安全"、"风俗"、"卫生"为由,又加以否决。

其真正的原因是要限制茶铺和戏园的发展,警察认为,成都此类场所已经过剩,这反映城市的"教奢之弊"。另外,他们认为格调不高的戏曲"影响风俗人心,为患滋巨"。

《国民公报》1916年12月26日的新闻,警察局发布了控制茶馆戏园的规章,禁止上演所谓的"淫戏",并规定演员在舞台上不得有任何不适当的言论和行为。

茶铺的规模也受到限制,由政府确定各戏园的座位数,小者可有一百,而大者可及四百。未经许可,茶铺不能随意添加座位。

到1921年,因为所谓的"淫秽"和"肮脏"语言,相声再次在茶铺被禁演。市民娱乐生活被控制这一事实,在民国初年其实成为一个全国的普遍现象,国家权力和控制愈来愈深入到人们的日常生活之中。

茶铺的拥挤和卫生状况是社会改良者关心的又一问题。清末推行城市卫生改革时,警察要求茶铺保持室内、地面和桌子的整洁。民国初期,又补充了若干条款,进一步禁止剃头匠和修足匠在茶铺为顾客服务。

针对茶铺的一些新卫生规章不断出台,对茶水、茶碗、地面、桌子、椅子的卫生标准也有了明确的规定。他们规定茶碗必须煮沸消毒，必须为顾客提供痰盂和干净的卫生洗手设施。同时，警察还要求茶铺的工人穿制服并配以有编号的徽章，禁止有肺病、性病、皮肤病以及其他传染病的人在茶铺工作。

公共休闲日益纳入国家政权的控制之下，成都茶铺也因此面临空前的打击。1930年代中期的一个新规章规定，每个公园只允许开设一个茶铺。很多已经开张的茶铺被迫关闭，营业时间缩短到每天六个小时。

随后，当局又制定了一个更激进的针对茶铺的措施，限制茶铺的数量、营业时间和客流量。另外每个行会、每个码头、车站也只能有一个茶铺，其余的必须关闭。营业时间进一步限制，茶铺只允许从早上9点开到中午12点，然后从下午6点到晚上9点。不允许学生、妇女、儿童，政府官员、军人和流浪者进入，商人则不准进入非自己行会的茶铺。

军阀政府力图对茶铺进行控制。其发布了若干关于茶馆戏园及其表演的规章，1932年制定了关于茶铺的综合条例，成都市府发布五条茶铺管理办法，特别强调了卫生和赌博问题。

1935年，地方政府以"革除社会有害民众之事，"制定规章，只允许每个公园开一个茶铺；茶铺密集地方，酌情取缔；茶铺只能在早晚营业共6个小时。

这些新规章反映了政府激进的、日益增长的对茶铺及其茶馆文化的关注和采取的限制政策。不过没有资料证实这些新规定得到了认真的实施，否则大量从业者将失去生计。茶铺的营业时间也并未大幅度缩短，一般仍然有十五六个小时。

另外，成都茶铺的数量在1936年不仅没有减少，反而从599增加到640家。这些规章未能得到很好实施说明了地方习惯和茶馆文化的坚韧，其在相当的程度上仍然能够抵制国家的打击。

喝茶还是喝酒喝咖啡？

当然，包括社会改良者在内的很多人都反对如此激进的政策，因为它给民众日常生活带来了不便。批评者指出传统的茶铺能满足人们许多社会需要，与其他公共场所（如酒馆、咖啡馆等）一样，茶铺也同时具有其积极和消极两方面的因素，政府不应该忽视其积极功能而强行对它们加以限制。

他们还强调，与喝酒和喝咖啡相比，去茶铺喝茶要节约得多。另外，非法的活动也不只是茶铺特有的，如果茶铺关闭，它们也将在其他公共场所进行。人们去茶铺被指责为浪费时间和传播谣言，但是这些弊病在别处照样存在。

与清末不同，那时社会改良者会对政府发起的大多数改革措施表示赞同，而对民国政府的改革项目则缺乏热情支持。当地改良主义精英和国民政府之间关于茶铺问题的争论，实际是他们之间更大分歧的一种体现。在茶铺问题上的分歧，只是这个时期国家政权与地方精英之间关系恶化的反映。

在传统的城市社会，精英对社区生活起着主导作用。但民国时期，国家政权伸入到基层社区和社会生活，严重危及了长期以来精英对民众的领导权。精英们逐渐发现，他们对日益强化的国家权力的支持并没有给他们带来实际的好处。

战时大后方，

1937—1945

大量难民进入了成都，成都的人口剧烈地增长，这也刺激了茶铺生意的兴旺。抗战时期的成都给东南沿海逃难来的人最深刻的印象便是其闲逸的生活方式，这种生活方式在茶铺里表现得淋漓尽致。

1937年7月7日,抗日战争全面爆发,中国军队节节败退,许多中央和地方政府机构、社会和文化组织、学校、工厂等迁移成都,大量移民涌入这个城市,随之也引进了新的文化因素。

大量人口进入,成都遭受严重的粮食短缺,为解决这个问题,并躲避日本的飞机轰炸,政府令市民疏散到郊区。

人们生活在战争阴影下,"跑警报"成为成都日常生活的一部分。从1938年10月到1941年8月,共有13次轰炸,但损失最严重者为1939年6月11日、1940年10月27日、1941年7月27日,几千人伤亡,无数人无家可归,许多街区沦为瓦砾场。

1941年和1942年间,由于日本受太平洋战争的牵制,停止了轰炸,人们才陆续回到城内。

东南沿海的大量人口,当时称之为"下江人",来到成都,也把沿海的观念、生活方式和文化带进了这个城市,同时也引起了文化的冲突。

　　大量难民进入了成都,成都的人口剧烈地增长,这也刺激了茶铺生意的兴旺。抗战时期的成都给东南沿海逃难来的人最深刻的印象便是其闲逸的生活方式,这种生活方式在茶铺里表现得淋漓尽致。

　　让那些外来人吃惊的是,国难当头,前方将士在浴血奋战,但是后方的成都,茶铺里座无虚席,熙熙攘攘,还有这么多无所事事的茶客坐在茶铺里清谈,他们批评"清谈误国",这当然也引起了成都人的反弹,成为一个热门的话题。

　　不过,茶铺扮演了一个非常复杂的角色,是一个公共生活的空间,也是一个市场,一个娱乐中心,一个信息中心,也为抗战的宣传做出了贡献。在这种情况下,我们所认识的茶铺,实际上是一个立体的、复杂的、也是一个非常有意思的观察对象。

坐茶铺的一介平民能够"误国"?

每天 12 万人坐茶铺

全面抗战的爆发,大量人口涌入,这刺激了成都茶铺的生意兴旺。《成都导游》称成都有八百多条街,平均每两条街有一家茶铺,大茶馆可容二三百人,小茶铺可容几十人。

1941 年茶铺雇佣人数在工商各业中排名第五。同年的《新新新闻》的另一个资料提供了不同的算法:八千多人以茶馆为生,包括茶馆老板、经理人、其他雇员,但这个计算没有把他们的家属包括在内。

1942 年《新新新闻》的一篇文章说,成都 1940 年有 611 家茶馆,平均每条街一家茶铺。

同年的《华西晚报》估算了成都的茶客总数,其算法是按 400 家茶馆,每家每小时最多达 20 位客人,或全部茶馆每小时 8000 位茶客。假设茶馆平均每天经营 10 小时,那每天的茶客可达 8 万人。估计者写道:一天"就有八万人的生活消磨在茶馆里,这是多么惊人的事情！"

用同样的方法按 600 家茶馆（成都当时有 614 家茶馆）来计算，每天成都茶客的总人数可达 12 万人。

1938 年的《成都导游》也提到，居民闲逸的生活节奏可以从茶铺的数量以及那里"日日客满"的盛况中显示出来。每天清晨人们来到茶铺，直到晚上九点，"在茶馆内中可以看报，谈天，吃零食，消磨一整天的时间非常容易。"这种生活方式的确给外来人以深刻印象和无限的遐想。

"密密麻麻的人头"

一个叫周文的作家回忆他七七事变不久——1937 年 10 月在成都一家茶楼看到的情形：街上不知发生了什么事，"茶楼上靠街边的栏杆上密密地出现一排头颅在望街心"。他进入茶铺，开始往楼上走，那里熙熙攘攘，热闹非凡。

当跨进二楼，他回忆说："密密麻麻的人头立刻扑进我的眼帘，好像筐子里装满苹果似的"。而谈话的声音则"形成一道浩浩荡荡的河流"。由于抽烟者太多，室内烟雾缭绕，他觉得一阵头晕，正准备退出，他听见有坐在栏杆边的人叫道："你看你看，那女人那么瓜！"（"瓜"即成都话"傻"的意思）许多人便伸出头去张望。

作者在这里的细节描写，实际上是表达对这些人漠视国家的命运、茶馆中的噪音、烟雾、拥挤的状况的不满。

这个时候，精英、官僚和政府更把对茶馆的批评，与中国之命运联系起来。他们指出，国家现处于危机之中，人们应把金钱和精力用在拯救民族，而不该浪费在茶铺里。他们经常把在前方浴血奋战的士兵与后方茶铺里的闲人进行比较，以此来反衬那些"不爱国"的茶客们。

人们开始批评成都的茶铺和成都人的茶馆生活，"清谈误国"便是他们常用的一个词。对茶馆及其文化的批评主要来自外省人，特别是从东部沿海来的，在四川经常被称为"下江人"。但这些批评遭到当地人强烈地反弹，显示了内地和沿海地区文化的冲突。

"吃茶与国运"

他们对成都茶铺生意的兴隆感到十分不解，"成都是中国的一个城，然而成都是例外的。"1938年，刘盛亚在《文化长城》上发表《成都是"例外"吗？》的文章，便有非常的不适。"从遥远的异国跑回来"，刘盛亚写道，"怀着热烈的愿望来看视十年前自己所居住过的古城。最初我以为这个城市该有一点不同了，该进步一点了，然而我失了望。时间尽管不停地跑走，而这个城市是被时代所抛弃了。"

他看到成都"一小部分的人还没有醒过来……他们仍然像平时一样怎么去讲求饮食和服装，怎样才可以不费体力和脑力来消磨去一天又一天——甚至一辈子的时间。"应该说他这是有感而发,也反映了当时成都另一面,而且他这种观感也并非是他所独有。

同年一篇题为《战时成都社会动态》的文章,便批评成都居民对战争漠不关心,特别对两种"特殊人物",即成天打麻将和在茶铺里混时间的人,诟病甚深。作者认为坐茶馆是"道地成都人的闲心",虽也有人用茶铺做生意,但百分之五六十的人是"为吃茶而吃茶",那就是为何茶铺总是顾客盈门之原因。文章敦促那些"自私""麻木"的茶客们觉醒,关心国家的命运。

1941年上《华西晚报》上的一篇文章谴责所谓"成都现象":即像春熙路、总府街等热闹地区,有达十余所茶铺之多,而且从早到晚顾客盈门。作者批评一些"白相的人",坐在茶铺里无所事事,发现"成都茶馆变成了很不平凡的场合,女茶房与茶客公开打情骂俏,有特别的房间小费,有时甚至超过茶资四五倍。"

另一篇文章也指责,当物价飞涨之时,娱乐业则生意兴隆。当战时人们应该节约之时,则把时间和金钱浪费在消遣上。

1942年的《华西晚报》一篇题为《闲话蓉城》的文章指出,从这个城市的日常生活看,好像国家并非在战时,到处是装饰华丽的商店、拥挤的娱乐场所、熙熙攘攘的茶馆。人口的增加使这些服务业"如雨后春笋",难以想象这时国家正面临着危机。

另一篇文章更借用蒋介石的话称:"假使坐茶馆的人,把时间用在革命事业上,则中国革命早就成功了。"虽然我们也不知道这句话是蒋介石什么时候、在哪里、什么情况下所说的。

1943年《新民报晚刊》的一篇题为《显微镜下之成都市》的文章,批评成都市民在民族危亡、与日寇浴血奋战之时,仍然在茶馆和戏园悠闲地消磨时光。文章指责成都是一个"光怪陆离的社会"。

同一年周止颖《新成都》一书描述人们在茶馆中"谈古论今,议论社会,下棋赌赛,议评人物,刺探阴私,妄谈闺阁"。作者不禁问道:"天下竟有如许闲人,花了金钱,来干此闲事"?

1943年《新民报晚刊》发表一篇题为《马二先生创吃茶新纪录》的文章来讥讽茶客,说成都有许多茶铺有大量茶客,一些人在茶铺里待的时间过长,特别是夏天,有的一天可能三顾茶铺,就像著名小说《儒林外史》中的马二先生一样,因此人们叫他们是"成都的马二先生",认为他们比小说中的马二先生有过之无不及。

直到1945年,虽然抗战艰苦卓绝,批评之声不绝于耳,人们还是照常他们的茶馆生活。《新新新闻》上有文章说,"烟、酒、牌、茶,都很令人生趣,但却无益,社会上一般人都把它们认为是应酬必备。"现在是"抗战进入最后阶段,胜利在望,竟有人过着纸醉金迷的生活,令人痛心。"批评在大后方的人,"几乎十之八九忘乎其形了。家国存亡与他们的生活不曾有着关系",战时需要节约,"何苦把光阴消耗在茶楼酒肆呢?"

在这个时期,国家力图规范战时生活,从而引起了关于"吃茶与国运"的讨论，把坐茶馆与国家命运联系在一起，这样光顾茶馆便被定义为不爱国、不关心国家命运。

这种把吃茶与"国运"联系在一起的批评，既是当时的时髦，亦代表了政府和改良精英对茶馆的一贯态度。许多精英认为茶馆反映了人们的"惰性"，在茶馆中消磨时光，浪费生命。"吃茶"与"国运"本来是并不相干的两回事，便如此地在国家的话语霸权下被连接起来。

凭什么要把茶铺一棍子打死

为茶铺辩护

茶馆具有多功能，这些批评经常是攻其一点，不及其余，只看到人们的休闲，认为这是与爱国背道而驰的，却忽视茶馆对政治、社会、经济的其他作用。

一些人则试图为茶铺辩护。他们反驳那些认为在茶铺浪费金钱和时间的指责，宣称茶在各种饮料中最为便宜，也并非只有茶铺才是人们说三道四和散布谣言的地方。

他们承认茶铺存在诸多问题，也有必要限制其数量，实行营业登记，规定卫生标准，以及禁止赌博和上演"淫戏"等，但他们不赞同关闭茶馆的过激政策。还举出具体事例，来证明茶馆存在的必要性。

对茶馆最有力的辩护，可能算是署名"老乡"于1942年发表在《华西晚报》上的系列文章《谈成都人吃茶》。作者指出吃茶是成都人日常生活的一部分，"本身并不轻视它，也不重视它。

唯有经别人发现后，就认为了不得了。"

这里的"别人"，显然是指战时来川的外省人，透露出关于茶馆的争议也有地域文化的冲突夹杂其中。

他反驳那些在茶馆浪费时间的指控，以讥讽的口吻写道：

> 有的说：这于时间太不经济，大可不必。这种人都是大禹惜分者流，确可敬佩。不过这些人有时也露出马脚，去打牌，谈天，看戏，所消耗的时间比成都人吃茶还得多，更不经济。问题在于他个人的癖性与嗜好，不合于他的味道，则一概抹杀。

对于称茶馆为"魔窟"，学生在那里耽误了学习的批评，老乡指出："不能把一切坏的事实都归咎于茶馆"，建议搞教育的人应该考察为何学生喜欢去茶铺，并指出，"万事有利必有弊，总不见得见到社会上有坏人，便马上主张社会应该毁灭"。

他进一步说明，许多茶客都是普通人，甚至是穷人，喜欢在茶铺里度过闲暇时间，消除疲劳，见朋友，天南海北闲聊，"所谈无非宇宙之广，苍蝇之微；由亚里斯多德谈到女人的曲线，或从纽约的摩天楼，谈到安乐寺"。安乐寺是当时成都一个三教九流聚集的地方，著名的"人市"，即劳动力市场，也在此处。

一些人漫无目的地神聊，一些人做生意，一些人独坐读书，甚至人们在喝茶时得到灵感。作者甚至以外国为例来支持自己观点："法国的大文学家巴尔扎克曾饮外国茶和咖啡，而完成了他伟大的《人间喜剧》。"

作者进而愤慨地责问:"我辈吃闲茶,虽无大道成就,然亦不伤忠厚。未必不能从吃茶中悟得一番小道理。不赌博、不酗酒、不看戏、不嫖娼,吃一碗茶也是穷人最后一条路"。

看来这位"老乡",笔名虽然土气,应该是一位文人,但却为"穷人"代言,倒使那些攻击茶馆的人显得不通民情,这的确是一个非常好的以攻为守的手段。

"清谈误国"?

老乡还反驳所谓"清谈误国"的指责,认为这些批评者实际上也不过是"空谈",因为他们虽声称国家利益为重,但也不过是口里边嚷嚷而已,因为这些人也没有上前线打鬼子。

这位老乡看来是位论战中的高手,有意将那些对茶馆的批评置于绝对的境地:如果说"清谈误国"是正确的,那么"误国即卖国,卖国者虽不一定是汉奸,也可与汉奸差不了好远,一概应下牢狱。这种人所得到结果,则是说,凡坐茶馆吃茶者,都应处无期徒刑或死刑。这才真正叫作,天下本无事,庸人自扰之"。

老乡宣称,对那些"真正祸国殃民的那一些人,那一群人,他们根本就看不见,或看见了便王顾左右而言他。"讥讽这些批评者在战争爆发后,"带着一脸的西崽相,来到大后方",无所事事,他们并不敢挑战那些有权有势者,而把无权无势的茶馆和茶客作为靶子，以"无聊"、"误国"等语言进行攻击。

老乡以调侃的语调写道：他们可以"仿效希特勒，集天下之茶经而毁焚之"。言下之意，那些茶馆的批评者不过是无事生非、欺软怕恶，而且是崇洋媚外，所言虽然偏颇，但还真有点杀伤力。

老乡进一步问道："我们吃茶算罪过么？"成都有许多茶馆、茶园、茶楼、茶厅是有原因的。茶馆就是一个市场，人们在那里进行交易，解决纠纷。道路两旁的茶馆为行路人和外来的生意人提供了休息之地。这样，茶铺为人们提供了方便，他们去那里喝"早茶"、"午茶"和"晚茶"。"即使吃茶过瘾，化上两毛钱，也不算是过于浪费"。

文章问道，为什么在咖啡馆喝咖啡就是"时髦"，在茶铺喝茶就是"落伍"？这两种行为十分相似，这种抬高咖啡贬低茶的人是"过于势利"，暴露了这些人的"西崽气"。作者甚至宣称这篇文章便是在茶馆里撰写的：

> 如果今后新的公共场所建设，会人约朋，也可以少在茶馆里。我们不主张喊成都茶馆万岁……只消社会进步，有代替茶馆的所在出现，它定要衰落，甚至于不存在。不过，在今天，就是这个时候，还没有代替茶馆的地方出现，我们还是只好进茶馆，喝香片，休息，谈天，办事，会友，等等……一切的一切，按成都的老话，"口子上吃茶"。

最后的落款还专门注明"老乡写于茶楼上"。

吃闲茶

茶铺因为"清谈误国"为人们所诟病,这无非是那些攻击茶铺的人的一个借口而已。其实,小小老百姓能误国吗?那些误国者一般是不去坐茶铺的,因为他们要忙着"误国",当然是在见不得人的地方干着秘密的勾当。

嬉笑怒骂，皆成文章

这可算是我所读到的最全面、最积极地为茶馆和茶馆生活辩护的文章，真是嬉笑怒骂，淋漓尽致，理直气壮。虽然这种声音在当时精英知识分子中并不占主流，但却代表了大多数成都人对茶馆的看法，反映出对企图改变他们生活方式的一种反抗。

这篇文章也暴露了成都人与外来人之间的文化鸿沟。虽然像舒新城这样的早些时候来蓉的外来者对茶馆持积极的态度，然而老乡的文章也暗示了现今的批评者多为外来客。老乡认为，这些批判者在战争爆发后来到成都，持一种文化的优越感，不敢把矛头对准有钱有势者和政府，于是把成都茶馆文化作为了他们的靶子，把茶馆视为"无聊"和"误国"的祸缘。

他讽刺批评者有一副"西崽相"，似乎暗示只有那些拥抱西方文化者才会攻击茶馆，亦反映了自己对"他人"的一种反感，从一定程度上暴露了族群和地理的分野。

因此，战时关于茶馆的争论实际上远远超过茶馆生活本身，从这个争论中，表面上是因为茶馆问题，但我们看到了各种深层因素的冲突。

地域之争：即东南沿海与四川内地之争，暴露出地域文化间的隔阂，随着大量外省人来到成都，这种文化的冲突则更为剧烈。

文化之争：即海派文化和内地文化之争，当从东部来的精英把茶馆作为攻击的目标,争论在一定程度上成为内地川人与沿海"下江人"关于文化和生活方式评价的碰撞。

中西之争:即西化的生活方式和传统的生活方式之争,包括对时间和浪费时间的不同观念。

有权无权之争:即手中握有一定权力、代表国家话语的精英,向无权无势的芸芸众生施加文化霸权,而后者显现的不满和反抗。

精英文化与大众文化之争:从20世纪初便开始的反大众文化运动,便是以茶馆问题为突破口对大众文化进行打击。

国家文化和地方文化之争:国家文化利用国家权力,以一种进攻姿态和强势地位,迫使处于防守姿态和弱势地位的地方文化向文化的同一性方向发展,而这一过程必然引起"弱者的反抗"。

国家与地方之争:四川地处封闭的长江上游地区,在历史上有相当长的时期内便具有相对的独立性,直到抗战爆发前,中央政府才勉强把其纳入统辖的范围,但地方主义并未就此偃旗息鼓。

茶馆勇敢的捍卫者

关于茶馆的争论,其实说明了一个道理:经常有些事情,如果只是看表面,就会有误解和误判,而必须深入到其内部,才能有真正的懂得和理解。

值得注意的是,即使像老乡这样的茶馆及其文化勇敢的捍卫者,也显示了从他们的内心深处对所支持的茶馆和坐茶馆的生活方式仍然缺乏坚定的信心。虽然老乡竭力为茶馆辩护,但仍然相信最终新的公共场所将取代茶铺。

虽然他反复强调茶馆的功能,但似乎也同意茶馆是"旧"的东西,社会"进步"之后,茶馆终将消亡。他完全所料未及的是,在半个多世纪以后,社会的确已经有了巨大进步,甚至可以说是翻天覆地的变化,看起来可以轻易把茶馆取代的新公共空间层出不穷,中国传统中的许多东西都永远消失了,但成都的茶馆不但没有消亡,反而繁荣到了史无前例的地步。

当1942年老乡写这篇文章的时候,成都大约有600多家茶铺,但是在已经现代化的成都,2018年成都茶馆已经达到9000多家。虽然这固然有成都地域扩大、人口大大增加的因素,但是茶馆继续繁荣,却是这位为茶馆竭力辩护的老乡也完全没有预料到的结果。

颠沛流离的文人在茶铺中找到了一点慰藉

作家战时的记忆

历史学家的写作应该是站在所研究的对象之外，不能让自己的情感左右历史写作。然而文学家却没有这样的限制，他们可以自由地在自己的作品中表达自己的情感。因此，他们留下了关于成都茶铺更多的记录，无论是虚构的，还是非虚构的。

著名作家何满子系江南人，他回忆："茶馆之盛，少时以为当属江南为最；稍长，到了一次扬州，才知道更盛于江南；及至抗日战争时期到了成都，始叹天下茶馆之盛，其在西蜀乎！"

作为一个读书人，青年何满子没有勇气光顾其他城市的茶馆，但是抗战期间他在成都时，却再无此顾虑，上层和下层人坐在同一屋檐下也并不感觉不妥。

何满子除了战时在成都以及反右后被发配西北几年，他一生几乎都在江南度过，但成都茶铺却是他常写的主题之一，生动记录了他在成都茶铺中的经历和观察。

实际上，何满子不过是许多对成都茶铺情有独钟的外乡人之一，他们深受成都丰富的茶馆文化之感染，哪怕是短暂的茶馆经历，也给他们留下了无穷的回忆和无限遐想。

小说家张恨水在他的《蓉行杂感》中，写下了 1940 年代他在成都的经历，深刻感受到茶铺之于成都的重要意义：

> 北平任何一个十字街口，必有一间油盐杂货铺（兼菜摊），一家粮食店，一家煤店。而在成都不是这样，是一家很大的茶馆，代替了一切。我们可知蓉城人士之上茶馆，其需要有胜于油盐小菜与米和煤者。
>
> 茶馆是可与古董齐看的铺，不怎么样高的屋檐，不怎么白的夹壁，不怎么粗的柱子，若是晚间，更加上不怎么亮的灯火（电灯与油灯同），矮矮的黑木桌子（不是漆的），大大的黄旧竹椅，一切布置的情调是那样地古老。在坐惯了摩登咖啡馆的人，或者会望望然后去之。可是，我们就自绝早到晚间都看到这里椅子上坐着有人，各人面前放一盖碗茶，陶然自得，毫无倦意。有时，茶馆里坐得席无余地，好像一个很大的盛会。其实，各人也不过是对着那一盖碗茶而已。

作为一个外来人，他为成都人勾画了一个准确生动的轮廓，抓住了成都人日常生活最突出的特点。从他的描述，我们可以想象茶铺里简陋而热闹的气氛。

左翼作家萧军 1938 年到成都，吃惊于茶铺之多，便无不夸张地感叹道:"江南十步杨柳,成都十步茶馆"。

曾经留学法国的国民党元老吴稚辉在1939年也称:"成都茶馆之多,有如巴黎的咖啡馆。"

1943年,黄裳从川北入蜀,到了成都,对四川及成都茶铺盛况,十分感慨:

> 一路入蜀,在广元开始看见了茶馆,我在郊外等车,一个人泡了一碗茶坐在路边的茶座上,对面是一片远山,真是相看两不厌,令人有些悠然意远。后来入川愈深,茶馆也愈来愈多。到成都,可以说是登峰造极了。成都有那么多条街,几乎每条街都有两三家茶楼,楼里的人总是满满的。大些的茶楼如春熙路上玉带桥边的几家,都可以坐上几百人。开水茶壶飞来飞去,总有几十把,热闹可想。这种宏大的规模,恐怕不是别的地方可比的。

成都的茶铺给外来人留下了十分美好的印象。他们对成都茶馆的描述多感慨其呈现的"平民化",这里虽然是"茶社无街无之",但不像上海和广东的茶馆那么堂皇。

"成都茶馆最伟大"

1943年,一个文人在《新民报晚刊》发表了一篇题为《关于茶馆》的有趣文章,描述了他在各地茶馆的不同经历。作者不是四川人,小时候他父母不准他进茶馆,因为那是"下流社会"像鸦片烟鬼和赌棍这些人待的地方,即使他站在门外看里面的表演,父母也要把他狠揍一顿。因此,虽然他对茶馆很好奇,但在18岁离开家乡到武汉之前从未进去过。

在武汉,茶馆的茶客也多是三教九流,他在那里学会了赌博、讲下流话等恶习,成为远近闻名的"恶少"。后来他改邪归正,到过许多地方,便很少再光顾茶馆。不过在上海和南京,茶馆舞台上的漂亮歌女和台下衣冠楚楚的观众,给他印象颇深。抗战爆发后他到了四川,头五年在重庆,"有几百个夜晚"都消磨于谑称为"外国茶馆"的咖啡座中。

最后他来到成都,发现这里的茶铺给各阶层的顾客提供了一个舒服的环境,是当时"以五元的代价,消磨半天以上的时间"的唯一去处,因而感叹地写道:"成都茶馆最伟大,真足甲观寰中"。不过他也发现,成都茶馆"一是太闹,二是座位不舒服,"希望茶馆座位舒服点,桌子间距离大点,噪音小点。

作家黄裳也将四川茶馆与其他地区进行了比较:

> 四川的茶馆,实在是不平凡的地方。普通讲到茶馆,似乎不觉得怎样稀奇,上海,苏州,北平的中山公园……就都有的。然而这些如果与四川的茶馆相比,总不免有小巫之感。而且茶客的品流也很有区别。坐在北平中山公园的大槐树下吃茶,总非雅人如钱玄同先生不可罢?我们很难想象穿短装

的朋友坐在精致的藤椅子上品茗。苏州的茶馆呢，里边差不多全是手提鸟笼，头戴瓜皮小帽的茶客，在丰子恺先生的漫画中，就曾经出现过这种人物。总之，他们差不多全是有闲阶级，以茶馆为消闲遣日的所在地。四川则不然。在茶馆里可以找到社会上各色人物。警察与挑夫同座，而隔壁则是西服革履的朋友。大学生借这里做自修室，生意人借这儿做交易所，真是，其为用也，不亦大乎！

这些作者有着相异的政治、经济、社会、文化背景，观察的角度也各有不同，但他们对成都茶馆生活的印象和感受却非常相似。都认为成都茶馆之多，其茶馆文化之独特，茶铺服务之大众化，接纳各阶层顾客之包容性，人们在茶铺里所待的时间之长，茶铺与居民日常生活联系之紧密，是其他任何中国城市所难以比拟的。

的确，与其他城市相较，成都茶馆显得很"平民化"，阶级畛域并不十分突出，一般的外地人有如此印象亦不足为怪。其实，成都茶馆并不像人们表面上看起来那么平等，不可避免地打下了那个时代和阶级的烙印。如果我们深入到它们的内部，就会观察到里面复杂的阶级关系、矛盾冲突和生存竞争。

各有所爱

作家、学者和其他知识分子也有他们喜爱的茶铺，如商业场的二泉茶楼、少城公园的浓荫、绿天、鹤鸣等茶铺。浓荫茶社安静，人们爱去那里下棋，所以又有"棋艺茶社"之称。

学校校长和老师爱去该公园的鹤鸣茶社，在每年阴历六月和腊月教师去那里找工作、续聘书，由于教职竞争激烈，所以有"六腊之战"的说法。

一首竹枝词描述了教师怎样利用茶铺找代课的工作：

> 酒店茶房稳寄身，
> 不分午夜与清晨。
> 老师变作漩皮鬼，
> 替代天天找熟人。

据何满子回忆，抗战时期他在成都为报纸编副刊，成都文人有其特定相聚的茶馆，他就在那里与作者碰头，约稿或取稿，既节约时间又省邮资。

电影明星一般在三益公吃茶，而记者却到濯江茶馆聚会，小花园茶社和三益公都是川剧艺人的聚会地，京戏演员则到第一茶楼，但是京戏票友则在走马街的祥光茶馆碰头。茶铺还有族群的分野，穆斯林到他们街区附近的茶铺，如贡院街的吟啸楼、东御街的东坡亭、三桥南街的荣乐轩等。

2004年初在美国加州伯克利大学的一次学术讨论会后，在伯克利大学附近的一个中餐馆吃晚饭的时候，与中国社会科学院近代史研究所耿云志先生，提到著名学者、前《历史研究》主编黎树先生，抗战时期黎先生在成都一家报纸当编辑，他的许多文章都是在茶铺里写的。在场的复旦大学朱维铮教授也告诉我，战时复旦大学迁到重庆，因为宿舍条件差，学生都喜欢到茶铺读书做作业。

战乱中的人们还存在信任

闲忙之间

胡天在其 1938 年的《成都导游》和易君左在其 1943 年的《锦城七日记》中,提供了关于茶客的两个非常有用的词汇:"有闲阶级"和"有忙阶级"。

这两个词囊括了到茶馆中的大多数茶客。"有闲阶级"可能包括文人儒生、城居地主、退休官员、财主寓公等各类中产以上阶级。

而"有忙阶级"涉及更广,可能包括四种人:一是以茶馆为舞台者,像讲评书、演地方戏和曲艺的艺人;二是以茶馆作为生意场所,如商人、算命先生、江湖郎中及手工工人等;三是以茶馆为工场和市场,如工匠、小商小贩和待雇的苦力等;四是在茶馆里会客、议事的官员和文人等。

当然,"闲人"、"忙人"并非是社会阶层的划分,角色可以相互转化。例如,"有闲"的人并非都是富人,一个苦力找不到工作无所事事,也可以是一个"闲人";一个富商在茶馆里做交易,也可以是一个"忙人"。

不过,应当意识到,"有闲阶级"和"有忙阶级"的概念十分松散,并非严格的阶级划分。虽然我们常用"有闲阶级"形容那些没有正经工作和享受生活的人,但他们并不是一个独立阶级而且可以有不同的经济背景。在中国城市里,无所事事的富人和穷人通常都被称为"闲人"。不过,这两个词的确代表了聚集在茶馆里的这两类人。无论经济背景和社会地位如何,他们都共同分享这样一个公共空间。

四类茶客

一个地方文人归纳了成都有四类茶客,首先便是"吃闲茶"的人,其他三类是"做生意的"、"吃讲茶的"和"特别性质的"。所谓"特别性质的",就包括袍哥、媒人、流氓、娼妓等。

"吃闲茶"的人,一般是在春熙路、商业场、少城公园、复兴门外等区域的大茶馆。春熙路和商业场店铺众多,许多中产及以上家庭的妇女到这里购物。

茶铺不仅用来休闲,也是最好的社交场所。人们喜欢利用茶铺作为社交场所是与他们的居住环境相关,人们去茶铺追求热闹的气氛,穷人的住所狭小简陋,只好到茶铺会客。而且,穷人也支付不起高档的娱乐,那么茶铺便成为他们的唯一去处。一些茶客可以说上茶铺成了"瘾",如果他们不去茶铺,就真像丢了魂一般。

所以有人在1940年代的《华西晚报》上写道:"'闲来无事把茶喝'是有风味的。可是,'有事在××茶馆会'差不多已成了目前成都的中下级人士的习惯。"

有人讽刺道,许多来茶铺喝茶的顾客并非真的喝茶,无非是来打望女人,一饱眼福。

在那些雇女招待的茶铺里,许多顾客也醉翁之意不在酒,无非是想同女茶房吊吊膀子,因此到这些茶铺的人经常被认为是"浮浪子弟"。不过,这也未免太以偏概全。实际上,抗战时期女茶房很普遍,各种茶铺都有,为来自各行业各阶层的茶客服务。

对那些有家室的人,茶铺则还有另外的妙用,它是家庭矛盾的一个缓冲地带,或防止家庭矛盾激化的一个"避风港"。如一个男人与太太吵了架,"一气之下到茶馆坐上半天,碰着几个朋友谈谈或是租一两份报纸读读,此刻已经心旷神怡,情绪平和"。

1943年出版的《新成都》的作者周止颖,虽然抱怨人们在茶铺里浪费时间,但是他也承认劳动阶级"终日忙碌",不工作的时候,茶铺便是"唯一消遣场合",以"调节身心,修养体力,所以"对此劳动者,倒也未可菲薄耶"。而且许多劳工通过茶铺找工作,对他们来说,茶铺不仅是一个休闲处,而且是一个劳务市场。

因此,不能用精英的视角和思维方式去对下层民众进行价值判断,而应该试图站在他们的地位去理解他们的选择。如果这样做的话，我们或许会发现，下层民众的选择并不是像我们过去所想象的那样是非理性的。

建立社交圈

在民间，民众经常可以自己建立一套行之有效的信任系统，这种信任系统不是通过法律的，而是情感、习惯和道德的规范。

一些茶铺与顾客建立了一个相互信任的关系，允许顾客先赊账，以后再付茶钱。1940年代初，为了在日机轰炸时更快疏散城内居民，南城墙被挖了一个大洞，建了一座桥在府南河上，连接南北岸。这时的府南河清澈见底，鱼虾成群。南门外的田野黄色油菜花盛开，招蜂引蝶。有人在桥的南头，搭了一个简陋的棚子，开了一家小茶铺，只有三四张桌子，不到二十把椅子。

虽然小但口岸好，外加景色美丽，江面、桥、田地、树荫等浑然一体，因此生意兴隆。客人饿了还可以在茶铺买面打发肚子，所以人们可以在那里待一整天。这个茶铺很快成为高中生和大学生的聚集地，老板很善待穷学生，如果没有钱可以记账，以后有钱再付。账写在墙上的一个小黑板上，名字旁写"正"字，每个"正"字代表5碗茶。账清后名字即擦去。

茶铺中形成了一些习惯，人们在茶铺里形成因茶聚会的团体，称"茶轮"，一般是二三十个朋友、熟人或同行，定期在一个茶铺碰面，轮流坐庄付茶钱。这些茶铺，特别是城外乡场上的茶铺，在墙上的木板上写着参加者的名字。

这些小集团建立起紧密的社会网络，可以在经济、社会生活甚至政治活动上相互帮助或支持。他们可以交换关于生意、政府政策、地方新闻等信息，如果某成员有了麻烦，也首先向成员内部寻求支持。

沙汀的北斗镇

如果文学家的写作是依据他个人的调查和经历，哪怕其中存在再创作，也是可以认为是一种历史记录，特别是我们历史学家拒绝对日常生活进行记录的时候。

1940年代初，沙汀写了乡土小说《淘金记》，生动描写了成都附近一个乡场的茶馆生活，可以说基本上也是老成都下层茶铺的写照：

> 有着上等职业和没有所谓职业的杂色人等，他们也有自己的工作日程，而那第一个精彩节目，是上茶铺。他们要在那里讲生意，交换意见，探听各种各样的新闻。他们有时候的谈话，是并无目的的，淡而无味的和繁琐的。但这是旁观者的看法。当事人的观感并不如此，他们正要凭借它来经营自己的精神生活，并找出现实的利益来。

他所描写的北斗镇很小，只有一条街，还有两条被称为"尿巷子"的窄巷，两边都是粪坑、尿桶、尿缸，但即使是这样一个小乡场，竟然有八九家茶铺，赶场天甚至增加到十多个，因为有些茶铺只有赶场天才开门营业。

每个茶铺都有自己的固定茶客，这个划分是由社会地位、个人关系及其他利益所决定的，"所以时间一到，就像一座座对号入座的剧院一样，各人都到自己熟识的地方喝茶去了。"

当一个人情绪不好，他一般都到茶铺。正如沙汀所描述的一个地方士绅，"他懒懒地走上畅和轩的阶沿，懒懒地对付着茶客们的招呼。而且，坐定之后，仿佛故意要避开与人接谈，实则是想赶走那些残余的不大愉快的想头，他吩咐堂倌去找老骆来替他挖耳，借此派遣一下心里的闷气。"

小说的背景是 1939 年，写于 1941 年。茶馆生活在整个成都平原都十分重要，实际上住在成都平原乡场上的人们像成都人一样依靠茶馆，农民也经常去茶铺喝茶。

从一定程度上看，农民可能比城里人更需要茶馆。成都平原的农民不像其他地区农民居住在村庄里，他们散居在靠近耕地的地方，平时缺乏社区生活。他们经常到乡场进行交易，赶场天也是他们会友、找乐子的时候，茶铺便是他们最经常去的地方。1940 年代对成都平原茶馆进行调查的社会学者王庆源称，他曾与许多农民交谈。他们说，很难想象，如果没有了茶馆，他们的生活会怎样。

小商业是城市经济的支柱

"湖海客来谈贸易"

作为小本生意的茶铺,经营资金不多,店堂可大可小,雇员可多可少,大多营收微薄,但进退灵活,故能在严峻的条件下生存。茶铺的经营者不少是介于贫穷与小康间的小商人,当提到茶铺时,"小本生意"或"小本商业"这个词在官方文件、地方报纸、日常交谈中频繁出现。

那些资金雄厚,店堂宽敞,可同时服务几百茶客,收入可观的茶铺,在整个成都茶馆业中仅占很小一部分。茶馆作为一个社会经济单位是非常成功的,它们有独特的生存途径,而且在小商业的激烈竞争中能立于不败之地。

茶馆扮演着一个市场的角色,有资料称成都各行各业百分之七八十都在茶馆洽谈生意。一副对联描述了茶馆与商界的密切关系:

湖海客来谈贸易，

缙绅人士话唐虞。

博行的《茶馆宣传的理论与实际》(《服务月刊》，1941年)便描述了茶铺中"人群齐集"，所以成为很方便的"货物交易之所"：

> 公私业务之谈判，各种行情调查，千头万绪，五花八门，往往一事涉及数人，一人兼治数事，一事几经磋商，一人数度往返，于茶馆中进行，可收事半功倍之效。人人可往，事事可往，时时可往，促膝倾谈，讨论物价，问题予以解决，贸易予以成交。

一些行业有它们自己的茶铺，同行都在那里碰面。正如胡天的《成都导游》所称："商人之茶馆，多以业而别，绸商有绸商茶馆，纱商有纱商茶馆，甚至车夫、旧货担、粪夫，也各有其茶馆。"

有些人甚至说得更极端："任何行业都脱离不了茶馆"。这个说法可能有点夸张，但显示了茶铺对地方商业的重要性。

专业化的茶铺

一些行业不止一家茶铺，有的茶铺则同时为若干行业服务。例如，安乐寺茶社是经营西药、酱油、粮油、文具等商人的聚会处，悦来场的品香茶铺则为木材和建筑行业商人以及走私鸦片的袍哥

街头市场

狭窄的街上,熙熙攘攘,买菜摆摊,理所当然,给居民也带来许多方便。那个时候,没有城管,所以这些摊主不用担心摊子被掀翻,蔬菜被踩烂。街两边就是铺面房,门板既是墙,也是门。早上下了门板,就算开门营业;晚上打烊的时候,就把门板装上去。虽然没有如今的卷帘门方便,但是却有相当的灵活性,想下几幅门板,可以随意。生意太好了,就只下一个门板,人们在外面排着队,只从一个门缝里卖东西,既避免了混乱,也特别地安全。

所青睐，华华茶厅则是茶叶和洋纱的交易处。

一般来讲，商人们喜欢去那些处于交通要道例如在码头、城门附近的茶铺，因为这样他们不用跑很远去做生意。还有，工匠、店员们乐意到在其会馆、工场、店铺附近的茶铺。在一些专业市场附近的茶铺也自然而然成为某行业的聚会地，例如，米商在东、西、南、北门的米市附近的茶铺做交易。

饭馆和其他服务行业的工人散布全城，他们一般到商业密集地方的茶铺。虽然也有商人在下午和晚上做生意，但大多数交易都在上午 8 点到 11 点之间在茶铺里完成。

据社会学者王庆源 1944 年对成都平原茶铺的调查，许多卖水烟者随着赶场期从一个场镇到另一个场镇，犹如美国人类学家施坚雅（G. William Skinner）所描述的成都平原上流动的商贩。

在乡场上的茶铺，主要顾客是赶场天买卖东西和休息的农民，他们先到乡场上买卖东西，然后到茶铺里边去，会朋友或休息休息，然后才回家。花上一元钱他们可以吸上十几口烟。

一个普通茶客在茶铺里得到"取资不多"的娱乐，他们除了买一碗茶，不用另买票听唱。观众根据对这些艺人的好恶，给这些"流浪的艺术家"一些小钱。因此，那些劳工阶层只需付几角钱，便可以在茶铺看演唱和品茶，既解除了疲乏，亦得到了娱乐。后来价格上涨，但在 1943 年喝茶听评书也只需要花 1 元。

相反，去戏园者则需多付几元，但仍被认为是最便宜的休闲。例如，《华西晚报》1941 年的报道，一碗茶两角，加上扬琴则 4

谈生意

茶铺就是一个名副其实的市场,商人和小贩可以在这里谈生意,做交易,甚至就直接在茶铺里面买卖货物。所以,过去人们认为,茶铺只是一个休闲空间,那是远远低估了茶铺的功能。

到 5 角。

1942年老乡写文章为茶馆辩护时指出,虽然"那些游手好闲,无所事事人,一天到晚在茶馆里把时间打发",不过"他们这些人的数字,决不能比交涉事而吃茶的多"。就是说,更多的人在茶馆里是有正事要办理的,如谈事、谈生意、聚会、社交等等,当然还有休闲和娱乐。

劳动力市场

茶馆也是一个劳动力市场,许多人在茶馆等候雇佣,其中许多是来自农村的季节性自由劳动力。一般来讲,同类雇工总是聚集在同一茶馆,这样雇主很容易找到他们需要的帮手。

例如,扛夫(当地人称"背子")一般聚在锣锅巷和磨子桥的茶馆,无论何时,随喊随到,非常方便。据传教士徐维理(William Sewell)回忆,当他夫人准备雇一个保姆时,她的中国朋友提议她去"南门外的茶铺,每天早晨,许多女人都在那里待雇"。可见,20世纪20年代,女人和男人一样都把茶馆作为寻找工作的劳力市场。

茶馆里聚集着"各行各业的人"。很多手艺人在茶馆找生活,为茶客修理日常用品。在一本由加拿大传教士编辑出版的关于中国西部教会学校的书中,有一张成都茶馆的老照片。图中老少男女几个茶客围坐一个矮小茶桌,喝茶谈笑,一旁一个穿破旧衣服的手工工人坐在一只小板凳上，修补什么东西。显然，他不是在那里饮茶或要参加谈话。虽然我不能肯定，但极有可能他正在修鞋。

算命先生常在茶馆里为人预测吉凶。修脚师和剃头匠，不顾卫生条例，也在茶馆里提供服务。

茶馆里最有趣的职业是挖耳师傅，他们用十余种不同的工具掏、挖、刮、搔等，使顾客进入一种难以言喻的舒服境界。通常他们的顾客并不一定想要清洁耳朵，只是寻求掏耳过程中的这种感觉。

穷人也有茶铺里休闲的权利

"人以群分"

茶铺里自然形成的职业、身份、阶层、地域、社区、邻里等分野,在我看来并非是茶铺的排他性使然,反而显示了茶铺的包容性,也即是说可以以类似的设施为各种人各种目的服务。

其实,在任何社会中,都是"人以群分",事实上也不存在所谓对任何人都有同样感觉或享同样权利的公共空间。相同的职业、身份、阶层、地域、社区、邻里等人在一起更有认同感,人们更感放松,有更多共同语言、共同兴趣。

其实任何一个不在乎这些畛域的人,可以很容易打破这些界限,到任何他们愿意去的茶铺,茶铺一般也不会把他们拒之门外。

除了经济功能,茶铺还作为各种社会组织或社会团体的总部或聚会地,扮演着更重要的社会角色。许多社会组织既无经费又无会址,便把茶铺作为他们的聚会地。它们一般在茶铺门前挂一个牌子,上书组织的名称。

例如中山公园的茶铺外面挂十几个木排，上书各个同乡会的名字，包括富顺县旅省同乡会、屏山县旅省同乡会等。

它们还利用茶铺进行集资和其他活动，如民国初年建平社在万春茶园成立，演出新剧，政府以其提供"社会教育"而允许只付一半租金。

中国红十字会华阳分会筹集资金建立医院，也得到允许使用万春茶园，免交两个月租金，之后租金只需付一半。

"相对的平等"

人们可以看到不同阶级的人们在成都茶铺自由地共同使用公共空间，因此有人相信，成都茶铺的"优点"之一是"相对的平等"。各种人物在那里会友、做生意、闲聊、休息、打望行人、娱乐等。实际上茶铺并非人们想象的那样平等，如果我们仔细考察，便可以看到阶级分野，即使它们不像其他地区的茶馆那么明显。

按照胡天在其《成都导游》中的说法，有的茶铺是根据顾客的社会身份来划分的。《新成都》的作者周芷颖也指出，那些如在少城公园的茶铺、春熙路的正娱花园等上等茶铺，地板整洁，桌子干净，空气新鲜，"来往的人也比较上流"。

而那些在"冷街僻巷"的茶铺，则"形式简陋，多临街觅一铺户营业，排列矮椅矮桌，专供一般推车抬轿，劳动阶级者"。

当然也有接待"贤愚不等",包容各色人等的茶铺。

此君的《成都的茶馆》(《华西晚报》,1942年)进一步肯定了阶级划分,称简陋的茶铺是为下层人开办,一般坐落在贫困区,远离主街,只有几百元的资本,十几张桌子,几十把竹椅。

相反,在商业区和风景区的茶铺则主要服务中产和中产以上的客人,这些茶铺资金雄厚,可达三四千元到两万元,有经济实力购置高档器具,店面装饰讲究,铺玻璃板的桌面,舒服的马扎椅,茶碗一般都是景德镇的瓷器。

其实,《成都市政府工商档案》的文献也证明了这一点。1940年代,茶社业公会把全市618家茶馆分为四等,甲等33家,乙等348家,丙等150家,丁等87家。由此可见,乙等茶馆占一半以上,如果加上丙等,占茶馆总数的81%(498家)。

这些数字显示,最高档和最低档的茶馆在总数中只占小部分,而中等茶馆服务范围宽泛,可任意上下延伸,为各阶层服务,这可能也是为什么人们不容易看到成都茶铺阶级畛域之原因。

甲等茶馆一般在公园和繁荣区,例如仅少城公园,甲等茶馆便有6家,中山公园3家,春熙路、总府街、商业场一带有10家。

我们不清楚茶铺等级是怎样划分的,不过,1940年茶社业公会的会员名单列有各茶铺的资本数,与之进行比较,我们可以发现资本应该是标准之一。

上述33家甲等茶铺,有15家在这个1940年的会员名单上。这15家中,7家有1000元或以上(最高2500元),其余是400

至 800 元。这 15 家茶铺的总资本是 17200 元，平均 1100 多元。

在少城公园，两家甲等茶铺枕流和鹤鸣各有 2000 元和 2500 元资金，而当时大多数茶铺仅有 300—500 元。

"以貌取人"

成都茶铺的堂倌一般都是十分殷勤，服务周到，当然也不时有抱怨之声。有人在 1941 年 9 月的《华西晚报》上描写了自己在茶铺的经历，对堂倌以貌取人很不满：他有次穿短衣到悦来茶园看戏，堂倌并不给他打招呼。他低声下气地问是否还有票，堂倌从头到脚把他打量一番，回答说票已售完。

然而，这时一些穿长衫的人来到，还有打扮入时的太太陪同，进入茶铺直接便去了前排最贵的座位，堂倌赶忙上去打招呼，并从兜里掏出票来。在过去成都，有点身份的人都穿长衫，劳工则着短衣，该文作者因为穿短衣，便受到堂倌的怠慢，这个事例从另一个角度证明茶馆中阶级或身份分野的存在。

茶馆里的贫富也是区分得很清楚的。乞丐在那里也经常出没，使我们从另一个角度看到茶铺里的阶级畛域。巴波回忆道，茶铺乞讨有多种手段，一些乞丐甚至在那里卖"凉风"，即给顾客打扇挣钱，这实际上是一种变相乞讨。在炎热的夏季，当一个乞丐不请自来给一个茶客打扇，如果那茶客觉得舒服而且心情不错，他会赏给乞丐几个小钱。

有的乞丐则不语一言,只是把手伸着,有的却跪在地下祈求,更多的乞丐在茶铺唱莲花闹,打竹板等,以娱乐求得赏钱。

1944年有人在《新民报晚刊》写了一篇题为《茶馆观丐》的文章,总结茶铺乞讨的几个方式,即"强迫式"、"哀求式"、"不语式"等。

不过,他描写了一个给他印象最深的老乞丐是"滑稽扯谎式"。那乞丐说,"先生!我是唱书的,嗓子哑了,所以才讨钱,这是第一天,经理!"

这个乞丐很聪明地叫每一个人"经理",这样保证不会得罪人,哪怕那人不是经理,也无伤和气。他说:"经理!你做这样大的事,还在乎这几块钱?"

他还故意扯明显的谎:"我从来不乱要钱,那回你在颐园、正娱花园,我都没有向你要过啊!"

作者很佩服那乞丐的睿智,虽然他是在扯显而易见的谎,但拍人马屁不露声色,可以使人感到很受用。在这个例子中,乞丐暗示所乞讨的对象是上等社会中人,因为宣称先前在高档的颐园和正娱花园看到过他。即使那乞丐是在胡诌,也决不会因此得罪那个茶客。

水夫的困境

茶铺也会发生各种矛盾,这个矛盾可以是茶铺内部,也可能发生在茶铺雇工与其他行业或者城市管理机构。

保甲长也会给茶馆的水夫带来麻烦。据《成都市政府工商档案》的记载,1940年,25个挑水夫报告他们被保长欺压。从三年前复兴门开通后,他们便从建国南街的桥下取水。但是从这年开始,保长兼袍哥大爷赵策勋强迫每车过城门时交钱3分,32辆车每天通过10次,那么赵共勒索9.60元。40天后,水夫联合起来拒付买路钱。

赵非常恼怒,向政府报称水夫们阻碍交通,损坏路面,导致政府令水夫们到大南海庙街前面的河段取水,但该地比原距离远了十倍,而且街道狭窄,挡住了行人。水夫们揭发赵滥用权力,请求政府准许回原地取水。工会调查后确认了水夫们的说法,常务理事凌国正要求政府惩办赵。

市政府调查后,确认在三个月时间里,赵共收取了四五十元,但他用这个钱修路和维护河岸。有意思的是,政府在报告中严厉指责工会:"该工会言语荒谬,呈报上峰,又侦得该联名二十五人中,刘玉全、杨先华称,告赵保长,本人概不知道,不知何人盗名,妄自告发。此举系二三人有意从中煽动无疑矣!"

我们不知道是否赵挪用了所收的费,但水夫必须付买路钱却是肯定的,当他们拒绝付这笔钱,则必须到更远的地方取水。从这个报告,调查者显然是站在赵一边,并没有解决水夫取水的问题。当然这个问题并不是孤立的,茶馆与周围居民关于使用公共空间问题上,不时发生这样那样的矛盾。

为水夫出头

每个群体都需要自己的代言人,没有所谓代表一切阶层的组织和政党。当自己的利益受损的时候,只有代表自己的那个组织——在传统社会,都是自发的组织——才能为他们说话。

茶社业公会和工会就警察滥用职权,联合向成都市政府提交一份报告,这个报告存在《成都市政府工商档案》中。其起因是某天下午,干树荣挑着一担水通过老东门城门时,城门的守卫按"惯例"强迫他用桶里的水洒街,干请求警察让他通过,因为茶馆急用水,那守卫大怒,不仅扇了他两耳光,还把他弄到警局拘留了四个小时。

据这个联合报告,老东门的守卫警察每天都强迫茶馆的水夫为他们洒街防尘,浪费了大量时间,影响了茶馆生意。公会和工会为此收到许多请愿,希望政府体恤民情。从档案中我发现一个简短的批文:"警局酌办",但最后具体怎么解决的并不清楚。从这个案例,我们可见水夫所处的任人欺凌的可怜境地。

像工人和学生这样的社会集团也经常在茶馆制造事端。成都的大工厂不多,虽然工人们不像大多数其他成都人那样时间比较自由,但在下班后、周末或节假日仍然经常去坐茶馆。他们也以茶馆为聚会和社交地,有时会在茶馆发生冲突。

《成都市商会档案》记录了这样的事件:1941年1月,东园茶社主人向茶社业公会报告一伙工厂工人损坏茶馆财产：某天下午，附近一个工厂的几百个工人涌进茶馆，叫了365碗茶。不知什么原因，一个争吵演变成一场混战，工人们扔茶碗，砸椅子，然后一哄而散。茶馆损失巨大。茶社主人希望公会出面，要求肇事人员赔偿损失。

堂倌经常是茶馆暴力的直接受害者。下面也是《成都市政府工商档案》中的故事：1943年8月的一天，几个"流痞"在不二茶楼点了茶，告诉堂倌吕清荣一会儿付账，但吃完茶他们便溜走了。

第二天，这几个人如法炮制，吕追出去要钱。但这几个人称吕使他们在公众前丢了面子，不仅不付钱，还将他身上打得青一块紫一块，当路人力图阻止他们的暴行时，其中一人竟然朝天开枪进行恐吓。那些认识吕的人都说他一个"素行本仆，深得主人信任，以致工作数年，毫未与顾客生过纠纷。"

工会向市政府请求公正。地痞称吕先抢了他们的子弹和钱，工会反驳道："吕清荣乃一茶馆堂倌，何敢在众目睽睽之下"进行抢劫？显然是"托词欺诈"。在调查之后，工会确认事件是由地痞所造成的，"身藏枪械，合同流痞，持枪威吓本会职员"。

工会要求警察立即验伤，起诉行凶者。市政府对这个请愿反应很快，市长令"查此案以向法院起诉"。这个事件也揭示了堂倌的艰难处境，如果他们设法保护自己利益，他们可能冒着被伤害甚至丢命的危险。

"惊人大惨剧"

当国家对军队缺乏或者无力进行严格的约束,对一个社会和国家将是灾难性的,国家和人民必须为此付出沉重的代价。

战时大量军人潮水般涌进成都,造成了社会混乱,警察也无力控制。当国家依靠军人在前方与日寇浴血奋战,而一些在后方的军人则利用他们在战时的特殊地位,欺压民众,横行霸道。

1938年5月22日,成都书院南街平民剧院发生"惊人大惨剧"。据《成都快报》报道,几个士兵从剧院的楼厢上,向舞台扔了两颗手榴弹,现场顿时血肉横飞,炸死八个坐在前排者,伤三四十人,正如该报所说:这样的事件是"近数年来之罕见之奇闻"。

这些死伤的观众来自各个行业和社会阶层,但我们缺乏具体资料进行分析。不过,一些记录还是透露了一些信息。八个坐在前排的死者,其中五名死者的身份得到证实,地方报纸报道了他们的姓名、性别、住址、职业等情况。其中三名是妇女,一位是电报局职员的妻子,一个是低层官员的妻子,第三个不详。两个男死者,一是糖果店老板,一个"现营收荒业",具体是下层的收荒匠还是开收荒铺子的小生意人不清楚。

据调查,惨案的起因不过是因守门与士兵的争执。由于四个士兵只有三张票,要强行进入剧院。守门试图阻止他们,引起争执,然后宪兵介入，两个士兵被羁押，跑掉的两人一会儿带来八九十个士兵到场，此时演出正在进行，他们殴打维持秩序的宪兵，夺了他们的武器。

剧场一片混乱，人们夺路而逃，这时士兵竟然向舞台扔手榴弹。地方政府逮捕了肇事者，但也指责剧场经理处理不当。据第二天发布的报告，当四个士兵在门口出示三张票，告诉守门他们是"出征将士"，要求特殊照顾。守门不仅粗暴拒绝，而且还打伤一名士兵。

这个报告的真实性值得怀疑，因为很难想象在当时的情况下，地位卑微的守门胆敢出手打军人。当时抗战刚开始，虽然政府许诺要严惩肇事者，显然并不想因此损害军人的形象，还得依靠他们上前线打仗。政府也可能希望能向所有戏园传递一个信息，在任何情况下，不要激怒士兵，否则自己遭殃不说，政府对这些问题的处理也十分棘手。

妇女遭受着国家和社会的双重压制

妇女进入茶铺

成都茶铺中的工人基本都是男人,但抗战时期,妇女开始在茶铺谋生,称"女茶房"。在传统中国社会,妇女也是经济的重要支柱,但主要是从事家内劳动,像家务、纺线、织布、做鞋等,或外出当保姆、佣人等。

在农村地区,妇女还参加各种田间劳动。如果说也有妇女在公共场所谋生的话,那么基本上都局限在演艺和卖淫,被视为非常不体面的营生。

容忍妇女出入于茶铺,使妇女能在公共空间占一席之地,恐怕是战时"下江人"对长江上游社会和文化的重要贡献之一。

抗战时大移民是成都妇女进入茶铺的一个重要转折时期。直到1937年,茶铺基本上还是一个男人的世界,按照此君在《华西晚报》上的文章《成都的茶馆》,成都茶铺虽然多如"过江之鲫,可是饮者中,女人都很少,差不多十分之九以上的饮者都是男士",

除了公园和风景区的茶铺,其他茶铺的女子"可谓寥若晨星"。

抗战全面爆发之后,许多难民从长江下游进入成都,其中也包括许多民间艺人。这些男女艺人仍然以唱为生,表演"大鼓"或"大鼓书"者为多。

1939年初,中山公园惠风茶社的老板请求政府允许"清唱",以弥补售茶的亏本。在其请求书中,他说茶铺损失甚巨,只好设法吸引更多顾客。他称从下江来的演员"声音清雅,词调新韵",受到观众欢迎。

其实惠风茶园并非第一个尝试这个办法,如春熙南路的第一茶厅、春熙北路的颐和茶园便"早已开此先风",宣称"于善良风俗不但无所妨害,且专在茶社设台教化,于抗战前途裨益实多"。

为了得到批准,茶铺还强调雇逃难来的艺人有助于他们生存。惠风的请求被批准,但要求男女不得间杂,一副竹屏风把男女观众分开,男坐左,女坐右。

总府街的新仙林地处中心区,一楼卖"闲茶",楼上卖"书茶",即有艺人表演。该茶铺雇战争逃难的女艺人演京戏,她们穿着华丽戏装,节目单用白色写在大红纸上。顾客听唱需另加钱,但不少人专门来园听戏。

海粟回忆,由于日机轰炸,许多居民疏散到城郊,为城墙外的那些茶馆带来不少生意,那里许多衣着入时的年轻男女一起吃茶聊天、读书打牌。这些女顾客在茶馆里得到男人一样的对待,也由此吸引了不少想打望时髦女人的男客。海粟后来写了《茶铺众生相》，记述这些故事。

沙汀 1944 年写的小说《困兽记》，其中提到一家茶馆中的女客："这家茶馆，是本地一位有名的士绅开的。这是一个特殊地带，客人多半是年轻知识分子，女眷们也常进来坐坐，因而成了一个众目睽睽的所在。现在，那个开明有趣的老绅士虽然搬到成都住家去了，但是他所倡导的风气，却被一直保存下来。"在这个茶馆里，"主要的消遣是清谈。内容无所不包，上至国家大事，下至某节街上忽然发现了一匹老鼠的残骸。"

扬州来的女艺人

茶铺里也有妓女出没，茶铺一般采取视而不见的态度。1938 年《成都快报》就这个问题发表一篇《关于妓女坐茶社》的文章，称妓女由"公爷"（即嫖客）陪同，"言笑淫浪"、"举动轻浮"。如果堂倌不为他们服务，可能被扇耳光。文章作者指出，"这是很严重的社会问题，不仅是贴贴布告就能了事的"，要求政府采取具体行动。

在这时的成都，从扬州来的女艺人，称为"扬州台基"，这在成都几乎就是"妓女"的同义词。抗战时期，许多从东部沿海作为难民到成都的"妓女"，她们称自己为"流亡歌女"，经常在三益公、二泉等繁荣区茶铺出没。

1940 年，十来个歌女在清和茶楼的大广寒歌场演出。晚上，

女客

女人进入茶铺经历了一个长期的过程,但最终她们在公共空间中争得了一席之地。这是一家有档次的茶铺,这些女客穿着时髦,很自信,是知识女性,周围的男客也不是引车卖浆之辈。虽然不少成都茶铺可以容纳三教九流,但是也有一些茶铺是分档次和职业的。

在明亮的舞台上，客人可出20元点歌女演唱，歌女得8元，老板得12元。没有得到点唱的歌女由老板付5元。

据《华西晚报》报道，该歌场一开，"扬州妓女均愿纷纷投效，盖一经登记，彼辈则都属职业歌女"。这样可以保证她们的生计，以防被驱逐。战时，政府禁止公共场所包括饭馆、旅店妓女的活动，但是有人批评，那些"国难富翁"，照样到戏院与妓女混，还美其名曰"捧歌女"。

一般茶铺一碗茶3角，但大广寒歌场却要3元。演出从傍晚6点开始，许多"捧客"聚在那里，观看浓妆光彩的歌女一曲又一曲地演唱，忘了前方还在浴血奋战。作者悲叹"频年烽火急，犹唱后庭花"，表达了他的失望之情。不过他的文章也揭示了残酷的战争并未能打断人们的茶铺生活这样一个事实。

女茶房

1942年周止颖在《华西晚报》上发表《漫谈成都女茶房》，称女茶房的历史可以追溯到唐代，一些妓女在苏州的茶楼出没，这些茶楼称"花茶坊"。但是我认为，这些妇女并非女招待，而是艺人，相当于元代费著的《岁华纪丽谱》中所说的在成都茶坊演"茶词"者。但是，直到抗战全面爆发，茶铺还没有女招待。

1937年女茶房在成都出现是一个新现象，引起社会的极大关注。妇女进入茶铺充当女招待，在成都代表着一个重大进步，既是雇佣形式的变化,亦为茶铺生活和文化加入了新因素,改变了妇女的公共角色和性别关系等。

当时地方报纸对她们亦有不少报道,既有关于她们的个人生活,也有关于她们的职业经历,还有工作场所与男堂倌、顾客之关系,提供了关于她们经历的珍贵信息。

茶铺女招待兴起的直接原因,是由于战争难民的涌入。日本入侵造成大量逃难者进入成都,成都处于长江上游,相对保守封闭,即使从晚清以来内陆社会的逐渐开放,人们对妇女的公共角色的态度也已经开始发生了变化,但对妇女在公共场所的出现仍然有不少禁忌。

这些进入成都的战争难民,带来了沿海地区相对开化的文化和观念,对妇女进入公共场所工作,也持较开明的态度。而且在战争刚开始时,人们的注意力主要集中在民族危机,战争进程事关生存,罔顾其他。对于精英和国家来说,恪守道统在这时也并非当务之急,因此当妇女进入到茶铺工作,也未见政府和社会的强烈反弹。

先是那些在最繁华的春熙路高等茶铺如益智茶楼、三益公等,不仅提供包房以吸引顾客,而且开始使用女茶房。女茶房甫经出现,男顾客便趋之若鹜,到这里不过为一饱眼福,还可趁机与女招待调笑一番。

茶铺主人们很快发现,这是非常好的生财之道,之后便纷纷跟进,哪怕是那些穷街陋巷的下等茶铺,也照此办理,以推动生意,加强竞争力,以至于如果一个茶铺没有女茶房,便会被认为是"过时",生意也便难以为继。

进退两难的女招待

茶铺里的女茶房的出现对许多人来说很难接受,极尽讽刺之能事。如吴虞在1938年6月的一则日记中写道:当他在春熙路的益智茶楼,"见所谓女茶房,令人失笑",看来吴虞也是少见多怪了。西方有研究者指出,在服务行业女招待比男招待更适合,因为她们能够给满足顾客"情感和幻想的需要"。女招待也很快知道怎样以姿态、动作、声音等来取悦客人,以女人特有的手法来招徕顾客。

1942年陆隐在《华西晚报》上发表的《闲话女茶房》,指出女招待来自各种不同背景,但大多数都是来自下层没有受过教育的已婚妇女,她们的丈夫一般是政府小职员、劳工、前方打仗的军人等。由于生活费用的大幅度上涨,许多家庭如果只靠男人工资,难免捉襟见肘,陷入困苦,妻子只得帮助养家糊口,因此女子出去挣生活也是不得已而为之。

在茶铺工作,妇女不得不克服来自社会的压力,所以有的人说他们是"可怜的小鸟"。当然,女招待也是有不同档次的。在高级茶馆,女招待一般面容端庄,身材姣好,这些茶馆可以支付较高的工资,可以有较多的选择。她们一般是18—23岁,留短发、施粉黛、着旗袍、围白裙，面带羞涩，一看便知是走出家门不久的女子。她们以清纯来吸引顾客。

但是在下等茶铺，多数女茶房实际上是由热脸帕或香烟贩所雇，按日给薪，每天工资仅 1.5 元，外加免费早餐和午餐。如果有任何亏折，她们还得自己掏腰包赔偿。在那些十分简陋的茶铺里，她们有时很难挣够生活。

茶铺中的女招待还必须独自面对各种问题。茶铺里总是熙熙攘攘，拥挤不堪，男顾客和女招待之间的空间有限，因此容易被性骚扰。她们还面临两难：虽然她们的基本角色并非提供娱乐，但许多顾客则想得到一般服务以外的东西。如果她们拒绝与顾客"调情"、"打情骂俏"、"开玩笑"等，可能因此得罪顾客和老板。如果她们按照顾客和老板意愿行事，她们却又会遭到社会上诸如"有伤风化"、"下流"、"妓女"等尖刻的指责。因此使得她们总是陷入这种两难的处境。

在一定程度上，这些女茶房与日本茶馆的艺伎有可比性。在江户以及江户之后的日本，艺伎一般是提供娱乐。虽然日本茶馆和中国茶馆一样是休闲之地，但它们的环境不同，中国茶馆具有多功能，如会客室、市场、舞台等。日本茶馆的主人与艺伎，以及艺伎之间等有着紧密关系。日本茶馆一般是在内室，饮茶更多强调仪式和过程。艺伎是给顾客提供娱乐，这个角色是明确的，也是社会承认的，但成都茶馆中的女招待是新现象，她们的社会定位并不清楚。

男茶房对女茶房的进攻

过去我们总是强调阶级斗争,其实如果我们仔细观察历史的话,经常更加激烈的冲突和斗争,是下层民众本身,因为生存的挣扎,比阶级的斗争更为直接和严峻。

妇女进入茶铺谋生,立即在这个传统的男人行业掀起了波澜,引起了男性工人的愤恨,由此产生激烈的职场的性别冲突。由于这个行业的工会领导者是一个妇女,所产生的矛盾则更为尖锐。这个矛盾在1939年成都茶社业职业工会重组以后更加激化了,特别是在工会的领导层内部。

《成都市政府工商档案》中的一份档案透露了关于理事会的信息,包括他们的姓名、在工会的任职、性别、年龄、籍贯、地址、从业时间等。在20位理事中,17位男性,3位女性,包括42岁的常务理事(即理事长)凌国正,一个积极的工运活动者,被赞为对"妇运"工作特别地"干得努力"。

但是1940年秋,凌国正却面临来自男性工人的挑战,他们两次向政府请愿,称凌非法获取权力,还说她得到权力是因为在选举之前她和一些会员达成交易,是"少数人压迫多数"的结果。

显然凌国正依靠的是女茶房的支持,是她促成了这个组织从传统到现代工会的转化。无论她怎样获得权力,她能够成功将一个男性组织整合改造并确立她的领导权这个事实,已经显示了作为一个工会活动者的非凡能力。男性工人竭力维持他们的同性组织，便是当时职场性别冲突的一个极好例子。

许多反对凌国正的男茶房，不能容忍她"竟敢以我堂堂数千须眉工友，同彼妖艳茶房一锅染"，认为这是"雄覆雌飞，司晨由牝"。他们指责她不顾男女分野，犹如"豕羊同圈"。因此，他们宣称要"恢复旧有之成都市茗工业职业工会"，而且"仍以三官会之全体男性为会员"。

实际上男茶房所争取者，不仅仅是男女分离，而且更重要的是他们的生计。凌国正的权力基础是女茶房，她竭力为妇女在茶馆工作权利而斗争。女招待突然出现改变了过去男工人主宰的这个局面，引起了茶铺中雇佣模式的剧烈变化。她们不但廉价，而且易于控制，还可以招徕更多顾客。

为了雇更多的女招待，许多茶铺开始解雇男茶房，茶博士感到他们的生计面临威胁。根据陆隐的文章，他们甚至把官司打到了法院，但是凌国正在法庭上就妇女在茶铺中的工作权利进行了充满热情和富有说服力的辩论，赢得了官司。在她的影响下，许多女茶房加入工会，以寻求对她们利益的保护。

然而凌国正的成功却遭到男茶房更剧烈的反对，对她的指责也变本加厉。《成都市政府工商档案》中保存了一份请愿书，控告凌有三百多会员是她的追随者，称她"施展捞钱手段"，强迫工人买胸章，还说她贪污公款，2元的会费仅给1元的收据。男茶房们指责她是"纵横形同以前之军阀无异"，"如此剥削工人血汗金钱,生活必受重大影响"。

　　从这些请愿,我们发现男茶房试图把凌描述成为一个专横独裁者,以把她驱逐出工会。虽然关于她的记录不多,但根据已有的资料看,在成为工会常务理事之前,她一直做妇女组织工作。没有充分证据去判断请愿中对她的指责是事实,但她似乎并非像请愿书中描述的那种人,那些带有很强情绪的词语,诸如"捞钱"、"剥削"、如同"军阀"等,都与我们所知有相当距离。当时报纸关于女茶房的文章,对凌也多有赞誉。

　　我们也不知道是否凌国正努力修补与男茶房的关系,但我发现凌已经不在随后的理事会名单,常务理事是樊荣武,而该人便是请愿书上最先签名的人之一。陆隐1942年初的文章提到凌已经去世,但没有提及死因,不知这个权力转移是在她死前还是死后。因此,我们并不知工会领导层的变化是男茶房抵制的成功,还是凌去世的结果。不过,我们至少知道男茶房并未能将工会恢复到男性的一统天下。

茶铺中的性骚扰

　　由于她们工作场所的性质,女招待最容易成为茶铺中性骚扰和暴力的目标。档案说地痞流氓"目无法纪,为所欲为",经常聚集在茶铺制造事端,不仅"妨碍工人生计",而且"影响后方治安"。

1939年发生的两个事件曾引起社会关注。先是一个叫汤炳云的女茶房因拒绝一个男人的骚扰被毒打,她在龙春茶园提供热脸帕服务和卖香烟。一天她出去买饭被周姓地痞截住,周企图调戏她,她逃跑进茶铺,但周追进茶铺对汤袭击。汤谴责他的行为,他遂恼羞成怒,把她打成重伤,口吐鲜血。当顾客试图制止他时,他继续暴跳如雷。

另一事件是涉及元圆茶社的女招待谢礼贞,一个姓丁的顾客装着从地下拾毛巾,抓住她的脚。她礼貌地叫他住手,但丁不仅不听,反而对她猛然袭击,来劝解的茶铺老板也被殴打。此类事件不断发生,对女招待生计形成严重威胁。

但令她们伤心的是,作为受害者,女招待在社会上却没有得到多少同情,政府对她们也是一副冷脸。当时许多人都认为在公共场所谋生的妇女都是"不正经"的,臆造或夸大她们的"有伤风化"的行为,甚至认为这些妇女不过是风尘女子。这种社会歧视恐怕也成为那些地痞流氓肆无忌惮地欺辱和调戏她们的背后推手。

面对职场的暴力,凌国正主持下的工会成为她们的主要保护者。在上述两个女招待被调戏和袭击事件发生后,工会向市政府请愿请求"严惩凶手,用保善良,而维治安"。这个请愿指出,流氓经常调戏女茶房,当她们反抗时,甚至使用暴力,因此,弱者没有选择,难以逃脱被蹂躏。如果妇女力图保护她们的尊严,则可能导致悲惨结局。请愿书还指出,这类事件"层出不穷",

女茶房不得不依赖工会作保护。

为了获得更多的同情,工会特别指出许多女茶房是前方将士的妻子,她们的丈夫在前方为国家与日寇浴血奋战,妻子儿女却在家饥寒交迫、嗷嗷待哺,因此去茶铺工作是她们的为生之道。地痞流氓对她们的骚扰和欺辱,实际上是"摧毁女权,妨碍风化"。他们的妻子儿女生活没有保障,"致使前方沐血抗战之官兵因家属不得保障而有后顾之忧,影响抗战,是非浅鲜。"

正如前面所提到的,其实女招待来自各种背景,但工会强调她们是"前方沐血抗战之官兵"的家属,不失为一个能得到广泛同情的策略。

工会还进而呼吁政府和社会对女招待持一个积极的态度,理解她们:"此亦全国总动员"之时,"国家需兵之际,女子出而代之男子之劳",因此政府应该支持和保护"女子经济独立",这样可以"极力培植以充国力"。

工会请求政府发布告示,禁止骚扰,严惩违法者。在收到工会请愿书两周后,成都市市长将信批转四川省警察厅,在批文中,他指出骚扰女茶房是"有伤风化,蔑视人权"。虽然我们并不知道这事的最终结果,至少我们看到在工会作出努力后,市长试图去解决这个问题。

当然我们也应该意识到,工会的能力是有限的。首先,如上面已经讨论过的,工会基本上是一个国家支持的组织,虽然它代表工人,但它必须按国家所制定的规则行事。

第二，工会缺乏一个强有力的领导层，经常遭到内部危机，影响了其号召力。

第三，工会还面临来自同业公会，特别是袍哥的竞争。那些加入了袍哥的茶铺工人，公开反对工会的强迫加入措施。

第四，正在进行的战争对工会作用有所影响。政府不断地宣传为了国家利益，人们应该牺牲自己的个人利益，工会任何关于争取工人权利的努力，如果和政府的政策和主张不一致，都可能被指责为不爱国。

媒体对茶房的形象塑造

媒体对某一职业、人群、个人的形象塑造，经常会左右社会对他们的看法，有时候甚至起到杀人不用刀的效果。

地方报纸对茶房的形象塑造上，起了推波助澜的作用。它们热衷于关于堂倌的负面报道，诸如《茶房骗奸良家妇女》《狠心茶房杀妻投河》等这样的新闻标题，的确起到了骇人听闻的效果。

有的堂倌自己不检点，更为攻击者提供了口实。1941年《华西晚报》的一篇关于一个茶房从一个妇女获利的报道，便以《茶房可恶》作为标题，充分显示了精英的愤慨。报道说一个军官看上了一个在茶铺卖报的女人，于是他请一个茶房去拉皮条。那个女子虽然有点犹豫，但终抵不住500元钱的诱惑。然而交易做成后，那茶房只给那女子50元，而把其余私吞，导致两人的纠纷。

那女子告到官府，茶房则逃之夭夭，因为在茶铺拉皮条是违法之事。

舆论对女招待有两种不同的态度。那些同情女茶房者强调她们的处境，把茶铺描述成一个熔炉，她们在那里得到磨炼。在那里她们必须应对各色人等，这使她们的眼界更开阔。从一定程度上，女招待的出现改变了社会风气。一些单身汉追求女招待，有的还跨入婚姻殿堂。

陆隐和周止颖的文章说，那些青年男女熟悉后，先是一起去看戏，待关系进一步深化，开始互赠礼物，如一条围巾或一幅布料等。如果他们决定终生相守，便租一间小屋，把自己的东西搬到一起，不举行婚礼，也不要嫁妆。由于茶铺成就了不少这样的青年男女，便得了"恋爱场所"这样的美名。

那些同情女招待处境的人，认为这些女招待是妇女经济独立的先驱。考虑到当时大部分妇女的婚姻被她们的父母所控制，我们必须承认这些普通妇女是在为自己的婚姻自由向传统进行挑战。

一些评论者也尽量理解女招待的处境，如有人指出如果茶铺里只有男人，也未免有点枯燥，女茶房实际上活跃了茶铺生活。至于她们同顾客调笑，这些评论者反驳说，如果这些妇女不竭力讨顾客的欢心，使他们高兴，那么她们的雇主将会不满，因为顾客不喜欢板着脸的女招待。像轿夫和小商小贩等下层人，在累了一天以后，也很想到有女招待的茶铺轻松一下，在她们那里或许得到一些安慰。

这里我想强调的是，茶铺里女招待的出现，重新定义了男女在公共场所的关系。根据中国传统，青年妇女不应该与家庭成员以外的任何男人有直接接触。在茶铺中女招待和男顾客的联系，开始动摇这个传统，当然这也就是为什么她们遭到如此强烈攻击的原因之一。

"女茶房打情骂俏"

妇女经常是那些所谓捍卫道统的道学先生的攻击目标，其实他们对妇女怀有极大的兴趣，但却装得道貌岸然，妇女在公共场所的露面动辄得咎。

地方报纸对女茶房的批评是一浪高过一浪。强烈的带偏见的情绪逐渐散布到社会，即使女招待遭到地痞流氓欺辱的时候，人们不是幸灾乐祸，就是怪罪于她们，认为是咎由自取，因为很多人相信女茶房"成了茶社老板眼里的一枝摇钱树"。

一个卖糖果的小贩与茶铺的女招待发生争执，在其他茶铺工人的介入后平息，但那小贩试图报复。几天之后，他纠集几个"烂兵"，在她下班路上把她一阵暴打。《华西晚报》却以《女茶房打情骂俏，被烂兵辱殴一番》这样幸灾乐祸的标题来报道这个事件，称该女茶房"体躯肥胖，色貌不佳"，还指责那个女茶房"常与流氓与无赖子胡混"，因此招惹麻烦。

女招待与地痞有联系，也并非是一个秘密，但对她们来说，在公共场所工作，如果要生存的话，几乎不可能不和这些常在茶铺混的人发生任何联系。

一些批评者相信做女招待导致了这些妇女的道德沦丧。按照他们的说法，这些妇女刚出来工作时：

> 都才是十七八至廿二三岁的年龄……过时的旗袍，脸上淡淡地涂一点白粉，套上一件白雪的围裙，羞答答地周旋于包厢座中的茶客间，使人见着一望而知她们是刚由厨房内走上社会里来的。

但与此形成鲜明对比的是，1940年代的女招待"唇涂口红，脸擦脂粉，烫其发，高其跟，在茶馆中与茶客们，不是轻狂胡诌，就是怪笑连连"，她们"种类复杂，丑态百出"，只要有客人进入茶铺，一个女招待便会上来厚颜地纠缠，"嬉皮笑脸来一声：'喂，不吃烟？洗不洗脸？'"，做丑态故意引客人笑。

因为精英认为，"近年来，成都茶馆都变成了很不平凡的场合。女茶房与茶客公开的打情骂俏，有特别的房间，小费有时甚至超过了茶资的四五倍。"

精英对1940年代的女茶房持更多的批评，可能包含更深层的因素。当女招待在1930年代末刚出现时，是在为中上层服务的高等茶馆里，当这些年轻妇女为精英自己服务时，他们似乎并没有特别地表示反感，反而还流露出欣赏的态度，对那些"羞答答"

的女招待的服务好像也颇受用。

然而随后当低等茶铺纷纷仿效,当下层民众也能享受到女茶房的服务时,也就是说女茶房由难得一见的"阳春白雪",变为到处散布的"下里巴人"时,精英们便看不惯了,便愤然站起来反对。因此,与其说精英反对女茶房是因为"有伤风化",倒不如说是出自他们的优越感和偏见。

不可否认,在下等茶铺谋生的那些女茶房外表可能没有那么爽心悦目,言谈举止不那么"优雅",但这不过是严酷的生活环境使然,她们在本质上与30年代的先驱并无多大区别,都是在公共场所谋一口饭吃的下层妇女。

另一方面,社会对妇女的公共行为比男人更吹毛求疵。没有发现精英对与女招待吊膀子男子的批评。虽然的确有个别女招待卖淫,但大多数所谓"有伤风化"的指责却是基于当时社会存在的对女招待的偏见,当妇女进入一个过去纯粹男人的世界,她们遭到种种非难也就不奇怪了。

从晚清妇女开始作为客人进入到茶铺,但是到1930—1940年代,她们仍然在为进入茶馆而抗争。批评者大多根本反对妇女的公共角色,经常夸大女招待存在的问题。

禁止女茶房

在如此的社会风气下,地方政府颁布对女茶房限制的规章便成为理所当然。1941年,四川省警察厅因为其担心女茶房与顾客"调情"、为小费争执、没有系围裙等问题,令茶社业公会监督各茶馆。颁布了关于女茶房服装和行为的10条规则:

她们必须穿长袖、系白围裙或穿蓝旗袍,还要带证章,不允许与顾客开玩笑,或有任何"有碍风化秩序"的行为,否则将报告警察;女茶房不得卖淫,不能要求小费,或未经允许擅自涨价;如果女茶房与"汉奸"有来往或者是偷顾客东西,茶铺掌柜必须报告官方;不报告者将承担责任,任何违规的女茶房将受到惩罚。这些规定包括甚广,有些条文定义模糊,无疑给女招待的谋生增加了困难。

女茶房的"黄金时代"在1940年代初便结束了,这是由于各种规章的限制、经济危机的影响、沉重的社会压力等各种因素的结果。正在进行的战争和经济的恶化造成物价上涨,中下层民众是茶铺的主要顾客,但几乎难得温饱,再加上日本飞机的空袭,自然造成茶铺顾客的减少。

而且,在1940年代初,人们已经从战争刚爆发的惊恐中安定下来,精英和政府官员开始着手恢复旧秩序,茶铺里女茶房这个新职业便成了他们的眼中钉。在经济、社会、政府的三重打击下,一方面,茶铺生意的下降导致大批女招待被解雇,1941年便有两百多名失业。

另一方面,许多人把女茶房视同妓女,使她们面临极大的社会歧视,使许多妇女不敢插足这个行业,有的女招待也迫于压力而辞工。根据陆隐的统计，女茶房的数量从 1937 年的四百多，下降到 1942 年的不足一百。

这些女招待有着不同的结局。许多返回家庭和厨房，但根据陆隐的记载，有的"不惯于家庭清苦生活，则沦为神女"。不过，另一些试图另辟途径，继续寻求经济独立。她们三五成群到成都之外的茶铺寻求工作机会。在成都平原的乡场上，犹如抗战初的成都，她们很快吸引了大量茶客。

然而她们又不得不经常转移，在一个地方很难工作几个月时间，因为地方政府总是以"有伤风化"为借口，把她们驱赶。在成都及其附近郊县，地方政府日益增加对女招待的限制，她们的工作环境进一步恶化。

1945 年 3 月，四川省政府给女茶房这个职业以致命的一击，颁布新禁令，虽然条款中称是禁止"青年妇女充当茶房"，但《新新新闻》报道此事时则以《绝对禁止妇女充当茶房》为题，实际上这个禁令最终把妇女驱逐出了这个行业。因此，虽然社会的歧视导致了女茶房的衰落，但政府的限制则是这个职业消亡的根本原因。

茶铺就是一个公共论坛

"舆论监督"

国民党政权的权力来源缺乏合法依据，它最害怕"公论"，就是必须封住别人的嘴巴，才能真正放心。

在相当程度上茶铺即意味着"公共论坛"，茶铺聊天经常反映了"公论"。所以博行1941年的《茶馆宣传的理论与实际》评论道：

> 民众真正意识，往往于茶馆中尽情发抒。盖吾人于茶余酒后，纵论古今，月旦人物，是非政法，表彰公道，善者则称颂不置，黠者则贬斥有加，里正乡绅，俱惧流言而不敢肆意恣行。恒恃此清议，以觇人心之向背，村夫愚妇，畏人指责，而不敢犯法为非。亦藉兹谠论，以维风俗于不坠，是无形之制裁，潜移默化，其功用足以补助法制者不少，苟能利用得当，则于茶馆中亦可收赏善罚恶之功效也。

这段议论提出了一个非常有意思的观点：茶铺议论实际上起

着一个"舆论监督"的作用,那些无权无势的小民,可以在那里表达"民众真正意识"。对当时的民众来说,他们不能在报纸上发声,也没有掌握任何的舆论工具,那么茶铺中的议论就是他们唯一的发泄出口。

犹如今天的民众在互联网上发帖子。把他们的意见,或不满,或批评,表达出来。至于有多少人听,或者上边的人听到了怎么反应,那就超出了他们的掌控了。

既然茶铺中能够让小民发表议论,有权有势的人自然把茶馆视为眼中钉,非加以控制不可。过去地方权势集团和政府,总是批评茶铺是一个散布流言蜚语的地方,但博行却反其道而行之,作了一个相反的解读,对那些有权有势的人来说,茶铺里无遮拦、无控制的议论,或者按那些不喜欢茶铺议论的人来说是"流言",可能使他们"不敢肆意恣行"。茶铺议论对一般人也有一定警示作用,因为害怕邻里在茶铺议论,所以也要尽量约束自己的不端行为。

茶馆宣传

茶铺中谈论的话题也多与战争有关,关于前线的消息更引人注目。顾客就英勇的抵抗、日军的残暴、战争的严酷等发表意见。虽然人们仍然到茶铺里去度时光,并为此遭到精英和政府的批评,但他们已很难逃出战争的阴影,不可避免地被推到政治舞台上。

在一封给友人的信中,周文描述了他30年代末到成都的所见所闻。当时救亡运动达到了高潮,他看到学生在茶铺里举着旗子,站在椅子上充满激情地演讲,顾客们认真聆听。然而周也很快发现,战争对人们日常生活的影响是有限的。在到成都几天之后,他便看到有人敲着鼓穿过大街,为演出作广告,而各戏园仍然爆满。

其实茶铺中的悠闲不过是成都社会的表面,实际上战争已不可避免地改变了人们日常生活的各个方面。虽然人们仍到茶馆戏园看戏,但所看节目与以前已大不相同,犹如周止颖的《新成都》所说:"过去成都说评书者,他们用的词本,大都辞令秽亵,情节荒诞,徒知一时兴奋,无形中腐化了无数民众思想和行为"。但抗战爆发后,"虽采的书本仍系不外旧的词本,但中间加添些与抗战有关激起人民爱国思潮的话语,虽属娱乐,对国家社会,影响殊大。"

其实,当卢沟桥事变一爆发,成都人民便投入到轰轰烈烈的抗日运动中,正如野峰在1937年7月《图存》杂志上的文章《炮火,惊醒了成都青年——卢沟事件成都市内宣传记》,学生们到了春熙大舞台进行宣传:"一个小个子宣传员站上了舞台,几千双惊奇的眼盯着他"。他在台上问道:"同胞们,日本人的野心既是这样的凶,我们该怎么办?我们还是起来抵抗它呢?还是让中国慢慢地被它消亡下去?"

观众们回答:"王八乌龟才说不抵抗!"他的宣传得到热烈

响应,"一片掌声像雷吼着,他下了台,胜利的容光浮在他的脸上。"那时的成都,"在热闹的街头,在人群会聚的茶楼和公园里,在电影院和游艺场所里都充满了宏大的宣传呼声。……一群人围着一个演讲员,大家都尖着耳朵地听。"

1937年10月,一位作者写了《城东茶社啜茗读江南捷报》(《中华》第1卷第3期):

豆架成荫野菜香,
满园茶客说荒唐。
喜看战报新消息,
半接灯光半月光。

在熙熙攘攘的茶馆中,作者读到了江南的捷报。战争无疑是茶铺议论的主题,人们既对国运担忧,亦能在茶铺中得到鼓舞,正如1945年5月的《新新新闻》报道,"随着欧洲战场胜利消息的传来,大成都气象一新"。市民们"喜形于色、奔走相告",也可能人们急于向朋友传达好消息吧,也可能是希望与他人共享喜悦吧,结果马上"茶馆生意兴隆,尤其是少城公园和郊外第一公园内的茶馆随时都告人满"。

"休谈国事"

国民党政权用权力损害人民权利,总是喜欢用所谓"国家利益"、"民族利益"这些冠冕堂皇的借口来行使其专制独裁的权力,不给人民自由表达和批评政府的空间,这些当权者和政策的制定者,看起来非常强大,其实内心是怯懦的,对人民是惧怕的。

茶铺的吸引人之处在于人们的自由交谈,但闲聊也受到国家的干涉,压制人们表达不同的政治观点、批评政府的声音。在茶铺里讨论政治是要冒风险的。警察和政府可以以任何借口对参与者进行指控,一些还因此陷牢狱之灾。

警察经常派便衣到茶铺偷听,那些敢于在公共场所尖锐批评政府的人,成为他们打击的主要目标,茶铺也会因此受牵连,甚至被查封,人们也可能因此噤若寒蝉。

根据于戏《华西晚报》发表的《茶馆政治家》一文,我们知道,"过去,许多茶馆里,总有'休谈国事'这样一张告白。"于戏的文章发表于1943年,但他提到这个告白时用的是"过去",至少表明了这个告白当时在茶铺中不再流行。

一幅1936年关于成都茶铺生活的漫画的说明也称:"休谈国事,但吸香烟",提供了这个告白存在的图像资料。我们很难确定这个告白最早是何时出现的,但此君在1942年《华西晚报》上所写的系列文章《成都的茶馆》中,回忆原来某茶铺贴有一诗,"传颂一时",不过"时间已久,前段记不清楚了,只有后面两句,现在还记得起"。这两句就是:

> 旁人若问其中意，
> 国事休谈且吃茶。

作者称，茶铺中"休谈国事"的纸条，"直到七七炮火响了，才被撕毁。首先是一些做民运工作的，时常在茶铺宣传演讲，贴标语，散传单，一般饮者都关心国家大事，再也不能缄口。现在，看不见'休谈国事'的纸条，这纸条被党国旗、总理、主席、总裁的相片代替了。"更清楚说明了这个告白消失的前因后果。

1945年3月，当抗战就要结束时，《新新新闻》上有一篇白渝华题为《谈谈"休谈国事"》的文章，文中写道：

> 在乡镇和街道背静一点的茶馆和酒店里，一进去就得看见，用红纸写的什么"休谈国事"和其他等等，不同字句的张贴，使人看见，大大的注目，真是莫名其妙。

这暗示在成都那些僻静茶铺，这类告白恐怕仍然存在。作者接着评论道：

> 这种表现是退化的，并不是进步的表现，一个强大的民主国家不应有这种腐败的缺点，尤其是在国家存亡的战争中更不应有，人民对国家的政治、军事、经济的关心可以说能对国家抗战发生巨大的效力和帮助，当然，国家的政治、军事、经济，并不是读几本书的大纲或原理就可以成功的，但是，只有一定的限度，就可以的，为什么不可以谈呢？脑筋富有

封建制度的同胞们，不要再过分的固执了吧。这里我希望有关当局能容纳下面三个条件：关于这样关系国家存亡之战争，对于时局的过程上，国家存亡的抗战，只要有政府领导我们，明示我们，国家大事有什么不可以谈呢？

即使他并没有对国家压制言论的行为进行批评，但也就此表达了对国家控制的不满。不过，这里作者并不打算争取真正的言论自由，只是要求谈论抗战的权利。

"休谈国事"的告白被视为成都普通民众服从权威和没有勇气公开表达政见的一个证据，但这个看法有欠公允。在老舍的著名话剧《茶馆》中，也有相似的告白"莫谈国事"贴在清末民初北京茶馆的墙上。虽然各地用词稍异（"休谈"、"莫谈"、"勿谈"等），但其意思完全相同。

在成都，有茶铺甚至把这个告白变成了幽默讥讽的诗句，如前面提到的"旁人若问其中意，国事休谈且吃茶。"

其实，从某种意义上讲，这个告白贴在茶铺本身，就是对专制、对打击言论自由的一种无声的控诉，犹如现代许多政治示威中人们用胶带把自己的嘴封住，来抗议当局对自由发表政见的压制。

"茶馆政治家"

抗战是茶馆政治乃至政治文化的一个转折点，人们不可避免地谈论国事，政治从一个忌讳的话题成为一个热点。"莫谈国事"的告白在抗战中越来越少见，取而代之的是宣传所用的讲台、标语口号、传单、新闻发布、领袖像、《国民公约》、党旗、国旗等。

因此，那些喜欢在茶铺谈论政治的茶客，在成都被噱称为"茶馆政治家"。上面提到的于戏在1943年《华西晚报》上题为《茶馆政治家》的文章，便指出：自从战争爆发后，人们对政治的关心是前所未有的。但是作者似乎也不赞成在茶铺里讨论政治，他写道："对于国家大事，似乎用不着尔等劳心"。

他宣称并不是对政治的冷漠，而是看不惯那些每天在茶铺里自称"重视国家"、"具有政治头脑"的人，他们高声与人辩论政治，不是赞美"某某真伟大！"就是指责"某某用心叵测"。

那些"自己认为其有政治眼光"的人，经常有意故作神秘地透露一两条"重要新闻"，立即又申明这些新闻绝对不会在报纸上报道。从这个作者看来，有的所谓"茶馆政治家"真是浅薄得很。

其实，大多数所谓"茶馆政治家"还不至于如此委琐。他们一般都应该是每天读报、关心政治的人。他们经常在茶铺待很长时间，其所见所闻便成为谈资和话题。

虽然一些"茶馆政治家"颇有社会声望，但他们中许多也自以为是，认为比一般人更懂政治，总是希望成为茶馆闲聊的中心。他们一般嗓门比较大，不喜欢不同意见，因此也不时成为人们调笑的对象。

他们经常在茶铺里长篇大论，口若悬河，犹如戏台上的演员。

不过在某种程度上,他们能影响公众舆论。即使人们一般并不对茶铺议论认真对待,但茶铺给人们提供了非正式讲台,人们在那里表达政治声音,国家则以暴力压制那些他们不喜欢的言论。

事实上,对国事的谈论每天在每个茶铺进行着,茶铺老板很难阻止其进行。"休谈国事"的告白,恐怕也是茶铺为逃避政府追究的一个极好策略。因为有言在先,自然"言者自负"。但事实上,政府追究下来,茶铺经常难脱干系。

如果认真读这篇文章,我们还可以从字里行间发现一些有趣的东西,亦可以有各种解读方法。可能作者不喜欢"茶馆政治家",是因为国家对爱国人士的态度,特别是对政府迫害那些敢于表达不同政见人们的不满。

从作者的观点看,既然在茶铺谈政治有风险,"茶馆政治家"是自讨苦吃,真是愚不可及;也可能作者对"茶馆政治家"对于政治不负责的议论不满,愤恨他们执迷不悟;也可能作者像许多精英一样,认为只有他们自己才配谈政治,当看到一些他们瞧不起的人竟然也敢侈谈政治,非常不舒服,甚至感到失落或威胁;还有可能作者不想这些人在茶铺中成为注目的中心,为那些不愿在公共场合表达政治的人受到冷落而忿忿不平。

实际上,尽管茶铺里的政治讨论有时显得幼稚或不合时宜,但这些讨论对许多人来说,是他们政治表达的唯一途径。一些人可能对他们所讨论的东西不甚了了,一知半解,因而被他人嘲弄。甚至那些不懂政治的人,也利用茶铺来发出他们的声音,同时在那里寻找知音和共鸣。

在抗战时期，民族危机给国民党政府一个极好机会，把它的触角深入到茶铺这个最基层的公共生活空间，并把其演变成政治宣传之工具。而且，茶铺蕴育的所谓"茶馆政治家"，他们的言论和行为成为国家政治变化的一个重要风向标。

茶铺就是个小社会

小茶铺,水深得很,那里藏龙卧虎,波诡云谲,表面很平静,但是可能暗流涌动。只有老茶客,惯看秋月春风,似乎一切都在他们的眼里。在他们的记忆中,他们是历史的观察者,甚至亲历者。如果你有机会搭乘时间机器回到民国时期的成都,一定不要忘记去茶铺里面坐一坐,说不定你还可以发现大隐隐于市的侠客呢。

国家在战时茶铺中的角色

茶铺的政治角色

抗日战争将茶馆政治和茶馆政治文化推到了史无前例的高度。国民政府迁都重庆对成都亦有着深刻的影响,川省与中央之关系也发生了变化。为了直接对川省控制,蒋介石本人兼任四川省省长,我在档案中看到一些关于茶馆的文献甚至由"蒋中正"亲自签署。

政府和精英寻求用茶铺来进行战时教育。他们认为"必须对各方民众,施以启发,施以宣传,使人人能明了本身责任,时代要求,当前之危机,将来之希望"。这实际成为从中央到地方的战时国策。

蒋介石便在1942年4月3日的日记中写道:"茶馆、酒肆、戏院公共场所之宣传应作有计划与专人负责实施",并提出要在茶馆中进行"消息舆论之采访"。

当时政府已经看到了茶铺所扮演的信息中心的角色,认为可以作为一个宣传的极好的场所。为什么要利用茶铺来进行宣传呢？1941年《服务月刊》发表博行题为《茶馆宣传之理论与实际》的文章进行了论证，强调了茶铺作为社交场所的重要性，把它们的特殊功能，进行了非常全面的描述：

> 茶馆为民众普遍之聚会场所，不期而会者，往往在数十人或百数十人以上，此来彼去，交换轮流，不断离开，不断加入。于是茶馆与民众实际生活，时时发生密切关系，需用至广，要求极多，举凡通都大邑，县城重镇，穷乡僻壤，荒村野店，莫不竹几横陈，桌凳罗列。上自政府官吏，下至走卒贩夫，各以其需要之不同，环境之各别，盘踞一席，高谈阔论于其间，会人者，议事者，交易者，消闲者，解渴者，种种行色，不一而足。于是茶馆无形中有吸引群众，使以此为活动中心之趋势，其适应能力至强，无人不思利用之也。

各社会集团和政府官员以茶铺作为宣传爱国和抗日之地，在那里贴标语、海报、告示，并监督演出和公众集会。茶铺实际成为一个"救国"的舞台。

如1938年9月1日是"记者节"，春熙舞台表演三天京戏和川戏，《成都快报》称"记者献金游艺大会"，邀请许多著名男女艺人出演，这个活动得到著名班子支持。名角也积极参与，"名票名角会串，珠联璧合"，上演他们的"拿手剧目"。据称节目都是宣扬"忠勇爱国意识"。据报道，人们购票踊跃，反映了他们的"爱国热忱"。

《茶馆宣传之理论与实际》对"茶馆宣传之价值与抗战之关系"进行了系统阐述。以为"四川而论,茶馆极多",如果可以"有计划有步骤"地"巡回利用",那么不出一年,"宣传工作定可活跃"。文章认为利用茶铺进行宣传的好处是,可以在民众"休闲之余,交易之余",又可以收到"宣传效果,公私两便"。

按照文章的提议,要成立讲习会,根据不同茶铺,不同听众,采用不同的宣传方法。在宣传方式上,要避免"枯燥无味",不玩弄"术语名词"和"艰深口气",而要"富于情趣"和"浅显明白"。要尽量运用图片、漫画等资料、各种曲艺形式等。甚至对宣传员的态度、衣着等都有考虑,如"服装不宜奢华,力求俭朴"。

精英参与了茶铺宣传活动,包括改造评书,提供新书报,在墙上贴宣传图片和标语,提倡新娱乐等。战争爆发后,虽然旧戏曲仍可上演,政府要求必须包括爱国和抗日内容。

茶铺的布置,政府也要管

据《成都市商会档案》,1941年,地方政府令各茶馆挂孙中山和其他国民党领袖画像,设置讲台,配备黑板、国民党党旗、国旗等。茶社业公会规定了必须购置这些东西的期限,"以免市府以后调查,少生麻烦"。茶社业公会特别组织了一个"讲台委员会",每个区三至五个成员,共19人。

军队也介入了战时的宣传，四川省成茂师管区司令部监督其驻地皇城附近的6条街的11个茶铺，当其发现这些茶铺都没有购置这些"宣传设备"，通过市长令茶社业公会敦促各茶铺完善这些要求。

国民党四川党部还制定了《茶馆宣传实施计划》，由成都市市长颁发，把茶铺作为宣传重要阵地。根据这个计划，成都六百多个茶铺被划分为三等，每等分别要求购置不同的宣传设备。甲等茶铺要求配置国民党党旗和国旗、国父孙中山画像、国民政府总裁和主席像，主席像在左、总裁像在右。

还要准备一个黑板、一个讲台、杂志和报纸、图片和标语等。乙等和丙等茶铺也要准备除讲台之外的其他全部物品。那些在规定日期没有完成要求的茶铺将被罚款，拒绝执行命令的茶铺将被查封。还要求茶社业公会报告成都所有茶铺的名字、地址和所有从业人员名单。

《成都市商会档案》中，便保存有政府发布的"茶馆之布置"，根据茶铺的经济能力、规模和等级，对布置给予了具体的要求。甲等茶铺要张贴漫画、标语、图表、图片、书报，以及用于宣传的黑板；乙等茶铺要求差不多，但图片和书籍由茶铺自行决定，黑板尺寸可以小一些；丙等茶铺必须配备漫画、标语、图表，但不要求图片、报纸和黑板。

政府甚至决定茶铺里黑板上所写的内容，设立"省动员委员会"，每周发布"时事简述"。例如，在1941年6月20日的"时事简述"有三条新闻：第一条只有两行，关于欧洲战事；第二条稍长，关于在两湖中国战场的胜利，报告多少日军死伤；最后一条关于外交，中国与英国签订了500万英镑贷款的协议，以及美国拒绝与日本签署互不侵犯条约所引起的外交问题。从这些新闻我们看到，政府力图通过发布这些新闻，让人民对战争保持积极乐观的态度。

官方还要求每个警区负责设立一个"样板"茶铺，这些茶铺有一个宣讲台，墙上有壁报，配备有收音机、留声机、四川地图、世界地图等。

政府如此大规模的政治宣传，真是史无前例，显示了其高度组织化和控制力。在茶铺里，顾客所看到和听到的是官方希望他们看到和听到的。我们可以想象那些新剧、贴在墙上的领袖头像、标语、公约等，是怎样营造了一种浓厚的政治气氛和新政治文化。

这样，国民党通过战时的宣传，成功地扩张了其对公共空间和公共生活的政治控制。因此从表面上看，茶铺生活仍在继续，但是从相当大程度上，由于民族危机和政治导向，这种生活不可避免地改变了。

《国民公约》

作为战时宣传的一部分，政府要求各茶馆贴出《国民公约》。《国民公约》共12条，要求不违背三民主义，不违背政府法令，不违背国家民族的利益,不做汉奸和敌国的顺民,不参加汉奸组织,不做敌人和汉奸的官兵,不替敌人和汉奸带路,不替敌人和汉奸探听消息,不替敌人和汉奸做工,不用敌人和汉奸银行的钞票,不买敌人的货物,不卖粮食和一切物品给敌人和汉奸。

还发布了标语口号,共九方面内容,包括除奸、兵役、驿运、防空、节约储蓄、募捐、精神总动员、新生活运动以及《国民公约》。

标语口号包括如下内容,除奸:"统一政令,贯彻军令","消灭汪逆伪组织","破坏政府法令便是汉奸","肃清奸徒,巩固后防"等。

兵役:"逃避兵役是最可耻的行为","当兵是国民的天职","优待军人家属","人人当兵抗战必胜"等。

驿运:"发展驿运,接济前方军需","后方运输等于前方作战","驿运是抗战致胜的关键","驿运是发动人力兽力的运输"等。

防空:"无空防即无国防","努力防空建设","建设空防,巩固国防","人人出力,献计杀敌"等。

节约储蓄:"力行节约,争先储蓄","节约储蓄,是为子孙造基业","利己利国,最好购买储蓄券","厉行节约储蓄,增强抗战力量"等。

募捐:"有钱出钱,理所当然","出钱劳军,鼓励士气","踊跃献谷献金"等。

当官方动员民众,通过颁布标语口号,也力图在国家利益的幌子下,控制人民思想,发动了所谓"精神总动员",推行"国家至上，民族至上"的观念，反对"醉生梦死"，力图"纠正分歧错误的思想"，"革除苟且偷生的习惯"。

如果说"精神总动员"实质在于思想控制，那么"新生活运动"则着重行为规范。它以儒家教条来教育民众，宣称："礼是严严整整的纪律，义是慷慷慨慨的牺牲，廉是切切实实的节约，耻是轰轰烈烈的奋斗。"

就这样，政府运用传统观念，把人们日常生活与国家命运联系在一起。

官方指定书报阅读

另外，官方还要求茶馆提供政府指定的书籍和报纸。这些书的内容广泛，诸如歌颂抗日英雄，谴责汉奸，动员民众，鼓吹国民党意识等。这些书包括：

赞扬抗战和古代的英雄，如《戎马集》《王铭章将军》《英勇事迹》《岳飞》。

抨击汉奸，如《汪精卫》《汪精卫卖国密约》《天罗地网》。

鼓吹国民党意识形态，如《三民主义大众读本》《建国方略》《建国大纲阐释》《三民主义的体系及实施程序》《国民参政会》《中山先生故事集》。

发动民众抗日，如《总裁告川省同胞书》《悲壮的藤县之役》《从伪满边来》《抗战与兵役》《国民精神总动员纲领及实施办法》

《中国抗战与世界和平》《革命救国言论集》。

关于社会改良的大众读物,如《四川地理》《新生活故事集》《中央日报》《扫荡报》《新新新闻》《大公报》《三民主义周刊》《时代精神半月刊》等。

战时茶铺也被政府用作公关的场所。1945年抗战胜利前夕,据《新新新闻》报道,1945年6月28日成都市市长和警察局局长"假座华兴正街悦来茶园,招待新闻记者公会及外勤记者俱乐部全体会员观剧",邀请"全市各角均各上演杰作"。因为有外国记者参加,所以"戏单并备中英文两种,由新民报及战地服务团捐印"。

甚至外国组织也意识到茶铺对传播信息的重要作用。根据《成都市政府工商档案》的记录,1945年7月,美国新闻处成都分处致函成都市政府社会处,称该处的成立宗旨是为"传播新闻,灌输民众现代战争新知识"。他们注意到"成都茶馆林立,是为民众聚息之所",计划将一些关于教育和娱乐的图片、标语和宣传画贴到茶铺,要求提供全部茶铺的名称和地址,以便"按时寄赠"。

审查剧本

政府还建立了"中国国民党成都市人民团体临时指导委员会",负责审查剧本。部分被审剧本目前还可从档案中看到,提供了政治怎样影响大众娱乐的第一手资料。从我在《成都市政府工商档案》中所看到的12个剧本中,全部都与抗日有关,题目包括:《还我河山》《汉奸题名》《汉奸的下场》《倭寇侵华图》《抗日调》《故乡曲》《吊姚营长》《国情恨》《五更叹国情》《英勇抗日》《阎锡山枪决李服膺》和《新四川》。

这些主题一些回顾日本侵华历史,一些赞扬抗日运动,一些歌颂战场上牺牲的英雄,一些表达失去家园的痛苦,一些历数日本军队在华犯下的暴行,一些哀叹国家的不幸,等等。这些演出形式各样,其内容和语言对唤醒和动员民众,都有着强烈的感染力。

例如《还我河山》描述了祖国壮丽山河,悠久历史,丰富文化。宋代抗金英雄岳飞手书的这四个大字,在全国许多地方可以看到,广为人们所知。以这四字为题可以打动人们的心灵。

这个故事揭露日本帝国由于缺乏自然资源和市场,企图霸占中国领土。日本入侵满洲,建立溥仪傀儡政权。然后占领华北,摧毁中国的教育,迫使中国人学日语。在日本占领区,人民遭受极大苦难,年轻人被迫为日军服务。日军摧毁和焚烧房屋财产,并把赃物运回国内。日本杀了无数人民,许多人被活埋,妇女被强奸,人们妻离子散。这个脚本呼吁人民组织起来保家卫国。有钱出钱,有力出力,"奋斗到底一条路,收复失地凭血肉。愿做壮烈牺牲鬼,不做偷生亡国奴。"

《汉奸题名》则谴责日本侵略的罪恶,把八个汉奸的名字公诸于众,全民共讨之,并揭露这些人如何成为了汉奸。

另一剧本《汉奸的下场》内容也是大同小异,警告"当汉奸捉了身首异处",他们的家庭将受到牵连,不仅财产没收,而且名声扫地,下场可悲。

这些本子都以韵文写成,但无论从形式还是从内容看,都与传统大众娱乐相去甚远,适应了政府宣传之需要,成为战时政治文化的组成部分。毫无疑问,在发动民众参加救亡运动中,茶铺扮演了十分重要的角色。

"肃清奸徒,巩固后防"

当战争成为人们关注的焦点,而国民党政府则以国家权力压制对政府不满的言论和其他活动。

例如,据《成都市商会档案》,1940年,地方政府要求茶社业公会"严加防范",密切注意来到成都和重庆的陕北抗大120名学生的动向。共产党建立抗大以培养革命干部,因此地方政府对这些学生的到来十分担忧,试图监视和限制他们的活动。在那种政治环境下,茶铺不得不配合警察维持地方"秩序"。

根据《成都市商会档案》,1940年6月,警察称一些汉奸和流氓在茶铺活动,要茶社业公会提供"密报"。其实,政府对所谓"汉奸"并无严格定义,而且经常用来打击那些批评政府的人士。例如,任何"破坏政府法令"的人,也被称为"汉奸",企图"肃清奸徒,巩固后防"。

国家对茶铺的严密控制引起了极大的不满。1942年,《华西晚报》发表居格的讽刺文《理想的茶馆》,以讥讽的口气提出在城中心建一个"市茶馆",设馆长、副馆长之职,茶客都必须"听从馆长之指挥,不得违抗"。茶铺中只能用"国茶",而且"定量分配"。每客一杯,每杯茶叶量绿茶不得超过2克,红茶不得超过5克,菊花茶以3朵为限。

虽然每客冲开水次数不限,但总量不得超过半升。不过如果体重在60公斤以上者,或茶客到茶馆前在烈日下走了两公里以上者,总水量可达四分之三升。茶馆开放时间规定在早晨6—7点,中午12点至下午1点,下午4—5点,晚上9—10点。

在茶馆饮茶时间每天平均不得超过两小时,"为者以旷时费业论处"。茶客还必须申请"饮茶证",上面两寸半身照片,其资格必须年满20岁,"有正当职务者",而且还必须证明是"家屋窄隘或眷属不在住所,确无在家饮茶之便利者",或"其他确有饮茶之必需,呈准有案者。"

在茶铺内,"不准看报下棋",如果需要了解时事要闻、市场消息,则以无线电收音机"转放中央广播电台之特定节目"。茶客饮茶时还必须"衣冠整齐,正襟危坐,不得奇装异服,袒胸露臂。应沉默无语,徐徐品味,不得交头接耳,尤不得高谈阔论"。

另外,还要求茶客"准时入座",不得"迟到早退"。饮茶前还要"全体肃立",然后才"各就各位"。饮毕,"全体肃立,鱼贯出茶馆"。

作者有意将茶馆规章绝对化,诸如饮水量视体重、饮前肃立、鱼贯而出等,使所谓的"理想的茶馆"看起来荒谬不堪,更像一个严密控制的军营,表达了人们对国家日益增长的对日常空间和日常生活控制的极大不满。

这里所描写的场景,让我们不由地联想到奥威尔在《1984》一书中所描写的对人们日常生活的控制,人民无时无刻不在所谓"老大哥"的严密监视之下。

《四川省管理茶馆办法》

抗战胜利前夕,1945年3月省政府颁发《四川省管理茶馆办法》(这个文件在《新新新闻》和《成都市政府工商档案》中可以见到),包括所有茶馆一律登记,"非因确有需要",一般不得新开;茶馆登记后,如"某一区域茶馆过多,应逐渐取缔",而且茶馆"不准顶让";十字路口或丁字路口等要道不得开设茶馆,"如违反者逐渐取缔"。

下列是"绝对禁止"的各项:以青年妇女当茶房、赌博、淫秽歌唱、茶座上理发捏脚、"家庭茶座"、其他"有碍风化"及公共秩序、卫生之事。所谓"家庭茶座",其实就是禁止雅座,意思就是说不能给茶客提供隐私的保障。

以下是必须"绝对遵守"的事项:墙壁应清洁,并挂《国民公约》

和"新生活运动"标语,挂卫生、防空、防毒等画报,准备书报以供阅读,乞丐不准进茶铺;有交易违禁物品,或"非法聚会"者,茶铺经理人应"立即密报宪警或主管官员",主管官署将随时派员"到各茶馆检查",违者视"情形轻重,分别处以处罚或令停业"。另外,该章程还规定有各项卫生规定。

政府不仅颁布对整个行业茶社业的规章,甚至还有一些规则专门是针对某一个戏园的。例如,1939年,政府同意颐和园"添设书场",但颁布下面的规定:不准演唱淫词,只有演员才能上舞台,演员不得与观众交谈,不得做任何有伤风俗或公共秩序的事,客满后不得再售票,不得加座挡住过道,票价必须印在票上,观众保持安静,演出必须在晚9点以前结束,舞台、墙壁、地上必须每天清扫,不得雇佣任何有传染病者。违反这些规则者将面临关门的处罚,经理人将受惩。这些规定几乎涉及茶铺生活的各个方面,从演员和观众的行为,到卫生和营业时间。

新移民也把他们的文化带入成都,不少茶园也为从华北、华东逃难来的演员敞开了大门。根据《成都市政府工商档案》的记载,1939年,十七八个逃难入川艺人在成都演平剧,这个班子先是在二泉茶楼表演,但日机轰炸后茶铺关门,他们失去生计。一个演出班子要转移到另一家茶馆,也必须得到许可。1940年,广寒平剧书场(或广寒平剧院)请求许可这个班子在此演出,以解决这些难民的生计。

《成都市政府工商档案》还保存了1941年锦华茶楼的经理向

市政府要求允许演大鼓书的申请,说茶铺最近重新装修,符合安全和卫生规定。为了"繁荣市面",请求允许从京津地区来的一个的班子演出,该班有十多个艺人。茶铺为此集资几百元,承诺将"每日加唱抗战歌曲,藉资宣传"。茶楼保证全部艺人都将遵守规则,所演"绝不稍涉浪漫至伤风化"。

政府派员进行调查,确认安全和卫生,强调戏班是有档次的,非一般"江湖卖艺之流"。但是调查员也提到,由于茶铺处于成都中心的春熙路,观众如此集中,如果空袭的话,将十分危险,与政府关于减低人口密度的政策相矛盾。成都市市长拒绝了这个请求,但允许戏班转移到一个较安全的地段演出。

控制大众娱乐是从20世纪初以来国家对人们日常生活干预的一个组成部分,在国家日益加强的控制中,茶铺和艺人都面临严峻的挑战,但是它们能够充分运用各种策略,与政府政策进行周旋,得以生存。

因此公共空间、休闲娱乐活动与政治联系在一起,并与经济、社会不公、政治运动密切相关,左右各种政治势力在茶铺中的力量角逐。国家试图压制任何可能危及国民党统治的政治意识和活动,茶铺老板竭力远离政治,但经常不可避免地被政府和茶铺的顾客拖入政治漩涡之中。

混乱的年代，

1946—1949

成都的人们仍然到茶铺里去得到信息，从事社交，看戏，听评书，这些和晚清并没有多大的差别，但无非是在茶铺中所讨论的政治议题，是随着时代的变化而变化的。

经过 8 年艰苦的全面抗战，终于取得了胜利，本来中国应该再利用这个机会，休养生息，愈合创伤，让人民享受胜利的果实，开始安定的生活，但不幸的是，内战爆发，中国再次陷入了战争的泥淖，人民再次蒙受颠沛流离和死亡的苦难。

不过成都是相对和平的，战争并没有在成都爆发，成都茶铺的数量，仍然维持在 600 家左右，也就是说哪怕是战乱也没能阻止人们去茶铺中寻求慰藉，茶铺的生意仍然兴隆，这和当时全国的混乱局面形成了鲜明的对比。

但是国民党的一党专制，给茶铺的公共生活带来了非常多的负面的影响，人们在茶铺里的自由交谈受到了很大的威胁，尽管人们到茶铺里继续谈论政治，但是在茶铺里谈论政治会遭到相当的风险。

成都的人们仍然到茶铺里去得到信息，从事社交，看戏，听评书,这些和晚清并没有多大的差别,但无非是在茶铺中所讨论的政治议题,是随着时代的变化而变化的。

谁也无法阻挡历史的车轮,国民党的统治面临着崩溃,人心惶惶,然而茶馆仍然肩负着它的历史使命。尽管百业萧条,但是茶馆仍然与居民日常生活息息相关,所以人们依旧需要依靠茶馆,人们仍然到茶馆里去了解信息,社会交往,尽管人们小心翼翼地说话,唯恐招惹任何麻烦。

为什么我们不能选择自己喜欢的生活方式

茶铺继续繁荣

从抗战结束到国民政府崩溃,茶铺生活仍然能保持着活力。局势不稳,给人们更迫切的愿望,到茶铺里去获得信息。

1946年的成都,甚至到了深夜,按照《新新新闻》的描述,"茶厅前人像潮水一般涌了进去,一面又像奔悬的飞泉,不间断地泻了出来。"对茶铺巨大的人流的描述,真是非常地形象。

1947年的《新新新闻》刊登的《成都市茶馆业概况》,也称成都"每条街都有一二家"茶铺。当时共有茶馆656家,"散布本市各街",设备较好、地方宽敞的甲等茶馆,"每天可卖到三千碗茶",而能"卖到千碗茶者约四十家"。也即是说,仅这40家大茶馆,每天即有茶客4万人。

1949年有茶铺659家。小商业是城市的主要经济支柱,估计每10家店铺中就有一家是茶铺。

这个时期的茶铺,也是分成了若干等级。茶铺等级的划分,是因为各种不同的因素决定。一般是根据资本的多少,其他像雇佣工人数、桌椅数、销售和付税等也在考虑的范围之内。

也有资料显示茶铺的设施也是重要考量之一,如《新新新闻》报道 1945 年 11 月评定茶价时,把茶铺分为三等。

甲等的标准是:"电器优良,座位舒适,设备完善",包括少城公园内 5 个茶社、长顺街梁园、中山公园各茶社、祠堂街华记茶社、三益公、益智、新世界、二泉、华华茶厅、锦春等 27 家。

乙等:"电器稍弱,座位设备较次者",有东大街沁园等四百余家。

丙等:却是"街道偏僻,设备欠佳者",有一百余家。

《成都市政府工商档案》记载的茶社业公会的资料显示,1949 年将其 659 家成员划分为三等,甲等 39 家,乙等 399 家,丙等 221 家,其划分标准不甚清楚,也很有可能是根据经营规模来定的,因为最大最著名的茶铺都被列为甲等。但是我仍然发现一些著名茶铺被划分为乙级和丙级,如悦来茶园当时便被划为丙级。

从茶铺的销售,还可以了解每天多少人上茶铺。根据《成都市政府工商档案》的一份 1949 年茶铺日均销售的记录,为我们提供了最具体、最为可信的茶客人数的计算法。当年成都有茶铺 598 家,其中 60 家大茶馆每天要卖 3000 多碗茶,每天共 1.8 万碗。17 家最大的茶馆每天卖出 42700 碗,370 家中等茶铺平均每天 200 碗茶,总共 7.4 万;168 家小茶铺每家的平均日售量为

80碗,每天共卖13400碗茶。根据以上估算,我们可以得出每日计有14.8万人上茶铺饮茶。

由于原资料没有说清楚那17家最大的茶馆所售的42700碗茶是否已经包括在前所提到的60家大茶馆之内,如果是的话,这里有可能出现重复统计。不过,即使是去除这个42700,每天茶客的数量仍然在10万以上。相当于每个家庭的男主人都去茶铺(成都1949年有12.6万户)。如果我们加上那些去茶铺的小孩,数字应该更大,而小孩一般是不买茶的,所以没有在计算之内。

《茶馆赞》

1946年陈善英在《新新新闻》上发表《茶馆赞》,以抒情散文的形式,对茶铺进行了尽情的讴歌。首先茶铺是一天工作之余消除疲劳的地方:

> 这的确是一个非常好的地方,如果当你从工作房出来,而感到有些微倦意的话,那么,我一定建议你不忙回家,到茶馆里去喝一会儿茶再说吧!首先,当你一跨进茶馆的大门,你便会感到有说不出的轻松和解脱,像是去拜访一处名胜似的,心胸颇觉得开阔起来,把一天的累,从身上、心上,像尘埃似的拂去了。

在那里你可以看到茶铺的众生相,就是一个小世界,就是三

教九流聚集的地方:

> 你可以看到一堆堆的人,老的、少的,散布在不同的地方,喝着茶,谈着天,小贩们,堂倌们,算命的老头,擦皮鞋的小孩子……穿梭似的,川流不息似的,将整个茶馆织成了一幅花团锦簇的图案。这时你也许会碰到朋友,加入桌上谈话……阔别多年的友人,畅谈一通……

好多平民都依靠茶馆为生,在茶馆里提供他们的服务:

> 但是,如果疲倦了,或觉得无必要,找一个干净的角落闭眼喝茶,这时会有一个擦皮鞋的小孩敲着他的箱子,向你兜生意,你不妨伸出脚去,让他打扫一番,几分钟后,你的破皮鞋便会一改前观,很亮很亮了……

茶铺就是一个微观世界,他们来到这里有着不同的目的,他们在那里各取所需,得到了他们所要得到的,因此茶铺里面的熙熙攘攘,中间包含了非常多的社会和个人的意义,因此这篇文章最后说:

> 听吧!在另一边的桌上,又有几个人在那儿大谈生意经,他们说黄金又上涨了,他们这招棋下对了……电灯亮了,茶馆的人越来越多,茶馆也加倍热闹了,一些人开始散去,脸上闪动着愉快的光辉,像饱吮了露珠的花朵。

从这篇《茶馆赞》中，我们也可以看到这个时期的茶铺与清末民初已经有明显不同，过去茶铺主要是用油灯、羊角灯照明，后来开始陆续使用电灯，但是并不普遍，而在这个时期电灯已经成为成都各茶铺的主要照明设备。

在这样一个空间中，各种人物在那里休闲、会友、谈生意、下棋、讨论新闻，顺便也把皮鞋擦了。到了晚上，茶铺更为热闹，然后人们在满意的神情中离开茶铺，为一天的日常生活画上了句号。

当然，这是一个爱茶馆者的心声，但是现实就是那么奇怪，有人爱茶铺爱得如此之深，但亦有人恨茶铺恨得如此之切。从茶铺所经历的风风雨雨，我们可以看到这两股力量的长期较量。

"浪费唇舌"罪

关于坐茶铺的争论，仍然没有完结，1949年一个名叫屈强的人在《新新新闻》上参与关于茶铺喝茶的论战时，非常鲜明地提出了自己的观点：

> 一说茶馆非取缔不可，一说不取缔亦无不可。依我，两种都该打屁股二百。若问理由，前者有千千万万的茶客会告诉你；后者，犯"浪费唇舌"罪。我要喝茶的，我没有理由，你能把"饭"戒掉，我就能把"茶"戒掉。你要吃饭，我就要喝茶！

其言下之意是，该不该在茶铺喝茶是一件不用费口舌的事，只要人要吃饭，喝茶就不应被诟病。

有人指责成都居民太懒散、太悠闲，其主要论据之一便是茶铺生活。屈强觉得但成都人并不为此感到内疚，甚至有人理直气壮地宣称"我是标准茶客"：

> 成都这环境造成我，还是我血液里本就先有茶癖？我说不清。总之，凡我附近的茶馆，没一家不承认我是标准茶客。"标准"在这里，没有"雅"和"品"、"潇洒"、"清高"、"上等"等妙意，而是指：光顾得很勤，不赊欠，不麻烦这种好买主。无论茶馆之堂皇、肮脏、热闹冷静，一样进出，毫不拘泥。无论其为花茶、芽茶、香片、茉莉、下关、龙井，都无二味。倘要选择，我就特别喜欢那冷僻一点，"下力人"消闲那种茶馆，吞毛茶，可以看书、写稿。过去很长几段失业光阴，就这样"喝"下去，不论寒暑，不分阴晴，除了吃饭拉屎，几乎整天停在里面……只觉得上吞下泻是件舒服事儿……因而我往往为了一碗茶钱，舍得"当"一件衣衫，一床铺盖。

这还真有点像是茶客的宣言书，也是对那些批评的回应，同时也是一幅茶客的自画像，我们知道他喝什么茶，怎样看到自己，在茶铺里干什么。

有趣的是，作者显然是一个文人，也并不在乎去"下力人"

的茶铺,在那里"看书""写稿"也并不觉得别扭。作者宣称为喝茶肯付出任何代价,似乎是倾家荡产也要喝茶。

不过,所幸的是,我们还没有看到任何由于喝茶而破产的人。显然,当成都茶铺和茶客遭受攻击时,这位先生无非是要以这种绝对的形式表达自己的态度,宣泄自己的情感。

茶客的"半个家"

茶铺创造了一个环境,人们可以在那里想待多久便待多久,不用担心自己的外表是否寒酸,或腰包是否充实,或行为是否怪异。

许多人把茶铺视为"半个家"。他们自己的住房狭小、简陋、阴暗,不是久留之地,那些在晚上耐不住寂寞的人,只好到茶铺找乐子。许多来自外地的工匠和学徒就住在店里,而这些地方生活不方便,亦没有热水,因此他们的大部分时间都在茶铺里度过,早上到茶馆洗脸,晚上洗了脚才回家睡觉。

茶铺是最便宜的休息和社交场所。一个人可以独自到茶铺,躺在竹椅上几个小时,读书,嗑瓜子。虽然一碗茶的价格在不断上涨,但比较其他东西,吃茶仍然是相对便宜的。

成都茶铺还特别有包容心,就是今天所说的人性化管理。它们一般允许穷人或小孩到那里去喝客人留下的剩茶,称之为"喝加班茶"。一些成都老人对过去喝加班茶的情景记忆犹新。

据一位老成都回忆,他孩提时代经常去安澜茶馆,这是一个

混乱的年代,1946—1949

有三间房的两层楼茶铺。老板人不错,从不驱赶来喝加班茶的小孩。当他在街上玩累了渴了,便经常径直跑进茶铺,叫一声"爷爷"或者"叔叔","让我喝点加班茶",不等对方反应,便已经端起茶碗一阵狂饮,放下茶碗也不说声谢谢,便一阵风似的跑掉了。茶的主人也并不在意,继续他的闲聊。

当然,这可能是茶铺及其客人善待小孩的一个特例,其实到茶铺喝加班茶也是有规矩的,特别是对成年人,他们只能喝那些没有加盖的茶,因为这表明客人已离开,还不能直接端茶碗喝,而是用茶盖从碗里舀茶水喝。

茶铺也是人们摆脱烦恼的地方。1949年《成都晚报》上的一篇文章说,"年头不对,在苦闷中生活着的人们",在这个"可恶的时代",如果"想换得喘口气的机会","那我劝你上茶馆坐坐吧!躺在竹椅上,两手一摆,伸下懒腰,什么不如意的事,都会忘得一干二净,马上沉浸在另一个世界里。"

当社会动乱之时,茶铺也是人们逃避现实苦难的最佳场所,至少能在那里寻求一点安慰,或暂时忘掉现实生活中的痛苦。因此,批评坐茶铺的人,可能很少能够站在普通茶客的角度,设身处地地考虑他们喜欢茶铺的真正原因。

"人以群分"

尽管成都茶铺有很强的包容性,但仍然反映了"人以群分"

这个普遍规律。如《新新新闻》1948年有一篇蓝羽的《茶客》，描述公园里的茶客，"天然地分出了界限：坐荷花池一带是做买卖的小商人，梅花庵、湖心亭那儿的是阔少和内眷喝茶的地方，琴鹤轩是机关职员、县中名士、知识阶层茶会之所。没有人规定，自然而然，天然形成的。"

从外地来的学生组成同乡会，也在茶铺聚会。抗战时期大量难民来到成都，同乡活动更为频繁。例如，四川大学的学生喜欢在东门的四维茶社聚会，华西大学和金陵大学的学生则到小天竺茶社。中学生则去更小更简陋的茶铺，像石灰街和华西坝的"野店"。1949年，四川大学的教授因为低薪和生活艰难罢课，据地方报纸报道，许多学生便到枕流茶社去混时间，而这个茶铺过去是来自外地的富家中学生的聚会地。

根据原枕流茶社的老板回忆，教师一般并不到这个茶铺，学生从不到鹤鸣茶社，因为如果他们在茶铺里碰见将会很尴尬。老师认为学生不应该到茶铺，学生见到老师也必须恭恭敬敬。

四川大学校长黄季陆还曾以"易藏奸宄"，以及"盗窃案件，频频发生"，要求市政府取消学生宿舍后面道路两旁的全部茶铺酒馆。

小贩和商人都在茶铺里做生意，虽然他们做的方式不一样。小贩直接在茶铺里卖他们的商品，而商人一般只带几件样品，而不是把大宗商品搬到茶铺里。在交易做成以后，商品才会易手，一般是在各个城门或码头附近的仓库里进行。所以《新新新闻》

1947年的文章《成都市茶馆业概况》认为,"在成都这市面上,茶馆成了普遍的交易场所"。

几乎每个茶铺都有算命先生,他们一般在特定的茶铺兜生意。一个算命先生一旦建立了他的声望,便不愁没有客人。这样,算命先生也为茶铺带来了客源。如一个叫神童子的算命先生,经常出没在少城公园,他只要一到茶铺,人们便争先恐后地请他算命。

甚至有小孩在茶铺算命,例如一个茶客在春熙路益园"独自品茗",一个十一二岁的"拆字小孩"向他兜生意,"算年灾月降"。这个顾客因此感慨"对比欧美一般十一二岁的孩童都要受国家强迫教育,可中国文盲的孩子大多数行江湖骗术"。

算命者以相面先生为多,即通过看相来算命,他们有着非凡的能力给顾客提供乐观的答案。例如,如果客人是个瘸子,便称他"龙行虎步",是有"官相";如果脸上有麻子,就说"他的尊容上应星点,多一颗或少一颗都不成格局",将保佑吉利。顾客对他们所说深信不疑,心情好了,还有了自信。

有人对此冷嘲热讽,说政府应该请他们去进行战争动员,他们比政府的宣传还厉害。现代化和西化的精英批评人们"迷信",但是有意思的是,有人看这个问题从不同的角度。例如上文作者没有指责算命先生"欺骗",反而赞赏他们的灵活和睿智的语言,并借这个事例来讥讽政府的宣传。

战后,妇女进入茶铺的趋势继续发展,人们在茶馆里越来越经常看到妇女。有人描述在茶铺里,看到"一双男女互相斜视、调情"。甚至到了深夜,在茶铺里还"坐了一堆妙曼的女郎,看样子是某学校的"。

根据《新新新闻》1946年7月的报道,甚至在比较保守的成都之外的某县,有"许多值得称道的兴革事业",其中之一便是"公园茶馆的设置",加上社会教育的发展,"对解放女性束缚的功效亦很大"。

结果便是"许多年青的女人,在大热天,也能和男人们一样,坐在公园里喝茶了。"在茶铺里,"无一处没有搽脂抹粉的娇滴滴的女人,她们娇声地呐喊:'堂倌!小娃!'不时又突如其来地一阵子清澈的笑声,吸引着茶客们的眼光。"

经过了几乎半个世纪的努力,妇女终于为自己在茶铺的公共生活,争取到一席之地,虽然她们仍然遭受来自社会的讽刺、批评和重重阻力。

世外桃源是不存在的

茶铺间的纠纷

当然,像过去一样,茶铺里也经常出现各种纠纷。茶铺中发生的许多问题都与人们的生计有关,许多人在茶铺谋生活,从掌柜、经理人,到男女茶房、挑水夫等。茶铺主人鼓励小贩、理发匠、掏耳朵匠、擦鞋匠、算命先生、艺人等在那里讨生活,茶铺不仅能够从他们那里收取押金以供开办之资,而且这些人提供了茶铺所需要的其他服务。由于茶铺经常把空间提供给这些人谋生,有限的空间而造成竞争的激烈。

不过,茶铺中的许多冲突的发生,都是由于在那些谋生人之间、小贩和茶铺经理人之间、茶铺和居民之间、茶铺与其他机构之间以及茶铺之间的冲突。生意的纠纷经常在茶铺之间发生,特别那些茶铺密度大的地区,因为顾客、资产、公共空间的竞争激烈。

例如 2000 年我采访原鹤鸣茶社老板熊倬云,熊先生告诉我一次鹤鸣茶社同浓荫茶社打官司,后者借了其一个瓮子房不还,两家茶铺都在少城公园内,相互是邻居。鹤鸣最后赢了官司,两个茶铺在中间划白线一道,以明界限,防止纠纷。

1946年,由于担心"歹徒"与一般顾客混杂一起,警察令成都西北面的仁义、群益、利军、清真等茶铺暂时停止演出。按照《成都省会警察局档案》中保存的负责此案的警察报告,各种演出包括口技、清音、竹琴等,每个班子仅有几个演员,依靠茶铺"藉以糊口",他们不会影响公共秩序。这些班子都保证"不妨碍治安秩序"。

不过,该警察向警察局报告,在这个地区的茶铺也提供讲评书和清音,成为"浪人"的集中地,经常发生斗殴。这个地区有若干班子,包括良友竹琴社、清真口技、德祥清音社等,分别在仁义、群益、清真、利军演出。然而,仅清真口技的曾炳昆有执照,其他都是非法营业。

"借刀杀人"

茶铺之间存在激烈的冲突,除了经理人试图在经营上占上风外,也会暗中打击竞争者,特别是同一个街区对自己生意有直接影响者。其中最常见的手法,便是"借刀杀人",即向政府告密,指责某茶铺违反政策,或"非法开办",或进行"违法"活动等。

地方政府严格控制茶铺的数量,对茶铺的新开、转手、搬迁等都有很麻烦的审批手续,如果某茶铺在任何这些方面有不周到之处,便很有可能被街邻同行告发,暴露了小业主所面临的严峻的生存竞争。

下面金泉茶园、三槐茶园、大北茶厅三个案例,几乎都涉及同行排斥问题,而且都采取了告密手段,利用政府力量来打击对手。这些案例还显示了地方政府怎样以及在多大的程度上控制了小商业,也透露了茶铺与国家之间的复杂关系。

金泉茶园开办于民国初年,1943年2月其业主邱叔宜把茶铺,包括两间屋和茶铺用具,租给邓金廷,并未签约。邱宣称当时口头约定他随时可以停租。但是出租茶铺后不久,邱便试图收回,多次与邓交涉,但均被邓拒绝。于是邱"具状检举",指控邓拒绝登记,无视政府法令,有恃无恐,要求政府关闭该茶铺。

于是1946年10月被市府以无照经营关闭。据警察报告,邓"目不识丁,为人愚直,见其茶铺被封,全家生计断绝",导致其神经失常。街坊的保长显然想帮助邓,一方面要邓的家属照看好邓,以免意外,一面上呈申述。11月第十区警察公所要求市府暂缓执行对金泉茶园的强行关闭,体谅邓与其妻由于茶铺关闭的打击卧床不起的困境,以避免发生悲剧,影响社会秩序。

申述再次强调邓"确系乡愚,不知法令手续"。延缓关闭茶铺,邓可以有时间用完其所存茶叶、煤炭和其他原料,减少损失。政府命令金泉茶园在一周内关闭,但据负责此事的官员报告,在政府下令后茶铺实际上继续开了两星期。

关闭茶铺是由于其四方面违规:首先,茶铺没有向政府登记;

其次，禁止新开茶铺；其三，邓没有登记而非法开茶铺若干年；第四，他有意违反政府一周内关闭茶铺的命令。因此，该官员认为，按照《茶馆业取缔办法》第二款，该茶铺应该停业。如果允许延缓，与规则不合。不过他并没有具体指出对这个例案应该怎样处理，而把案子上呈成都市市长。根据档案中发现的市长的批示，拒绝了暂缓执行的要求。可见，地方社区头面人物的同情也未能挽救邓的命运。

三槐茶园被调查

三槐茶园的纠纷提供了商人如何与政府合作借以排斥竞争者的另一案例。1946年1月5日，一些所谓"成都市依法经营商民"给市长写匿名信，宣称："抗战八年，现顺利结束，最后胜利，正走上建国之路。成都为四川省会，市政应从新改革，非法组织营业贸易，应从速取消，以利建设"。该匿名信报告，长顺街的三槐树茶旅馆的老板，系原某县某乡长，现为袍哥大爷，"老板身为公务员，敢违法经营业务，实有伤法规，请速查明，应予停业，以重法规"。

政府随后派员调查，发现三槐树茶旅馆的前身为桐荫茶社，由陈骥云经营。陈将该茶铺"出顶"给王炳三，王试图把该茶铺改名为三槐茶园，但政府以不合有关茶馆条例而拒绝，并令停止营业。1946年2月，原桐荫经理李启义请求继续使用旧名，但是官方指出茶铺转手违反法规，应令停业，并令李限期交出执照。市长还颁布告示，宣布执照在3月10日作废。这个案例说明，政府所关心的主要问题是对茶馆所有权的限制。有意思的是，那封匿名信的作者强调王的袍哥背景，但政府对此并没有显示特别的兴趣。

在档案中留存有一个"侦讯笔录"，被讯人是李启义的代表吴培惠：

> 问：你今天来是代表李启义，你能负责吗？
> 答：当然负责。
> 问：你来文请求继续营业桐荫茶社？
> 答：因为陈姓的房子卖了，原桐荫茶社定期三年未满，收执照，作赔偿损失，故声申请继续营业，以资弥补。
> 问：现在桐荫茶社执照存在吗？
> 答：执照遗失。
> 问：陈姓出卖桐荫茶旅社……李启义到场没有？
> 答：当时立约，房子三百万，家具三百万，我们到场盖章。
> 问：桐荫茶旅社是否你承顶价格若干？
> 答：是我承顶，连同生财器具等，顶共为三百贰拾万元。

至于最后政府是否批准桐荫茶社继续营业，没有找到最后的处理结果。这里"百万"是法币单位。根据资料，1946年4月每碗茶45元，每石米（大约280斤）是4.4万元。1948年7月实行金圆券，300万法币兑换金圆券1元。

密告大北茶厅

1949年6月，有人密告地处新商场的大北茶厅为金银交易黑市，市府立即派员调查，宣布收回执照，关闭茶馆。茶社业公会代表大北茶厅进行申述，称该茶铺开办经年，顾客都是经营烟酒、谷物、干菜、印刷、肥皂、机器以及纸张等商品的"合法商人"，该茶铺是这些商人定期"茶会"的地方，从不允许非法金银交易活动。

他们的解释道：茶铺由于黑市交易有碍正常贸易，曾于1948年12月要求政府派警员到茶铺维持秩序，但没有得到警察响应。在那段时期，为了保护自身利益和合法贸易，他们曾向分署反复密报有关情况。但6月21日，政府突然检查茶铺，抓获非法商人。公会请求政府允许茶铺重开，保证合法经营。不过市长指责大北茶厅"随时招聚非法商人"进行"黑市交易，扰乱金融，妨害社会"，而且多次令其停止非法活动，但"均未遵照"。

1949年6月28日，公会再次请求允许大北重开，声称根据公会的调查，大北茶厅并不允许黑市交易，一旦发现，即行制止，个别商人暗中从事非法交易，非茶铺所能控制。各业商人需要该茶铺进行贸易，吁请准许营业。经过反复交涉，政府最后让步，允许茶铺重开，但经理必须签署具结，如果再有任何黑市交易，茶铺将被查封。

从大北的案例看,显然政府对有影响的大茶馆与无权无势的小茶社采取不同的态度,大北与前述金泉茶园的不同命运,便说明了这个问题。同时,政府令其他各茶铺也必须签署具结,这成为控制茶铺的一个策略。茶社业公会要求其他17个茶铺签了"切结书",表示"自愿遵守政府法令,对于在社内进行非法交易之奸商绝予劝导,拒绝并密告附近警察机关,或用电话呈报钧府,以凭拿办……如有违反情事,甘受严重处分"。

这些案例暴露了茶馆业主们的内部纷争,他们缺乏团结一致,以向国家力量抗争,而是经常设法利用国家力量搞垮竞争对手。有的茶铺正是因为那些密告而被政府处理。茶馆业主们相互间"借刀杀人",试图以国家之力打击竞争对手,这无异于火中取栗,说不定哪天政府又清算到自己的头上。

告密是国民党政府用来控制民众的一种手段。鼓励告密,或许通过民众互害达到了控制的目的,但是败坏了人伦道德,对于一个国家来说,无论如何是有害的。一些人为了谋取私利,不惜出卖他人,告密者也会遭受良心的折磨或者道德的谴责,甚至有可能身败名裂,因此付出沉重的代价。

"茶价自由涨,到处有风波"

茶铺与顾客的矛盾时常发生,纠纷可能因为开水不烫、茶铺涨价或者顾客搬动桌椅所引起。

例如1946年，绿荫阁茶社要求市政府颁布公告，规定茶铺营业只能限于自己范围，以避免纠纷。绿荫茶社的经理说，茶铺租少城公园（当时称中正公园）地盘多年，相安无事，直到最近一些顾客把桌椅搬到茶铺外面，桌椅经常被损坏，茶碗丢失。堂倌请顾客不要移动桌椅，但经常被顾客辱骂，甚至殴打。顾客似乎只关心他们自己是否舒服，而不管茶铺损失和茶铺会因此受政府责难。

作为回应，市政府颁布公告，重申不准将桌椅搬到茶馆之外的禁令：

> 公园内附茶社原为便利游人，用作暂时休息之所。其营业地址早有一定限制。凡属未经搭棚设座之地，均不得擅自移桌椅，有碍游人。兹值暑天酷热之际，尤应特别注意遵守，以重卫生……凡属公园内各茶社指定营业地点，以外地区，均不准设座售茶，更不得自移桌椅，随处摆设。倘有故违，定予依法取缔。

不过该公告所强调的是茶铺占用公共地带，而非绿荫茶社所担心的冲突和财产损失。这个例子应该说是比较独特的，大多数茶铺并不希望政府限制他们使用公园空地。这个公告现存《成都市政府工商档案》中。

有时一些小事也可能引起茶铺与顾客的暴力冲突。一次一个顾客漫骂和殴打堂倌，其原因不过是茶水不够烫，老板赶紧出来解劝。

茶铺涨价,也可能引起与顾客的纠纷。如1948年12月5日,各茶铺涨价,花茶每碗卖二角,是日刚好是星期天,"各机关学校公教人员到茶馆品茗者甚多"。因茶价"而与堂倌发生口角,已有数起。"

又如据《新新新闻》1948年的一篇报道,在东大街华华茶厅,有一顾客向堂倌询问为何"未奉准政府令即自动提价",该堂倌曰:"白米由十几元一斗涨至廿几元一斗,如何未经政府允许,却自动涨价?"因而双方发生争执,"众茶客诉责该堂倌不该如此出言始告了息"。据报道其他地方如中山公园各茶社"闻亦有同样事件发生"。因此茶铺涨价,"影响秩序"。地方报纸因而评论道:"茶价自由涨,到处有风波"。

这倒是揭示了一个有趣的现象:政府对茶价的控制程度(或能力)似乎超过米价,难免茶铺对此颇有怨言;而且似乎茶价上涨,更容易引起社会关注,政府也可能由于担心"到处有风波",故对茶价更加严格控制。

此类事件,给地方政府非常好的借口对茶馆进行严密控制,以维持"公共秩序"。由于警察认为茶房"智识水准太低,往往发生不正当之作为,实系一严重之社会问题",1947年专门开班"训练茶房",其目的是"为灌输其现代知识、提高人生信念"。分期训练全部茶房,每期一月。

学生也给茶铺带来麻烦。据我查阅到的《成都省会警察局档案》里面的一个案例，1946年12月，四川大学的几十个学生，用茶铺经理的话说是"暴徒"，捣毁了棠园茶社。经理给出的损坏财物清单，由正副保长和其他六个邻居签字认证，要求法庭判学生赔偿。四川省会警察局令分局"切实从旁妥为调解，务使学生与商民住户，不再发生类似冲突案件，以维治安。"

1948年的另一个事件涉及一个大学生在紫罗兰茶社见两帮学生争吵，表示对"如此学风，感叹不已"，不想被学生听见，当他离开茶铺时，一些学生追出群殴，打伤他的脸，撕烂他的衬衣，抢去他的金戒指。随后警察逮捕了打人者，《成都晚报》以《叹学风日下，出茶馆挨打》为题报道这个事件。

学生被认为受过良好教育，但是这些事件说明他们不像人们所期望的那样平和，不但自己内部发生纠纷，也与其他集团发生冲突。在1940年代末，政局的不稳，对内战的不满，有组织的学生的示威此起彼伏。学生中共产党的影响日益扩大，政治上日趋左翼。

政府对学生的活动分外关注。在上述棠园茶社事件后，警察局表示："学生与商民偶生龃龉，事所恒有。每因调处不善，遂致扩大纠纷。嗣后该分局倘遇类似事件发生，务须妥为调解，勿使世态扩大为要。"有趣的是，这里警察没有半点对学生的批评。

"逮到撬狗儿！"

当人们为生存而挣扎时，茶铺里的偷窃活动也随之增加。小偷经常偷茶碗和其他茶铺用具，以出手换钱。有档次的茶馆一般都用景德镇的茶碗，瓷器精美，可卖个好价钱。铜做的茶船也是小偷的目标，因为收荒匠乐意把它们当废铜来收购。1947年，茶社业公会向警察报告，由于偷窃，茶铺损失巨大，请求警察将那些在茶铺行窃的人送去做苦工。

当然，偷窃的增多与经济的恶化有关，茶铺的环境可能也给小偷造成许多机会，例如，电灯的使用是茶铺中的新事物，但供电不稳定，经常停电，当晚上停电时，小偷乘机活动。更有奇者，《新新新闻》报道，还有人在"茶座中施放麻药"，把顾客的"金圈金戒"皆偷去。1949年，华华茶厅要求政府对小偷采取措施，以减少茶铺损失。

茶铺自己也采取各种手段防范小偷，包括派雇员严加看守财产，但仍然没有多大成效，有的茶铺则采取一些更独特的办法。如1948年，惠风茶社成为银元市场，小偷闻风而至，茶铺训练了一只鹦鹉，不断提醒顾客，"逮到撬狗儿！逮到撬狗儿！"（成都土话叫小偷"撬狗儿"）据说这一招很见效，吓跑了许多梁上君子。

1949年，一些高档茶馆开始使用烧刻有茶馆名字的茶碗，并在地方报纸上打广告，如果发现任何人卖刻有茶馆名字的茶碗，请报告给警察。公会也向各有关部门，包括法庭、市政府、警备部、宪兵、商会等，要求支持这项措施，并发布公告宣布任何人和任何茶铺不得购买烧有店名的茶碗、茶盖，并向警察报告持有这些茶具的人。

1949年10月，国民党在成都的政权已经风雨飘摇，但以"海派"作风"吹擂"的凯歌音乐茶座却在"几经风雨"后，终于揭幕了。根据《新新新闻》的报道，事前该座即大卖预票，并又发出请柬，"以致在开唱前二百多座位，竟无虚席"。谁知演出的节目使观众"大失所望"，早有所不满，到唱所谓"时代歌声"时，又出了大岔子，结果"听众一齐推翻茶桌，一哄而散。两百多套茶碗，皆成粉碎。"

可笑的是，警察局在得知报告后，反而指责该茶座"以色情号召"，来"麻痹人心"，而且不顾"座位多少，尽情出卖预售，秩序乱到极点"，却又不请治安人员"前往弹压"，所以酿成事端，结果"下令传讯该茶座主持人"，说是要"依法惩治"。其实所谓"以色情号召"，不过是宣传请了"香港小姐"，耍耍噱头而已。但这倒给当局一个好借口严加整治。

"肃清金苍蝇"

虽然茶铺与附近居民互相依靠，建立了密切的关系，但仍然可能因各种问题发生摩擦或纠纷。宁夏街的几个居民担心火灾，向市政府报告本街的一个茶铺违规，这个茶铺处于一个学校和公馆之间，狭小拥挤，墙用的是易燃的篾片。而且每天早晚，桌椅摆到街沿甚至主道上，阻碍交通。居民们担心，夏天如果发生火灾，人们很难及时疏散，后果将不堪设想。他们还抱怨茶铺里"来往行人,良莠难别",窃贼可以从茶铺进入学校或公馆。他们要求政府对该茶铺严加规范。

茶社业公会因为建码头与一小学发生纠纷。该学校向市政府抱怨,复兴桥下的空地属于学校,这个码头不仅占了学校地产,而且违背了市政府禁止在这个交通要道运水的规定。

因为成都各公共场所及茶铺酒肆,"常有聚赌情事",而赌博经常引起暴力冲突,虽然警察局有"查禁法令",但"视若未闻"。1948年5月,宪兵、军队、警局联合行动,在"公共场所,禁止聚赌",所以共同会商决定对"赌博行为务须严厉禁止"。各公共场所"凡有聚赌及抽头者,决拿获依法究查"。

提督街三义庙近圣茶社内,时常有人"作买空卖空生意",其实是进行赌博,赌客"各据一桌面",进行押牌九、掷骨子、打纸牌等活动,"顿使茶园变成大赌博场"。警察在得报后,派警员前往检查,逮捕九人。

但这次抓捕后,赌客们居然"仍未作撤退打算",依然是"袖里乾坤"的天下,再次派员捕捉三人,包括一个妇女。警察称这是"肃清金苍蝇"。茶铺赌博有很长历史,形式多样,从晚清以来便被禁止,但政府措施是时松时紧,并未取得明显的效果。

士兵强占茶铺

内战给人们的日常生活,继续添加无限的痛苦和烦恼。大量士兵进入成都,甚至强占茶铺为营地。根据《成都市政府工商档案》所保存的文件,1946年,茶社业公会理事长王秀山向政府致函,抱怨士兵强占茶铺,造成茶铺生意大幅度下降。据他的陈述,全成都623家茶铺,即有523家进驻了军队,特别是在那些郊区的茶铺,被士兵所占者更多,茶铺损失巨大,要求政府救济。

那些驻扎了军队的茶铺生意大受损害,有的被迫停业。各茶铺还得承担军人所用水电、灯油、燃料等开销,士兵还经常损坏或者偷窃桌椅、茶碗、茶壶等。整个行业损失达3560万,平均每个茶馆30万。

王秀山指出,日本投降后,内战爆发,人民非但没能休养生息,而且迭遭苦难:

> 公会固知大劫所至,国战攸关,岂敢尤怨。不过受害较他业特大,未敢缄默不言,使五百二十三家同业,冤沉海底,只得据实报呈,请求设法救济,并严令尚驻东外市区各茶社之营威壮丁,速迁郊外,以恤商艰。

由此可见,茶馆中日益增多的混乱局面,是与当时大的社会环境分不开的,也是长期战乱所带来的结果。

集体暴力有时也在茶铺发生。据《新新新闻》的报道,1946年1月,北门红石街口茶社"发生纠纷械斗",双方"彼此水火,打成一团,大演其全武行,一时椅飞碗舞,情势非常紧张",以至"围观街民惶恐万分",甚至出面调解的保长也受伤。后军警前往将"肇祸行凶"之十余人逮捕,"解送警备部法办"。

1948年4月,茶社业公会请求市政府惩办严重损坏大北茶厅财产的地痞流氓,并要求他们赔偿。《成都市政府工商档案》还保留有公会的报告,记录了事情的原委:一天晚上有几十个无赖冲进茶厅,挥舞手枪和手榴弹,他们把前后门把住,不准任何人进出,殴打他们所找到的受害者。后来,大批警察到来,逮捕了肇事者。

公会的报告指出,"茶社系公共聚会场所",而"一切秩序均赖治安当局之维持"。如果类似的事件再次发生,"若再遭受意外滋扰,前途何堪设想?"因此,公会要求政府保护,否则他们的生意难以维持。该茶铺称有3千万(法币)的损失,包括损坏326个茶碗,335个茶盖,17张木桌,34把竹椅等。在市政府把这个案子转到警方后,肇事者被捕。

1946年3月,一个茶铺老板与一个居民因欠款发生剧烈冲突。《成都市政府工商档案》保存了关于这个事件的两种不同的文本。徐绍棋称北东街的岁寒茶社老板刘甫建欠他6200元,两人经常为此发生争吵。一天,刘请徐到他茶铺去取钱,刘在茶铺聚集了上百个"烂兵"和流氓,不但殴打徐,还抢了他56000元。徐立即报警,称"该茶社主人竟敢集众行凶,并夺人现金,实属目无法纪。"结果警察立即羁押了刘,关闭了他的茶铺。

在这个关键时刻,茶社业公会介入。在给政府的申述信中,公会理事长王秀山提供了不同的故事:根据公会调查,刘、徐和徐的一个朋友一起在一个酒馆喝酒，相安无事。席间大家达成共识，刘将尽快付清债务。当他们一起离开酒馆，徐的朋友突然称，他是实际上的债主，要刘立即还钱，但刘当时没有那么多钱。这导致刘与徐及朋友的混战，路人干涉才把他们分开。

公会还反驳所谓刘在茶铺里聚众的指控，指出他们打架的地方离茶铺还有相当的距离。而且，茶铺非常小，不可能集结这么多人，如果刘有预谋，那么怎会与他们去酒馆喝酒呢？

公会还肯定刘没有抢徐的钱，事件后，邻居看见刘在家，他与朋友出去采购茶铺用品，而非逃离犯罪现场。公会还抨击警察逮捕刘和关闭他的茶铺，使他一家及其雇员失去了生计。公会要求市政府令警察允许茶铺开门营业，如果没有收入，刘更不可能付清欠款。

目前很难知道事情真相，本事件处理的最后结果也不清楚，但是这个事件至少揭示了茶铺及其主人经常所面临的困境。从这个纠纷我们还可以看到，显然公会比个人能够发出更大的声音，在茶铺遭受困难的时候，能够提供帮助，至少提交给政府的调查和解释对茶铺主人更为有利。

老牌悦来茶园遭遇匿名举报

"保护费"

在民国时期，历史最长、最有影响的戏园当为悦来茶园，本书前面也多有提及。悦来茶园是清末改良者周善培在成都推行"新政"的成果之一，最早上演"改良"戏，成为新娱乐的样板。由于有极好声誉，许多名角和戏班都乐意到此演出。三庆会是川省首个川戏职业团体，便在悦来茶园建立，许多川剧名伶便从这里发迹。1949年底共产党接收成都时，其仍然是生意最好的茶园之一。

根据《成都市文化局档案》1950年的档案资料，称悦来在43年前设立，就是说是1907年。在晚清，悦来茶园的舞台称"悦来戏园"，旋改名为"会场戏园"，1917年的《国民公报》报道更名为"蜀都第一大舞台"。后又回归"悦来"原名，但改回的时间不详。

茶铺与地方当局特别是警察经常会发生争端。警察竭力从茶铺收税以作为其经费,外加"保护费"、"弹压费"等各种名目,这引起了不满和抵制。茶铺还有其他各种负担,包括给警察提供免费戏票,如果稍有照顾不周,麻烦就会接踵而来。

作为晚清戏曲改良的先锋,虽然生存下来,要维持好各方面的关系也实属不易,遭受不少风风雨雨。如悦来茶园演出一个流行剧目,其中有个妓女角色唱20世纪30年代红影星周璇在电影中所唱的一首歌。每天警察局派人到茶园取票,一次茶园未能满足警察局所要的票数,警察在演出中派人到园强行停止演出,借口是妓女角色有伤风化。

此时女演员已经在舞台上,观众急切等待开唱,戏园经理只好到舞台上向观众解释演出已经被警察禁止,并向观众拱手致歉,但几个警察乃跳到舞台上暴打经理,全场遂一片混乱。

"街民们"的指控

《成都市政府工商档案》中有一封简单署名为"街民等"给市政府的密告信,详细描述悦来茶园的"种种不法"活动,包括设立"秘密烟馆"和"秘密赌场"等。这封信宣称在悦来工作的几个工人吸鸦片成瘾,经理冷远峰设有一个秘密地方供吸鸦片。悦来的雇员、戏迷、地痞等,日夜赌博,悦来从中抽成。赌徒的香烟还引起过一次火灾,幸好救火队来得快,否则后果不堪设想。

告密信还说他们担心这个地区商铺密集,如果火灾损失将十分重大。由于茶楼长期失修，如果火灾发生，可能倒塌，而观众从狭窄的通道难以脱逃。告密者还指责悦来"爱金钱如至宝，贪图厚利，不顾一切"。

另一个指控是逃税，"以多报少，蒙蔽税收"。告密信称悦来的生意"较成都市其他娱乐场所见好在百分之七十以上"，但是严重少报利润。最后，信要求政府"依法严办，以儆奸究"。

政府派员若干进行了"明密调查"，但没有发现赌博和吸鸦片证据。除此之外，保长和邻居还写有一个证词，说茶园从未发生过火灾。悦来经理签署了一个具结，表示如果这个指控属实的话，他甘愿受罚。调查员清查了本年1—4月的全部账目，没有发现逃税的证据。

不过，调查者的确发现茶园建筑修于光绪年间，结构已出现问题，如楼厢状况很差，有倒塌的危险。而且，茶园外面唯一进出口的巷子狭长而曲折，两边还有小贩，交通不畅。报告建议作改建维修。

当时茶铺也的确有房屋太老造成事故的，如据《新新新闻》1947年的一篇报道，红桥亭街灵官庙侧的茶楼由于"年久失修"，而且店主在上面还囤有"食米二石"，当时的成都，两石米有二三百公斤。难以负重而塌，茶客受伤。

为什么这些所谓"街民们"对悦来有这么严重的指控，从现存的档案资料很难确定真相。不过，这个事例至少提供关于戏园和附近居民关系紧张的一个例子。如果这不是有意陷害，也可能是那些居民真正担心安全问题，或者听信了道听途说。如果这个匿名指控不实，那么这封信暴露了有人竭力置悦来于死地，因为其中好几项指控都是要命的。这些人还可能是生意上的对手，或试图罗织莫须有的罪名以报私仇，也可能是对茶园成功的忌妒。

信中的语言透露了忌妒的可能性，例如他们要求对茶园严惩，以打击其"骄矜自满，目空一切"。作为一个最有名的茶馆戏园，悦来很容易被人认为"骄矜自满"，这当然会得罪不少人。我们不知道实际多少人参与了炮制这封信，虽然该信签署是"街民等"，但也可能不过是一个居民的虚张声势。我们也不知道悦来是否给了调查员贿赂，使他们为茶园开脱。

登记表透露的信息

关于悦来茶园，从档案中还可以看到进一步的信息。1950年，新政府要求全成都的茶铺向政府登记，根据目前从档案中可看到的详细登记表，悦来共雇有各类员工126名，这些登记表为我们提供了雇员的背景具体信息，包括籍贯、年龄、性别、工作性质、家庭地址、教育程度、个人经历、亲属关系、是否参加任何社会组织、其他职业等。

这些登记表也说明，戏园雇员主要是男性，女性只有若干。分工也很细密，如守门、卖票、会计、经理、印票、联络、写招牌、布景、乐师、男女演员等。

个人经历的信息也很有意思，如冯季友7—14岁读私塾，12和14岁时分别失去父母，15岁时在政府某机构做小职员，直至31岁，然后开始做"小本生意"整整35年，67岁时到悦来。

冷阡陌8岁开始学"旧学"，10—20岁下田劳动，他在悦来谋生活，他的妻子和两个女儿在家做手工，以"维持家庭生活"。

张明煊是个残疾人，他左腿8岁时致残，但他仍然有机会入私塾，学"旧学"8年，然后到一家盐铺当学徒，18岁时回家完亲，之后他又学医5年，经营一个轿子铺5年，然后"在家闲赋"8年，37岁时到了悦来。

这些背景资料说明大多数雇员至少都接受过一定程度的教育，特别是私塾教育，文化程度比我们一般想象得要高。当然，也可能悦来为成都最著名的戏园，可能其雇员受教育程度比其他戏园、茶铺要高一些。一些是生意失败的小贩，一些过去是店员或士兵，一些仍然依靠种菜或做手工以补工资的不足。

而大多数男女演员的经历则简单得多，一般都是在10—13岁时便跟师父学艺，都是三庆会成员，几乎都来自下层家庭。

许多有趣的东西不是我们自己记录的

青年马悦然的茶楼录音

1949年10月,25岁的瑞典青年马悦然(Göran Malmqvist)坐在春熙路一家茶楼上,用一架老式钢丝录音机录制茶铺中熙熙攘攘的喧闹声,并同时进行解说。

他这次到成都是进行四川方言研究,当时恐怕他自己也想不到,他对中国语言和文学的研究贡献是如此的大,尔后成为瑞典学院院士、诺贝尔文学奖18位终身评审委员之一。

下面这几段描述,便是从他的这个录音记录和翻译过来的。这是半个多世纪前对成都茶铺的真实记录:

> 我正坐在春熙路一个茶铺里的一张桌旁,一群好奇的人们把我围着。其中一个人问:"他在卖什么?"除了流动贩子,他们很难想象我还可能是干其他什么的。这个有点疯疯癫癫的外国人坐在那里对着一个机器在自说自话,但他们的好奇

心并不因此有任何减弱。

  我现在暂且不管围在我桌边的人群,让我描述一下现处的环境。这是一间很大的屋子,大约有50米长,20米宽,我估计客人有四百多。这里有一些小圆桌,没有涂油漆,我现在便坐在其中一张桌旁,竹子编的凳子很矮,非常不舒服。这里人很多,但空气很好,靠街的一面完全敞开。我靠着栏杆,可以看到下面街上的人来人往。我可以听见街头小贩的吆喝声,黄包车夫的大喊声,我还可以看到街对面世界书局的广告。世界书局是成都最大的书店之一,那里可以买到古典和现代文学的各种书籍。

  中国茶馆是一个非常好的设施:那里你可以聊天,谈论政治,或者做生意。你可以理发,或刮胡子,甚至还可以坐在位子上给你掏耳朵。在夏天的几个月,也有人一边品茶,一边洗脚。今天我没有看见任何人在这里洗脚,我想是因为秋天已到,天气转凉。

  我被各种人围着:我看到商人和他们的雇员(我估计他们是雇员),围着我的人明显看得出来有贫有富。这里很少妇女,今天只看到几个,没有同男人坐一桌。一些桌子旁坐的人看起来可能是搬运重物的苦力。

  ……

  从这段录音中,我们可以感受到茶铺的环境和气氛,茶客们在茶铺中的所作所为,以及人们对这个外国人外表和举止的万分好奇……

茶楼里的熙熙攘攘

对许多小贩来说,茶铺也是他们最基本的市场。茶铺老板一般并不拒绝他们到茶铺卖东西,因为他们也给顾客提供了很大方便,这样对茶铺的生意也有好处。如果堂倌忙不过来,小贩甚至帮助堂倌照顾下局面,也并不需要付工钱。

茶铺中最多的是卖香烟和叶子卷烟的小贩,其次是卖糖果的,其他像卖刷子、扇子、草鞋、草帽等日常用品的也为数不少。这些小贩由于适应了顾客需要,因此对茶铺生意也有帮助。

马悦然便在成都春熙路的一家茶楼上看到:

> 卖东西的小孩在茶铺里穿梭,他们卖花生、炒坚果、瓜子(黑瓜子,不大容易剥开)、棒棒糖等。一个人转来转去卖报纸,报纸很贵,我没有看到任何人买。每份报两角,相当于瑞典币的40分。另一个人转悠着卖一只钢笔,他把钢笔高高举过头顶。我先前在这家茶铺里看到过他,这只笔还没有卖出去!

马悦然还做了下面一段录音采访:

我现在要问一个顾客为什么到这儿来,多久来一次:"请问先生,你天天到这里来?"

"我是一个学生,我们同学有时在星期天来……"。

他告诉我他是一个学生——我想城里的某个大学的大学生,他说他没有那么多钱经常来,但有时同朋友一起来聊天。

衣着有时固然可以显示茶客所处经济地位,但马悦然却发现,他们所抽的烟比衣着更能透露他们的身份:

大多数茶客穿着长衫,像睡衣的样式,从旁边扣扣子,很多人穿裤子、短衣、鞋,但也有若干人穿西服。很难根据他们的穿着去对他们进行划分,有人按照他们吸的烟来判定。老人总是吸水烟,一只金属管,一个装水的容器。用这个吸烟不很方便,先把叶烟填进去,叭几口,把烟吐出来,然后清烟灰,又填叶烟进去,又吸、吐、清理,反反复复。年轻人喜欢吸纸烟。有钱的人吸一种在香港或上海生产的英国牌子,经济拮据者或穷人则抽质量不怎么样的国产烟。叶烟的质量还可以,那些搬运工、穷苦力吸黑色的中国叶烟,他们把叶烟卷成像雪茄一样。

茶楼上观街景

茶楼上真是一个观风望景的好地方。在楼上看得到什么呢?

借用马悦然的眼睛,让我们看他所观察到的城市日常:

> 我坐在二楼上,面朝着街,这里描述一下街景。我看到一个人担着竹筐走过来,一个骑自行车的人挡了他的路,骑车的是一个学生,骑的国产车,周身都在发响声。一辆载满灰砖的板车过来了,有五个人拉,轮子是胶皮的,走起来没什么声音。拉车是一件非常苦的差事,其中还有一个是女的,她拉得很吃力。这种运输方式只在华南见到。这个夏天我北行到甘肃的兰州,并不见人们像牲畜一样拉车,人们赶骡子和毛驴。这里却不见这类牲畜。
>
> 下面街上的黄包车夫摇着铃铛,拉车人声音洪亮,朝着挡了道慢行的人叫嚷。一个老妇坐着黄包车过来,她膝上还坐着三个小孩。街上不少人朝茶楼上看,我看见两个穿制服的先生望着我,他们不知道这个外国人在做什么。还有一个士兵骑着自行车,肩上挂着枪,老式来复枪,可能根本就不能用了。街上经常看见军人,数量不少。

下面这个场景也很有趣:

> 两个女士走在一队人前面,抬着一个大箱子,里面有一双鞋,一把椅子,椅子上有一顶帽子,各种水果等。这是送亲的队伍,也即是说在婚礼前,是婚礼的前奏曲。新郎将礼物送新娘,新娘将礼物送新郎,等等……。

这时，街对面书店的生意也基本停顿了，大家都在看茶楼上这个自说自话的洋人……

坐在高高的茶楼上看着街头的人来人往，犹如在观看真实城市生活的纪录片，每一分钟，每一个镜头都没有相同的，而且你不知道下一分钟会发生什么，充满新奇和期望，难怪许多人可以在那里看一整天的街景。

而且有意思的是，马悦然在茶楼上看街上的人来人往，但是他却也成为街上的人们所看的景致。所以观察者和被观察者，其角色是经常相互转变的。

这个资料的发现，要感谢瑞典隆德大学沈迈克（Michael Schoenhals）教授。多年前，我们在香港开一个国际学术讨论会，聊天时，他告诉我他的老师马悦然 1949 年在成都的一个茶楼上做有一个采访录音，引起我极大的兴趣。托他帮我寻找，他不仅帮助找到这个录音，而且把录音由瑞典文翻译成英文。

茶楼

铺面房是成都街道两旁最常见的两层建筑,一般楼下做商铺,楼上做住家或者仓库,但是也有一些茶铺开在楼上,一般称为"茶楼"。顾客可以高高在上,观看街上的人来人往,说不定街面上发生什么事情,还可以给他们增加一些谈资呢。

一个时代的结束

"小心!墙壁有耳"

抗日战争后,随着内战的爆发、经济的恶化、争民主反专制运动的兴起,政治再次成为茶铺聊天的忌讳,国民党竭力压制任何批评的声音。

内战后期,日益高涨的反国民党政府腐败、通货膨胀、社会混乱,茶铺成为普通人们对现实不满的发泄地。当人们变得愤怒,声音越来越高,茶铺老板会赶紧过去,"小心!墙壁有耳",意思是警告可能有便衣警察在偷听。国民党竭力镇压争民主运动,但也难以扭转颓势。

1946年,左翼作家闻一多在昆明的一个公共集会上,严厉谴责国民党专制统治后被暗杀身死。几年前当他在西南联大任教时,写了下面这首脍炙人口的《茶馆小调》:

  晚风吹来天气燥,

东街茶馆真热闹,
楼上楼下满座啦,
茶房开水叫声高。
杯子、碟子叮叮当当,叮叮当当响呀,
瓜子壳儿劈里啪啦,劈里啪啦满地抛。
有的谈天有的吵呀,
有的苦恼有的笑。
有的在谈国事,
有的在发牢骚。
只有那茶馆老板胆子小,
走上前来细声细语,细声细语说得妙:
"诸位先生,生意承关照,
国事的意见千万少发表。
谈起了国事就容易发牢骚呀,
惹起了麻烦你我都糟糕。
说不定一个命令你的差事就撤掉,
我这小小的茶馆也贴上大封条。
撤了你的差事不要紧啊,
还要请你坐监牢。
最好是'今天天气……哈哈哈哈',
喝完了茶来回家去睡一个闷头觉"。
"哈哈哈哈,哈哈哈哈……"满座大笑,

混乱的年代,1946—1949

"老板说话太蹊跷。

闷头觉，睡够了，

越睡越苦恼。

倒不如，干脆！大家痛痛快快讲清楚，

把那些压迫我们、剥削我们、不让我们自由讲话的混蛋，

从根铲掉，

把那些压迫我们、剥削我们、不让我们自由讲话的混蛋，

从根铲掉。"

虽然这首小调可能并非以成都茶铺为依据，但他所揭示的茶馆政治却具有相当的代表性。闻一多选择茶铺作为其表达政治理念的背景并非偶然，因为茶铺是当时最具影响的公共空间，而国民党在那里压制言论自由，最能暴露专制政府的恶行，因此对此进行抨击也最能引起人们的共鸣。

一切专制统治者，都是暴力的崇拜者和运用者，他们迷信暴力和权力，当听到他们不喜欢或者不愿意的思想或批评，就采用封口的办法。这种办法当然可以起到一定的效果，也可以恐吓民众，但是不可能永远地奏效，最终会走到他们意愿的反面。因为自由的思想和追求是不可能扼杀的，那些暴力的崇拜者，最终也不可避免地走向可悲的下场。

另外，虽然这首小调有着强烈的政治倾向，但其中仍洋溢着对茶铺生活的生动描述：门窗大开，凉风徐徐吹进，那里顾客拥挤，

人声鼎沸，从堂倌的吆喝到茶碗茶托的碰撞，不绝于耳；一些人在敞怀大笑，另一些人在摇头叹息，还有人愤愤地发泄对世道的不满；茶铺老板则为此提心吊胆，担心便衣警察此时可能就混迹人群之中，监视言论。人们可能由言遭祸，茶铺也难免受到牵连。

以茶馆作为背景进行政治表达并非仅见成都，鲁迅和老舍都是以小说描述茶馆政治的高手。鲁迅的《药》中，主角华老拴便是一个开茶铺的，另一个角色驼背五少爷也是茶铺的常客："每天总是在茶馆里过日，来得最早，去得最迟"。人们在茶馆里议论"乱党"。

老舍的《茶馆》从百日维新、军阀混战写到抗日战争，从文学角度用茶馆来反映政治变迁。进述从晚清到国民党统治下人民所遭受的灾难，控诉那个黑暗的社会，书写黑势力控制下，普通人走投无路的悲伤的故事。

共产党也经常用茶馆作为他们开会和碰头的地方。他们经常在走马街、青石桥、春熙路、少城公园、东城根街、长顺街等地的茶馆活动。据枕流茶社的老板回忆，共产党员经常在其茶铺举行秘密会议，这个茶铺是高中生喜欢聚集的地方，特务不大注意。虽然茶铺老板知道他们的身份，但也假装不知。

马识途写的话剧《三战华园》，便是关于共产党和国民党特务在华华茶厅的斗争的故事，描写了地下党在茶铺接头，而国民党特务则试图由此破获共产党的地下组织，双方将茶铺作为了政治斗争的舞台。

严禁军人茶铺聚会

政治动乱不仅影响到茶铺的生意，而且造成了新的茶馆政治和茶馆文化。根据《成都市商会档案》的资料，抗战结束后不久，成都三个主要权力机构，即成都警备司令部、宪兵、成都市府，联合发表五条命令：

一、严禁军人暨非法团体在旅店茶社聚众开会。

二、严禁不肖之徒在旅店茶社挟娼或赌博。

三、严禁非法分子聚众讲理吃茶，扰乱公共秩序。

四、凡有损毁旅店茶社什物者，应照价赔偿。

五、凡违犯上列各项者，决予从严究办。

像晚清和民国时期颁布的其他许多规章一样，这个布告反映了地方权威特别关注的两个方面：政治聚会与公共秩序。关于政治集会，政府力图限制人们的政治权利，无论是军人还是共产党及其追随者，禁止任何他们认为可能对其造成政治威胁的公共聚集。至于公共秩序，国家似乎是从考虑公共安全出发，但经常以所谓"不肖之徒"、"非法分子"等似是而非的话语，来打击政治对手，而并非真正出于公共安全的考虑。

政府十分警惕人们在茶铺中的对政治的议论，它对茶铺中举行的公共聚会更是分外关注。警察经常派便衣监视茶铺中的任何这类活动,试图把一切"危险"因素扼杀于萌芽之中。正如前面已经提到的,地方权威试图控制人们在茶铺中的所读、所看、所听,这种渗透在抗战中达到顶峰。但战后国家不但没有放松这种控制,反而更为严密。

例如,《成都省会警察局档案》有这样一个案例:1946年,当原军校同学在枕流茶楼聚会,警察派便衣到那里探听。据探听者的秘密报告,与会者不过讨论了当军队所在编制被撤销后,那些曾在前线浴血奋战的军校同学将如何维持生计的问题。他们决定成立同学会,并选举了会长,向政府申请救济,要求政府在各地为牺牲同学建纪念碑。

档案中还有一个类似的例子:1946年7月,当警察得知有军人在芙蓉茶社聚会,派密探去侦察,发现他们正在讨论请求中央政府给予复员军人以生活保障。

根据《成都市商会档案》的记录,地方政府在1946年发布告示,禁止这类集会:

> 查近来本市旅店茶社,常有军人擅自组团体,聚众开会。经绥署治安会报决议,亟应从严查禁,以遏乱源。仰该同业公会立即转知各该同业,如有军人在旅店或茶社内开会,应由该业负责人迅速密报警备部办理,否则从重议处。

由于担心军人可能造成比其他人群更大的危害,国民政府对军人的公共集会十分敏感。不仅颁布了许多规章,而且要求茶社业公会和各茶铺一旦发现他们的聚会,都必须报告。

从现有资料看,此类聚会大多是社交,而非以政治为目的。但政府认为,任何公共聚会都存在潜在威胁,因此必须扼杀。政府的过度反应,也暴露了在内战爆发后民主运动兴起以及国民政府所面临的深刻的统治危机。

"严密取缔,彻底纠正,以遏颓风"

抗战胜利以后,政府对茶铺的控制反而日渐升级。1946年2月,四川省主席在"新生活运动"纪念会上致词时,指责"成都人坐茶馆风气甚盛,茶馆不但消磨吾人宝贵之光阴,且为万恶之渊薮",认为现今社会上各种"诲淫诲盗之现象,皆由茶馆内所滋生"。要求"欲革除不良习性,必须先从不坐茶馆做起"。

成都市政府立即作出反应,要"秉承"该主席"意旨",决定"纠正此种不良习俗,将蓉市茶馆逐渐予以减少"。先是派员分赴各区调查,"切实取缔",其取缔原则是使茶铺密度大的地方进行合并,店铺狭窄、卫生设备差的茶社关闭。

虽然我们知道如此激进的措施总是虎头蛇尾,但也反映了政府对茶铺的敌视态度。社会生活的日趋警察化,引起人们日益强烈的不满,如《新新新闻》上的一篇文章称,作者在茶铺碰见熟人,"开始寒暄",熟人说从报上看到"惊人的消息,说是政府要实行警察区制,理由是外国行之已久而成绩昭著"。又说市政府对茶铺进行严密管制,理由是"游手好闲的流氓把社会弄混乱了"。文章讽刺说,人们将"在警察先生的管理下过你的民主生活"。

1948年,四川省政府颁布《四川省管理茶馆办法》,要求各茶铺张贴"新生活运动"的标语和图片,制定了关于卫生、防空、防毒等措施,还要求茶铺配备图书和报纸。

政府竭力控制茶铺的另一个重要理由是,在国家面临危机之时刻,必须改变所谓"落后"的社会习俗。1948年,四川省政府"为纠正人民赌博及闲坐茶铺等陋习",而发布训令,宣称"现值动员'戡乱'建国时期",因为"全民责任之艰巨",而采取这些措施。

但是由于"社会痼习,依然如故",特别是"赌风之猖炽,茶馆之林立",因此"其影响心理建设、地方秩序及国民经济,均极剧烈",必须"严密取缔,彻底纠正,以遏颓风"。

根据这个训令,各地茶铺,由于男女聚集,"积垢丛污",不但容易滋生传染病,而且"公然演唱淫词邪剧","增进迷信",甚至"捕风捉影,造谣生事",所以是"贻害无穷"之地。

根据《成都省会警察局档案》的资料透露,省府要求各地,"详拟管理改善办法",利用茶馆等场所,"实施民教社教,化无用为有用"。使那些"怠忽及不规则分子,均获启导机会",而且可以乘机"改善市容,用昭整齐"。

这个规则还要求"从严禁止"新设茶铺。省府认为这些措施"事关移风易俗及动员戡乱建国,至为重大"。因此要求各级官员认真对待,"万勿视同具文",而且将"随时派员考察执行"。

同时，四川省会警察局也发布《四川省会警察局管理茶社业暂行办法》，更具体规定了茶铺控制措施。

接着，成都市政府也制定了《成都市茶馆业取缔办法》，增加了新的限制：不准任何新茶铺开办；那些影响公共卫生和阻碍交通的茶铺必须迁移或关闭；除非由于像拓宽道路等公共计划的影响，任何茶铺不得搬迁；没有政府批准，茶铺不得转手；茶铺停业三个月以上者不得再开业，执照作废。所有违规者将受到严惩。

这些规定反映出省府、警察、市府全都出动，来势凶猛地对茶铺发动的攻势。其中警察所颁布者最为详细具体，其打击政治聚会的目的也最为明确。从晚清到民国末所颁布的规则看，不仅反映了国家对茶铺日益增强的严密控制，也暴露了国家需要不断地重申其措施，否则难以得到认真的贯彻，从一个侧面反映出茶铺及其文化的抗争及其韧性。

茶铺是个小成都

我们可以从研究细胞,来了解整个人体;我们也可以把茶铺视为社会的细胞,来观察人们生活的世界。

茶铺是成都社会的缩影，集商业空间和日常生活空间为一体。对成都茶铺的社会、文化和政治角色的观察，有助于对整个城市社会的理解。茶铺让我们进入到社会最基本的单位，对茶铺这样的社会机构的研究可以引导我们进入城市的最底层，观察到那些我们至今仍然忽视的社会现象。

茶铺是具有各种社会、经济和文化活动的多功能的公共空间。茶铺是一个社区的社会中心，因为那些有着同样政治观点、生活方式、职业背景的人们，或那些来自同一个地方，或有同样兴趣的人们，能够建立一定的社会联系。

茶铺里什么事都可以发生，各种人物——从学者、官员、商人，到小贩、苦力、乞丐、堂倌、理发匠、讲评书者、算命先生、艺人等——都在那里活动。

在其他店铺里，顾客与店家的关系比较短暂，一般是店主或店员与顾客的关系。但茶铺不同，顾客一般在那里待好几个小时，甚至一整天，基本上是顾客间的相互作用。

人们在那里进行各种活动：闲谈、传播小道消息、谈生意、解决纠纷、走私、斗鸟赌博、下棋打牌、找工作或招募劳工、收集信息、抱怨社会和生活的不公、发泄对政府和政治的不满、召集各种会议、争论甚至打斗，等等。

茶铺的复杂性还反映在其结构和生意的运作方式。茶铺老板可能是政府官员，或名声在外的商人，或著名学者，或袍哥首领，或居城地主，但也可能是仅可糊口的劳工，或乡间来的农民，或破落户，或小贩，或低级士兵，可以是成都居民或外来移民，城市老油条或纯朴的"乡愚"，彪悍的男人或柔弱的女人……

他们的教育程度、籍贯、职业、家庭等背景各有不同，这影响到他们的经营方式和风格、茶的味道以及对顾客的态度。

茶铺反映了经济、政治、文化、社会的变化。每碗茶的价格总是与通货膨胀同步的，当原材料上涨，茶价便升高；当经济衰退或自然灾害发生，茶铺里乞丐数量便增加。

由于中国的地理和社会复杂，在讨论成都茶铺时，不可避免地把地方问题放到全国的大舞台。例如，观察女茶房的兴起，便必须考虑战争难民问题，因为是他们将沿海较开放的风气带到了成都。

又如分析成都的小商业时，也必须纳入当时中国经济的大环境中，特别是小商业在现代经济中究竟扮演了怎样的角色。这样的综合观察保证我们在着眼于微观问题的时候，仍然能保持宏观的视野。

茶铺为社会细胞

我们可以从研究细胞，来了解整个人体；我们也可以把茶铺视为社会的细胞，来观察人们生活的世界。

把茶铺作为一个"微观世界"来分析，便涉及若干相关问题：微观世界能否反映大的社会，微观世界的个案能否说明外边更大的世界？另外，根据小的个案得出的结论是否可以推而广之到更大的范围？

研究中国的人类学家经常以一个小社区为基地，力图为理解大社会提供一个认知模式，也经常被类似的问题所困扰。一个小社区是大社会不可分割的一部分，然而又不能完全代表那个大社会，因此其仅仅是一个"地方性知识"，或者说是"地方经验"。尽管有这样的限制，地方知识至少提供了对大社会的部分认知。

对成都茶铺的探索，提供一个样本和一种经历，可以丰富我们对整个历史、社会和文化的理解。总而言之，微观历史的意义在于为理解城市史的普遍规律提供了个案，不仅深化我们对成都的认识，而且有助于理解其他中国城市。

现代化的过程使具有丰富地域文化的地方趋向国家文化的同一性。成都像许多内陆城市一样有着特殊的社会转型。沿海城市在19世纪便受到西方强烈的影响,与之相比,这个过程在成都要晚得多和缓慢得多。通过对茶铺和日常文化的研究,我们可以发现地方文化对试图改变它的外部力量的抵制是非常明显的。

现代化和国家文化的同一模式扩张势头遭遇了地方文化的顽强抵制,这成为现代性和传统文化关系的一个主题。与这条线同时并存的是,20世纪上半叶在公共空间和公共生活中国家权力的大力扩张。

在强大的、西化的诸如"文明"、"爱国"等话语的影响之下,那些主张保持地方文化独特性的人的声音被淹没。然而,地方文化及其生活方式仍然保持着其潜在的活力,虽然成都并无法阻止现代化同一性的冲击,但从相当大程度上还是保留了自己的文化。

日常生活节奏

茶铺是大社会的一个缩影。它一直受到人们的指责,无论是精英、学者还是普通大众,对它都存在相当程度的误解。

20世纪初,茶铺被认为是无所事事的闲人们去的地方。因此,对茶铺最普遍的谴责是它鼓励人们浪费时间。与中国其他社会转变一样,"时间"这个概念也适时地发生了变化。

但对新的时间概念的理解和接受,基本上局限于"现代化"和"西化"的精英,大多数普通居民仍保留着千百年以来根深蒂固的时间概念。他们怎样使用时间,取决于很多因素,例如个人习惯、教育、职业、家庭背景、经济地位等等。

在茶铺，学者可以为他的写作找到素材，商人可以做成一笔买卖，学生可以了解在教科书以外的社会，秘密社会的成员可以与其同党联系，普通劳工可以找到工作。另外，还有很多小商贩、艺人和工匠可以在那里谋生。

因此，在茶铺里无所事事和忙忙碌碌是可以相互转换的。有时候看起来无所事事的闲客或许是忙人，反之亦然，悠闲和辛劳是构成日常生活节奏的两个部分，茶铺兼而有之。

正是茶铺为都市居民的公共生活提供了为数不多的公共空间，即使在"现代化"的公共娱乐场所出现之后，茶铺仍然是最适合都市民众消费的地方。社会的现代化在相当的程度上不可能立即摧毁根深蒂固的日常生活方式，茶铺的延续和顽强的生存见证了大众文化旺盛的生命力。

茶铺犹如今天的互联网

在成都的街上听到人们彼此打招呼："口子上吃茶，茶钱该我的"。虽然大家都知道，这经常不过是做一个"姿态"，没有人会认真对待，但是由于人们经常在茶铺会面，所以这个招呼又是非常恰当的，反映了茶铺中会友和社交的重要性。

而且，传统社会中，在信息不流通、新闻渠道十分有限的情况下，茶铺作为一个信息中心的作用，是非常重要的，一点也不输于今天的报纸、广播、电视乃至网络的角色。

加入这种茶铺闲聊不需要任何准备或资格。人们可以自由发表意见而不需要承担任何责任，只要没有冒犯在场的任何人，实际上也很少有人真正严肃对待茶铺里的闲言碎语。

今天网上的许多用词是随着社会发展和日常生活的丰富而不断更新的，其实过去的茶铺，犹如今天的互联网，也是人们交流信息之地，自然也形成了自己的一套话语系统。

成都茶铺形成的习惯成为地方大众文化的重要组成部分，从茶具使用、喝茶方式、茶铺术语，到顾客言行等等，都是茶铺文化的展示。茶具作为茶铺文化和物质文化的一部分，反映了生态、环境以及物质资源的状况。

茶铺主要是人们休闲、做生意、公共生活之地，同时也成为民众谋生的搏斗场。茶铺是成都的一个微观世界，在那里发生的一切，也是大社会的反映。

特殊的视角

一些人认为茶铺对社会有消极影响，人们在那里浪费时间，散布谣言，百弊丛生。那些对茶铺怀有偏见的城市精英，积极支持政府对茶铺的限制，认为这种政策十分有必要。但是，也有一些精英虽然认为茶铺存在问题，应该进行改良，但同时也相信茶铺对城市社会、文化生活和经济发展起着重要的作用。

繁忙的街头

每天许多农民进城办事、买卖货物，茶铺也经常是他们歇脚的地方，如果他们想见亲戚朋友，会就近选一家街角茶铺，边吃茶，边等人。说不定在茶铺里，他们还能听到许多有趣的奇闻异事，或者最近的新闻，也就顺便带回了家里。所以说，茶铺就是他们的信息中心，就是他们的互联网。

这种不同意见反映出他们对大众文化的不同态度。那些对茶铺持否定态度的精英，支持政府的规范，相信对茶馆业和茶铺生活的控制是十分必要的；但另外一些精英，即使承认茶铺存在各种问题，也认为茶铺是城市社会中的重要传统，以及对文化和经济有着重要贡献。

从相当大程度上看，茶铺里的冲突是社会问题和矛盾的反映，经常发生在人们不满和绝望之时。当人们发现很难解决生计问题，难以在这个社会中生存，对面临的不公平无能为力，甚至遭受饥饿、惶恐、战争威胁等，冲突便发生了。

另一方面，冲突一般反映了政治动乱、经济恶化、社会混乱的现状，地痞流氓骚扰，无法无天的军人横行，官方滥用权力等种种乱象，皆在茶铺中展示出来。不过应该看到，大多数争执都是民事纠纷，并非暴力冲突。考察各种冲突和解决这些冲突的过程，提供了一个特殊的视角去理解社会及社会问题。

三教九流都在茶铺活动，他们各有目的和背景，因此摩擦不可避免。冲突可以发生在顾客之间、顾客和茶铺之间、茶铺和地方政府之间，但最经常发生在顾客或茶铺工人和地痞流氓之间。冲突的发生可以有不同的形式、纷繁的原因、各样的结局。

另外，大多数茶铺地方狭窄，人们拥挤一堂，身体缺乏旋转的空间，如果爆发冲突，有时很难有可以缓冲的"隔离带"，甚至伤及无辜。而且，人们经常到茶铺"吃讲茶"，有时调解没有处理好，斗殴便可能发生。

茶铺中的政治

政治的变化也在茶铺呈现出来。每天清早，茶铺里的闲谈主题便是最近的新闻。如果从一个较长的时段来观察，茶铺聊天总是与地方和全国政治发展相联系。人们在那里讨论社会改良、保路运动、辛亥革命、军阀混战、国共相争、喋血抗战以及国民政府的崩溃。那些茶铺中流传的风言风语，也在相当程度上反映了社会、经济和政治的大动荡。许多在开始似乎是谣言，最后很多也变为了事实。

虽然政府所颁布的关于茶铺的规章多集中在卫生、公共秩序、合符道德规范的演出等，但根据时代不同其强调的重点亦时有变化。例如，晚清时政府集中控制"淫荡"、"暴力"的节目，抗战时期竭力推动的演出则是有关爱国主义和谴责汉奸的。

茶铺是一个政治舞台，在那里人们很难与政治保持距离。精英和地方官僚对茶铺和茶铺生活的批评不绝如缕，其动机也千变万化。有时为了改善城市形象，有时为了"启蒙"，有时为了批评"落后"的生活方式，有时为了维持社会"秩序"和"稳定"，有时则为了其阶级或集团的利益和诉求……

无疑，茶铺充满着政治，从阶级冲突、对社会现状的批评，到对国家政策的讨论，以及政府为控制人们思想而做的宣传，可以说茶铺见证了20世纪上半叶中国政治的发展和演变。

茶铺成为人们发泄对社会不满的地方。当然，茶铺政治也经常表现在精英与民众、精英与国家政权、国家政权与民众之间，以及这些集团内部的各方面和各层次上的权力争夺。这些争夺经常是为个人、集团、阶级的利益而战。

茶铺也经常成为政治斗争的场所，被迫纳入国家和地方政治的轨道。由此观之，茶铺可被视为一个政治舞台，在不断上演的政治"戏剧"中，形形色色的人物都扮演了各自的角色。

1949年12月27日，解放军进入成都，新政府成立，成都市政进入了一个完全不同的政治和管理系统。这些行政机构的演变，不可避免地影响到茶铺的发展、管理以及文化。这个城市进入了一个新时代，但这个时代不属于茶铺，茶铺不再在城市日常生活中像过去那样扮演主要的角色了。

征引资料目录

中文档案和报刊资料：

《成都快报》，1929—1949 年。

《成都晚报》，1948 年。

《成都市各行各业同业公会档案》，民国时期，成都市档案馆藏，全宗 52。

《成都市工商局档案》，成都市档案馆藏，全宗 119。

《成都市工商行政登记档案》，成都市档案馆藏，全宗 40。

《成都省会警察局档案》，民国时期，成都市档案馆藏，全宗 93。

《成都市商会档案》，民国时期，成都市档案馆藏，全宗 104。

《成都市市政公报》，1930—1932 年。

《成都市市政年鉴》，1927 年。

《成都市文化局档案》，成都市档案馆藏，全宗 124。

《成都市政府工商档案》，民国时期，成都市档案馆藏，全宗 38。

《成都市政府周报》，1939 年。

《服务月刊》，1941 年。

《国民公报》,1912—1949年。

《华西日报》,1947年。

《华西晚报》,1934—1949年。

《警务旬刊》,1936年。

《四川官报》,1903—1911年。

《四川经济月刊》,1934年。

《四川省政府社会处档案》,民国时期,四川省档案馆藏,全宗186。

《四川月报》,1933年。

《通俗日报》,1909—1911年。

《图存》,1937年。

《新民报晚刊》,1943—1944年。

《新新新闻》,1930—1950年。

《中华》,1937年。

其他中文资料:

巴波:《坐茶馆》,彭国梁编:《百人闲说:茶之趣》,珠海:珠海出版社,
  2003年,第294—298页。

白渝华:《谈谈"休谈国事"》,《新新新闻》1945年3月18日。

病非:《消费小统计》,《新新新闻》1933年10月29日。

博行:《茶馆宣传的理论与实际》,《服务月刊》第6期(1941年5月1日),
  第5—10页。

柴与言:《话说尿水胡豆》,冯至诚编:《市民记忆中的老成都》,成都:四川文艺出版社,1999年,第105—107页。

车辐:《贾树三》,任一民主编:《四川近现代人物传》第1辑,成都:四川省社会科学院出版社,1985年,第268—270页。

车辐:《周连长茶馆与李月秋》,《龙门阵》1995年第2期(总第86期),第1—6页。

车辐:《锦城旧事》,成都:四川文艺出版社,2003年。

陈稻心、刘少匆:《司徒惠聪》,任一民主编:《四川近现代人物传》第3辑,成都:四川人民出版社,1987年。

陈浩东、张思勇主编:《成都民间文学集成》,成都:四川人民出版社,1991年。

陈锦:《四川茶铺》,成都:四川人民出版社,1992年。

陈孔昭:《叶子烟杆(儿)、水烟袋与习俗》,冯至诚编:《市民记忆中的老成都》,成都:四川文艺出版社,1999年,第125—127页。

陈茂昭:《成都的茶馆》,《成都文史资料选辑》第4辑(1983年),第178—193页。

陈善英:《茶馆赞》,《新新新闻》1946年6月19日。

陈世松:《天下四川人》,成都:四川人民出版社,1999年。

陈香白:《中国茶文化》,太原:山西人民出版社,1998年。

《成都市茶馆业概况》,《新新新闻》1947年7月21日。

《成都市袍哥的一个镜头》,1949—1950年,成都市公安局档案。

《成都市袍哥组织调查表》,1949—1950年,成都市公安局档案。

成都市地方志编纂委员会编:《成都市志——工商行政管理志》,成都:四川辞书出版社,2000年。

成都市群众艺术馆编:《成都掌故》第1辑,成都:成都出版社,1996年。

成都市群众艺术馆编:《成都掌故》第2辑,成都:四川大学出版社,1998年。

此君:《成都的茶馆》,《华西晚报》1942年1月28—29日。

崔显昌:《旧蓉城茶馆素描》,《龙门阵》1982年第6期(总第12期),第92—102页。

迪凡:《成都之洋琴》,《四川文献》1966年第5期(总第45期),第22—23页。

定晋岩樵叟:《成都竹枝词》,林孔翼编:《成都竹枝词》,成都:四川人民出版社,1986年,第59—69页。

傅崇矩:《成都通览》,8卷,成都通俗报社印,1909—1910年;成都,巴蜀书社,1987年重印,为上下两册。本书所用插图取自1909—1910年版,文字引自1987年版。

海粟:《茶铺众生相》,冯至诚编:《市民记忆中的老成都》,成都:四川文艺出版社,1999年,第139—146页。

浩耕、梅重编:《爱茶者说》,杭州:浙江人民出版社,2001年。

郝志诚:《父亲的故事》,《龙门阵》1997年第1期(总第97期),第37—44页。

何承朴:《成都夜话》,成都:四川人民出版社,1986年。

何满子:《五杂侃》,成都:成都出版社,1994年。

胡天:《成都导游》,成都:蜀文印书社,1938年。

尖兵:《茶与肉》,《新新新闻》1948年4月21日。

健夫:《闲话蓉城》,《华西晚报》1942年6月17日。

贾大泉、陈一石:《四川茶业史》,成都:巴蜀书社,1988年。

蒋介石：《蒋介石日记》，原件藏美国斯坦福大学胡佛东亚图书馆。

景朝阳：《鱼满府南河》，冯至诚编，《市民记忆中的老成都》，成都：四川文艺出版社，1999年，第25—27页。

景朝阳：《旧电影院逸闻》，冯至诚编，《市民记忆中的老成都》，成都：四川文艺出版社，1999年，第167—169页。

居格：《理想的茶馆》，《华西晚报》1942年10月17日。

屈强：《我是标准茶客》，《新新新闻》1949年1月21日。

楷元：《吃茶ABC》，《新民报晚刊》1943年9月20日。

来也乙：《成都市茶社之今昔》，《新新新闻》1932年4月27日。

蓝羽：《茶客》，《新新新闻》1948年1月16日。

老舍：《茶馆观丐》，《新民报晚刊》1944年1月9日。

老舍：《茶馆》，《老舍剧作选》，北京：人民文学出版社，1978年，第73—144页。

老乡：《谈成都人吃茶》，《华西晚报》1942年12月26—28日。

李德英：《公园里的社会冲突——以近代成都城市公园为例》，《史林》2003年第1期，第1—11页。

李德英：《同业公会与城市政府关系初谈——以民国时期成都为例》，《城市史研究》第22辑，天津：天津社会科学院出版社，2004年，第223—242页。

李劼人：《暴风雨前》，《李劼人选集》第1卷，成都：四川人民出版社，1980年，第275—662页。

李劼人：《大波》，《李劼人选集》第2卷，全3册，成都：四川人民出版社，

1980年，第3—1631页。

李思桢、马延森:《锦春楼"三绝"——贾瞎子、周麻子、司胖子》，成都市群众艺术馆编:《成都掌故》第1辑，成都:成都出版社，1996年，第378—383页。

李文孚:《抗日中期成都"抢米"事件》，成都市群众艺术馆编:《成都掌故》第2辑，成都:四川大学出版社，1998年，第66—80页。

李英:《旧成都的茶馆》，《成都晚报》2002年4月7日。

李竹溪、曾德久、黄为虎编:《近代四川物价史料》，成都:四川科学技术出版社，1987年。

李子聪:《四川扬琴"堂派"的由来和发展》，成都市群众艺术馆编:《成都掌故》第2辑，成都:四川大学出版社，1998年，第574—578页。

李子峰编:《海底》，上海书店根据1940年版影印，《民国丛书》，第1编，第16辑。

梁德曼、黄尚军:《成都方言词典》，南京:江苏教育出版社，1998年。

林孔翼编:《成都竹枝词》，成都:四川人民出版社，1986年。

林文洵:《成都人》，杭州:浙江人民出版社，1995年。

刘盛亚:《成都是"例外"吗?》，《文化长城》第3期(1938年6月21日)，第32页。

刘师亮:《汉留全史》，古亭书屋印[无出版地]，1939年。

刘西源:《跑警报》，成都市群众艺术馆编，《成都掌故》第2辑，成都:四川大学出版社，1998年。

刘振尧:《"安澜"茶馆忆往》，冯至诚编:《市民记忆中的老成都》，成都:

四川文艺出版社,1999年,第147—149页。

龙在天:《华华茶厅》,成都市群众艺术馆编:《成都掌故》第1辑,成都:成都出版社,1996年,第526—528页。

李文孚:《抗日中期成都"抢米"事件》,成都市群众艺术馆(编):《成都掌故》第2辑,成都:四川大学出版社,1998年,第526—528页。

陆隐:《闲话女茶房》,《华西晚报》1942年2月25—28日。

罗子齐、蒋守文:《评书艺人钟晓凡趣闻》,《龙门阵》1994年第4期(总第82期),第58—61页。

罗尚:《茶馆风情》,《四川文献》1965年第10期(总第38期),第21—23页。

罗湘浦:《天籁》,任一民主编:《四川近现代人物传》第2辑,成都:四川省社会科学院出版社,1985年,第278—282页。

马识途:《三战华园》,《马识途文集》第6集,成都:四川文艺出版社,2005年,第169—222页。

彭其年:《辛亥革命后川剧在成都的新发展》,《四川文史资料选辑》第8辑(1963年),第159—172页。

彭泽益:《中国工商行会史料集》,北京:中华书局,1995年。

谦弟:《成都洋琴史略》,《华西晚报》1941年5月21日。

乔曾希、李参化、白兆渝:《成都市政沿革概述》,《成都文史资料选辑》第5辑(1983年),第1—22页。

清有正:《锦城南岸一小街》,冯至诚编:《市民记忆中的老成都》,成都:四川文艺出版社,1999年,第19—21页。

秋池:《成都的茶馆》,《新新新闻》1942年8月7—8日。

屈小强:《竹琴绝技贾树三》,冯至诚编:《市民记忆中的老成都》,成都:四川文艺出版社,1999年,第153—156页。

冉云飞:《从历史的偏旁进入成都》,成都:四川文艺出版社,1999年。

沙汀:《喝早茶的人》,《沙汀文集》第6卷(报告文学、散文集),上海:上海文艺出版社,1991年,第261—263页。

沙汀:《在其香居茶馆里》,《沙汀选集》,成都:四川人民出版社,1982年,第140—156页。

沙汀:《淘金记》,《沙汀选集》,第2卷,成都:四川人民出版社,1984年,第3—293页。

沙汀:《困兽记》,《沙汀选集》,第2卷,成都:四川人民出版社,1984年,第299—625页。

《省垣警区章程》,《四川警务章程》卷2。原件无日期,但根据内容判断是晚清制定的。原件藏美国斯坦福大学胡佛东亚图书馆。

施居父:《四川人口数字研究之新资料》,成都:民间意识社,1936年。

舒新城:《蜀游心影》,上海:中华书局,1934年。

《四川通省警察章程》,1903年。中国第一历史档案馆藏,《巡警部档案》,1501号,第179卷。

谭清泉:《黄吉安》,任一民主编:《四川近现代人物传》第1辑,成都:四川社会科学院出版社,1985年,第251—254页。

谭清泉:《康子林》,任一民主编:《四川近现代人物传》第1辑,成都:四川社会科学院出版社,1985年,第255—258页。

王笛:《跨出封闭的世界——长江上游区域社会研究,1644—1911》(第3

版),北京:北京大学出版社,2018年。

王鸿泰:《从消费的空间到空间的消费——明清城市中的酒楼与茶馆》,《新史学》2000年(第11卷)第3期,第1—46页。

王庆源:《成都平原乡村茶馆》,《风土什志》1944年第1期(总第4期),第29—38页。

王世安、朱之彦:《漫话少城公园内几家各具特色的茶馆——回忆我经营枕流茶社的一段经历》,《少城文史资料》第2辑(1989年),第150—160页。

王泽华、王鹤:《民国时期的老成都》,成都:四川文艺出版社,1999年。

隗瀛涛:《四川保路运动史》,成都:四川人民出版社,1981年。

闻一多:《茶馆小调》,均连县政协文史资料研究委员会编:《文史资料选辑》第3辑,1985年,第61—62页。

吴虞:《吴虞日记》上下册,成都:四川人民出版社,1984年。

晓晗:《成都商业场的兴衰》,《龙门阵》1986年第6期(总36期),第36—48页。

吴好山:《笨拙俚言》,林孔翼编:《成都竹枝词》,成都,四川人民出版社,1986年,第69—77页。

小铁椎:《谈帮会》,《新新新闻》1946年8月16日。

徐心余:《蜀游闻见录》,成都:四川人民出版社,1985年。

薛绍铭:《黔滇川旅行记》,重庆:重庆出版社,1986年。

鄢定高、周少稷:《身带三宝,无人可敌——记成都评书艺人张锡九》,成都市群众艺术馆编:《成都掌故》第1辑,成都:成都出版社,1996年,第387—392页。

杨槐:《神童子与满天飞》,《龙门阵》1982年第1期(总第7期),第65—70页。

姚蒸民:《成都风情》,《四川文献》1971年第5期(总第105期),第17—21页。

杨忠义:《成都茶馆》,《农业考古》1992年第4期(中国茶文化专号),第114—117页。

杨忠义、孙恭:《成都茶馆》,《锦江文史资料》第5辑(1997年1月),第81—88页。

野峰:《炮火,惊醒了成都青年——卢沟事件成都市内宣传记》,《图存》第2期(1937年7月16日),第5页。

叶雯:《成都茶座风情》,《成都晚报》1949年3月20日。

夜莺:《关于妓女坐茶社》,《成都快报》1938年8月7日。

佚名:《关于茶馆》,《新民报晚刊》1943年10月27日。

易君左:《锦城七日记》,收入《川康游踪》,(无出版地),中国旅行社,1943年,第177—210页。

于戏:《茶馆政治家》,《华西晚报》1943年1月15日。

张达夫:《高把戏》,《成都风物》第1集(1981年),第109—112页。

张放:《川土随笔》,《龙门阵》1995年第3期(总第87期),第95—98页。

曾智中、尤德彦编:《文化人视野中的老成都》,成都:四川文艺出版社,1999年。

张恨水:《蓉行杂感》,曾智中、尤德彦编:《文化人视野中的老成都》,成都:四川文艺出版社,1999年,第277—287页。

张珍健:《南门有座"疏散桥"》,冯至诚编:《市民记忆中的老成都》,成都:四川文艺出版社,1999年,第320—322页。

正云:《一副对联的妙用》,《成都风物》第 1 集(1981 年),第 82—83 页。

郑蕴侠、家恕:《旧时江湖》,《龙门阵》1989 年第 3 期(总第 51 期),第 1—11 页;第 4 期(总第 52 期),第 25—37 页;第 5 期(总第 53 期),第 69—79 页。

钟茂煊:《刘师亮外传》,成都:四川人民出版社,1984 年。

周传儒:《四川省》,上海:上海印书馆,1926 年。

周文:《成都的印象》,曾智中、尤德彦编:《文化人视野中的老成都》,成都:四川文艺出版社,1999 年,第 224—231 页。

周询:《芙蓉话旧录》,成都:四川人民出版社,1987。

周止颖:《漫谈成都女茶房》,《华西晚报》1942 年 10 月 13 日。

周止颖:《新成都》,成都:复兴书局,1943 年。

周止颖、高思伯:《成都的早期话剧活动》,《四川文史资料选辑》第 36 辑(1987 年),第 53—65 页。

朱龙渊:《周慕莲》,任一民主编:《四川近现代人物传》第 3 辑,成都:四川人民出版社,1987 年,第 301—306 页。

竹铭:《战时成都社会动态》,《新新新闻》1938 年 4 月 29 日。

日文资料:

井上红梅『支那风俗』东京、日本堂、1921 年。

铃木智夫「清末江浙の茶馆について」『历史における民众と文化——酒井忠夫先生古稀祝贺纪念论集』东京、国书刊行会、1982 年、第 529—

540页。

铃木智夫「清末上海の茶館について」『燎原』第19期、1983年、第2—5页。

竹内実『茶館——中国の風土と世界像』東京、大修館書店、1974年。

遅塚麗水『新入蜀記』東京、大阪屋號書店、1926年。

内藤利信『住んでみた成都——蜀の国に見る中国の日常生活』東京、サイマル出版會、1991年。

中野孤山『支那大陆横断游蜀雑俎』、1913年（原书无出版社，藏東洋文庫，感谢铃木智夫教授惠寄）。

中村作治郎『支那漫遊談』東京、切思會、1899年。

西澤治彦「飲茶の話」『GSたのしい知識』第3巻、東京、冬树社、1985年、第242—253页。

西澤治彦「現代中国の茶館——四川成都の事例から」『風俗』1988年第4期、巻26、1988年、第50—63页。

平山周『支那革命党及秘密结社』、『日本及日本人』第69号、東京、政教社、1911年。

英文资料：

Bird, Isabella. *The Yangtze Valley and Beyond: An Account of Journeys in China, Chiefly in the Province of Sze Chuan and Among the Man—sze of the Somo Territory*. First published by John Murray in 1899. Reprinted by Beacon Press, 1987.

Brace, Brockman ed. *Canadian School in West China*. Published for the Canadian School Alumni Association, 1974.

Davidson, Robert J. and Isaac Mason. *Life in West China: Described By Two Residents in the Province of Sz-chwan*. London: Headley Brothers, 1905.

Evans, John C. *Tea in China: The History of China's National Drink*. New York: Greenwood Press, 1992.

Fortune, Robert. *Two Visits to the Tea Countries of China*. 2 vols. London: John Murray, 1853.

Gernet, Jacques. *Daily Life in China on the Eve of the Mongol Invasion, 1250—1276*. Stanford: Stanford University Press, 1970.

Goldstein, Joshua. "From Teahouses to Playhouse: Theaters as Social Texts in Early-Twentieth-Century China." *Journal of Asian Studies* vol. 62, no. 3（August 2003）, pp. 753—779.

Hosie, Alexander. *On the Trail of the Opium Poppy: A Narrative of Travel in the Chief Opium-Producing Provinces of China*. London: George Philip & Son, 1914.

Liao, T'ai-ch'u. "The Ko Lao Hui in Szechuan." *Pacific Affairs* XX （June 1947）, pp. 161—173.

Liu, Ch'eng—yun. "Kuo—lu: A Sworn Brotherhood Organization in Szechwan." *Late Imperial China* vol. 6, no. 1（1985）, pp. 56—82.

Macfarlane, Alan and Iris Macfarlane. *The Empire of Tea: The*

  Remarkable History of the Plant That Took Over the World. Woodstock and New York: The Overlook Press, 2004.

Malmqvist, Göran. "Göran Malmqvist's Live Recording of Impressions of a Teahouse in Chengdu." Trans. Michael Schoenhals. Malmqvist's recording was made on site in Chengdu in October 1949. The translation is based on the National Swedish Radio program "Dagbok från revolutionens Kina 1949" ("Diary from China in Revolution 1949") as broadcast in 1974.

Meserve, Walter J. and Ruth I. Meserve. "From Teahouse to Loudspeaker: The Popular Entertainer in the People's Republic of China." *Journal of Popular Culture* vol. 8, no. 1 (1979) , pp. 131—140.

Sewell, William G. *The People of Wheelbarrow Lane.* South Brunswick and New York: A. S. Barnes and Company, 1971.

Sewell, William G. *The Dragon's Backbone: Portraits of Chengdu People in the 1920's.* Drawings by Yu Zidan. York: William Sessions Limited, 1986.

Skinner, G. William. "Marketing and Social Structure in Rural China." *Journal of Asian Studies* vol. 24, no. 1 (1964) , pp. 3—43 ; vol. 24, no.2 (1965) , pp. 195—228 ; vol. 24, no.3 (1965) , pp. 363—399.

Stapleton, Kristin. "Urban Politics in an Age of 'Secret Societies' : The Cases of Shanghai and Chengdu." *Republican China* vol. 22, no.1

(1996), pp. 23—63.

Stapleton, Kristin. *Civilizing Chengdu: Chinese Urban Reform, 1875—1937*. Cambridge: Harvard University Asia Center, 2000.

Stapleton, Kristin. "Yang Sen in Chengdu: Urban Planning in the Interior," pp. 90—104 in Joseph W. Esherick, ed., *Remaking the Chinese City: Modernity and National Identity, 1900-1950*. Honolulu: University of Hawaii Press, 2000.

Wang, Di. "Street Culture: Public Space and Urban Commoners in Late—Qing Chengdu." *Modern China* vol. 24, no.1 (1998), pp. 34—72.

Wang, Di. "The Idle and the Busy: Teahouses and Public Life in Early Twentieth-Century Chengdu." *Journal of Urban History* vol. 26. no. 4 (2000), pp. 411—437.

Wang, Di. *Street Culture in Chengdu: Public Space, Urban Commoners, and Local Politics in Chengdu, 1870—1930*. Stanford: Stanford University Press, 2003.

Wang, Di. "Mysterious Communication: The Secret Language of the Gowned Brotherhood in Nineteenth-Century Sichuan." *Late Imperial China* vol. 29. no. 1 (June 2008), pp. 77—103.

后记

这本书的写作是人民文学出版社的责任编辑李磊促进的结果。2020年7月，李磊向我约稿，但是当时我的手上没有成熟的文学性选题，就搁置下来。几个月以后，李磊和我开始认真地谈可能的选题。我有心与人民文学出版社合作，这毕竟是在文学领域最有影响力的出版社，但是我正在集中精力完成《美国与五四新文化时代的中国》一书，所以仍然没有实质性的进展。

　　从今年初开始，李磊和我就合适的选题进行了比较密集的讨论，最后便有了现在的这个写作方案。这个方案，最早要追溯到2019年我在腾讯大家栏目上发表的关于茶馆的系列文章。腾讯大家栏目停止更新以后，关于茶馆的通俗文章写作也就停顿了下来。我把已经完成的这组文章发给李磊，她认为这个计划是可行的。就这样，这个停顿的茶馆系列，重新开始纳入了我的写作议程。在李磊的催促下，我把基本上完成的《美国与五四新文化时代的中国》暂时放下来，从三月开始集中力量完成这本书。由于关于茶馆的研究已经有完成的专著，所以这本通俗性的小书相对比较顺利，经过两个多月的写作就完成了。希望这本面向大众阅读的书，能够得到广大读者的认可。

对成都茶铺的研究，我从 1990 年代到 2018 年前后经过了 20 多年的探索，学术专著出版之后，在学术界取得了极大的成功。而现在这本书是继《消失的古城》之后，又一本把学术研究转化为大众阅读的一次尝试。关于这本书的结构，我设想了若干办法。在《消失的古城》中，我几乎都是按专题来写的，而这本书在结构和表达方式上有了新的探索。

例如，我曾经尝试以第一人称来写，即通过我的眼睛，就像一个电影镜头一样，来展示这些材料。无论是报纸，还是档案资料或是其他文献，都通过"我"这个虚构的人物讲述出来，这样在文学上可以有比较大的发挥余地。如果按照这个新的结构，可能是文学写作方法上的一种创新，也就是说"我"——一个时间老人——来把零碎的历史资料串连起来，用"我"的眼睛来观察茶铺。

下面就是我尝试写的本书开头：

> 我自认为是一个成都人，不知道是哪一年出生的，现在有多大的年纪，反正我是很老很老了，至少在清王朝倒台的时候，就已经有记忆了。我想在今天的成都，没有人比我年

纪更大了,也没有人比我知道更多的成都了。

在整个20世纪里,我流连在成都的各个茶馆里,茶馆里发生的故事,都在我的记忆中。我别无所长,就是记性特别好,事无巨细,都留在脑海里。存的东西太多,难免经常就会在脑子里过电影,反反复复,不胜其扰。所以聪明的人说,遗忘其实也是一件好事情。

我无事的时候,还喜欢把所见所闻记录下来,喜欢舞文弄墨,按照现在人们的说法,就是文史爱好者,或者有文青的气质。哪怕我年纪这么大了,但是这个气质并没有改变。

我还有个怪癖,什么纸纸片片,都珍藏起来,分门别类,没事的时候就把这些东西翻出来慢慢地看。

我现在太老,已经不能旅行,而且疫情严重,外面的世界也不安宁。被困在距成都千里之外的小岛之上,有了很多的时间回忆往事。经常坐在那里遥想过去,要不就是翻阅我一生所攒集的这一大堆破纸烂片。

在翻看这些资料的时候,冥冥之中仿佛进入了另外一个世界。在恍惚之间,似乎在历史和现实中穿梭旅行,我似乎又回到了成都,特别是儿时所住小巷的尽头。黑暗中总有那一束光,引导着在小巷里前行。顺着这束光,我进入到经常出现在梦中的那间街角的茶铺。

我自认为,这样一个开头还是不错的,有文学性的想象,给作者比较大的发挥空间，但是继续写下去以后，发现还是不理想，因为许多材料不容易有机地融合进去，而且还有将这部书变成一部虚构作品的危险。因此权衡利弊，放弃了这个写作方案，决定还是按传统的第三人称来写。或许今后我会继续探索用这个设想来写历史，但是至少目前的这个题材这样写还不成熟。

在结构上，我采用时间和主题相结合的方法。除了前言"成都是个大茶铺"介绍茶铺的文化背景、结语"茶铺是个小成都"讨论茶铺的更有意义的大问题以外，从时间上分为四个阶段："帝国覆没之前，1900—1911"；"新制度，旧时代，1912—1936"；"战时大后方，1937—1945"；"混乱的年代，1946—1949"。而每一部分内部按照主题，每个部分的主题是什么，取决于每个时期的资料和故事。

本书的19幅插图，是我绘制的，其中有的是依据关于老成都和茶馆的照片，包括美国地质学家罗林·张伯林（Rollin T. Chamberlin）、美国《生活》（*Life*）杂志的摄影记者卡尔·麦丹斯（Carl Mydans）等的摄影作品。这样的绘图本身便有一种历史感，但是难免仍然带有照片的痕迹，虽然不完全理想，也算是我利用图像进行表达的一个尝试吧。当然，其中有若干幅是在我自己拍摄的照片基础上绘制的。当一个艺术家，是我年轻时代的梦想，自从进入大学以后，这个梦便已经远去，现在利用给这本书配图的机会，算是重拾旧梦吧。

本书由于是面向大众的读物，所以没有加注释，但是我在行文之中，都尽量提到了资料来源，如来自报刊的什么篇目，或者是哪一年的档案，或者是某个小说的描述，等等。书的后面列出了征引资料目录，如果有读者希望了解资料的具体来源，从这个目录便可以很容易地查到。

最后，要感谢李磊对这本书的贡献，从本书开始酝酿，到写作过程中书的定位（大众阅读、注重文学性等），到写作风格（顾及读者阅读心理，确定每篇文章标题的拟定方式等），都提出了建设性的意见。可以这样说，没有她的推动和努力，就没有这本书的创作。李磊对这本书进行了仔细的编辑，对内容的合理化有非常好的建议，对文字进行了专业的修饰和调整，这不但使本书避免了不少失误，而且也使书中文字更加统一和流畅。她对工作一丝不苟的态度，专业的素质，对书质量的认真把关，对做一本优质书的具体设想，都使我获益匪浅。在本书的写作和出版过程中，她作为一个编辑与作者所建立的互相信任和尊重的关系，都给我留下了非常深刻的印象，为我们今后的继续合作打下了良好的基础。

王 笛

2021 年 5 月 9 日初稿于澳门大学

2021 年 6 月 4 日修改于北京

2021 年 9 月 16 日再修改于澳门大学